Schmidt, A. /

Handbuch der Geographie des oesterreichischen Kaiserstaates

Schmidt, A. Adolf

Handbuch der Geographie des oesterreichischen Kaiserstaates

Inktank publishing, 2018

www.inktank-publishing.com

ISBN/EAN: 9783750145368

Handbuch

der

Geographie

des

österreichischen Kaiserstaates.

Von

Dr. A. Adolf Schmidl,

Docent an der k. k. Wiener Hochschule, am polytechnischen Institute und Aktuar der k. Akademie der Wissenschaften 2c.

Kostet ungebunden	24 kr. C. M.
Gebunden in ledernen Rücken	30 kr. C. M.

Wien.

Gedruckt bey A. Pichler's Witwe.

1850.

Vorrede.

Den Auftrag, ein Lehrbuch der Geographie von Öster=
reich zu schreiben, betrachte ich als den schönsten Lohn meiner
langjährigen, mühevollen Arbeiten in diesem Fache.

Um Mißverständnissen vorzubeugen, muß ich aber bemerken,
daß der Druck des Buches schon vollendet war, als am 4. März
1849 die Reichsverfassung publicirt wurde. Um nun die neue
politische Eintheilung abzuwarten, blieb dasselbe liegen, bis
das herannahende neue Schuljahr dessen Ausgabe nothwendig
machte, wenn auch in unvollkommener Gestalt.

Obwohl nun mehre Blätter umgedruckt wurden, so ist
doch hier und da ein Ausdruck stehen geblieben, der allerdings
auf die Neugestaltung Österreichs nicht paßt. Die politische
Eintheilung der einzelnen Kronländer aber wurde absichtlich
gar nicht aufgenommen, da dieselbe nicht für alle Kronländer
publicirt wurde, bey manchem vielleicht einer Abänderung ent=
gegensieht und überdieß die statistischen Tabellen, welche denn
doch beygefügt werden mußten, die alte Eintheilung in Kreise
enthalten. Diese nicht zu beseitigenden Übelstände schienen jedoch
durch die dringende Nothwendigkeit überwogen zu werden, der

Jugend ein besseres Lehrbuch in die Hand zu geben, und so wurde das Buch mit seinen Mängeln dennoch ausgegeben. Sobald aber die politische Neugestaltung Österreichs vollendet seyn wird, soll ein Bogen nachgeliefert werden, welcher die Darstellung derselben enthält.

Die Anordnung und Ausdehnung des Buches war vorgeschrieben, und meine Aufgabe bestand nur darin, das Materiale, welches ich für unerläßlich hielt, unterzubringen und passend einzutheilen. Ich unterschied Dinge, welche jeder Schüler in was immer für einem österreichischen Lande wissen soll, von solchen Einzelnheiten, deren Kenntniß nur von dem Eingebornen des Landes zu fordern sind, und ließ den Druck auch darnach einrichten. Alles, was mit gewöhnlicher Textschrift gedruckt ist, soll nach meiner Ansicht von den Schülern aller Lehranstalten gelernt werden, jene Stellen aber, welche im Texte etwas hineingerückt und ohne Durchschuß gedruckt sind, sollen zunächst von den Schülern in jenem Lande gelernt werden, dessen Beschreibung sie eben betreffen. In die Noten unter dem Text wurden historische Nachweisungen verlegt, welche die Verbindung der Geographie mit der Geschichte anbahnen sollen.

Obwohl mir ausgedehnte Reisen in allen österreichischen Ländern, mit Ausnahme von Galizien und Siebenbürgen, zu Statten kommen, so ist es aber doch nicht anders möglich, als daß einzelne Unrichtigkeiten bey einer so großen Masse von Daten mit unterliefen. Ich bitte daher alle Lehrer, welche dieses Buch bey ihrem Unterrichte zu Grunde legen, mir darüber gefälligst Mittheilungen zu machen, damit die zweyte Auflage eine vervollkommnete werde.

Daß der Topographie nicht die politische Eintheilung der Länder zu Grunde gelegt werden konnte, versteht sich bey dem jetzigen Standpuncte der Geographie von selbst. Die natürliche Eintheilung nach Thälern u. s. w. wurde hier zum ersten Male in Bezug auf die österreichischen Länder durchgeführt. Den landesüblichen Ortsnamen wurde die gebührende Aufmerksamkeit geschenkt, obwohl der deutsche Name in einem deutschen Lehrbuche voranstehen mußte. Zur leichteren Uebersicht wurde für jede der österreichischen Hauptsprachstämme eine verschiedene Schriftgattung gewählt, nämlich:

Für die slavischen Sprachen die gothische Schrift, z. B. Ragusa . . . **Dubrownik.**

Für die italienische Sprache die lateinische Cursiv . . . . *Racchiusa.*

Für die ungarische eine eigene Gattung der lateinischen Schrift . . . . Buda · Pesth.

Für die altrömischen und lateinischen Namen endlich die gewöhnliche lateinische Schrift . . . . Pestinum.

Für die polnischen Ortsnamen jedoch wurde die letztgenannte ausnahmsweise beibehalten statt der gothischen, da in Beziehung auf diese kein Zusammentreffen mit anderen Schriftgattungen vorkommt.

Bei der Schreibung der Namen wurde die deutsche Aussprache zu Grunde gelegt, da nach derselben ohnedieß die meisten Namen allgemein auch geschrieben werden.

IV

Vaterlandsliebe! erhebendes Gefühl vor Allen — Kennt=
niß des Vaterlandes ist sein mächtigster Hebel — möchte die=
ses Lehrbuch dieselbe erweitern und auch dazu beytragen, die
zahllosen Irrthümer zu vermindern, die in ausländischen Wer=
ken über das schöne, herrliche Österreich zu finden sind.

Wien, im September 1849.

Dr. A. Adolf Schmidl.

Erster Semestral-Curs.

Allgemeine Übersicht

und

die Alpenländer.

Anmerkung. Die Abschnitte des Buches bezeichnen durchaus nicht die politische Eintheilung des Kaiserstaates; in ihnen sind nur geographisch zusammen gehörende Landestheile der leichteren Übersicht willen gemeinschaftlich dargestellt. Die statistischen Tabellen enthalten die zuletzt veröffentlichen Zahlen, das ist jene des Jahres 1844. In denselben ist daher auch die alte politische Eintheilung noch beibehalten.

A 2

Erster Abschnitt.

Das Kaiserthum Österreich.

(11,577 österreichische ☐ Meilen; 36.100,000 Einwohner, 3120 auf 1 ☐ Meile.)

Allgemeine Übersicht.

***

§. 1.

Lage, Gränzen, Größe, Eintheilung.

Das Kaiserthum Österreich (imperium Austriae) liegt beynahe im Mittelpuncte von Europa, zwischen dem 42° 9, und 51° 2′ nördlicher Breite, und dem 26° 14′ und 44° 45′ östlicher Länge von Ferro. — Es erstreckt sich also durch mehr als 9 Breiten- und 18 Längen-Grade.

Der Mittelpunct des Kaiserthums ist beyläufig in der Nähe von Pest in Ungarn; der nördlichste Punkt fällt in den Leitmeritzer-Kreis von Böhmen, der südlichste nach Dalmatien, der westlichste in die Lombardey und der östlichste in die Bukowina.

Das Kaiserthum Österreich hat zum größten Theile natürliche Gränzen, und wird von 14 fremden Staaten umgeben. Im Westen scheidet es der Ticino von Sardinien; die Alpen und der Rhein von der Schweiz, so wie die Alpen von dem Fürstenthume Liechtenstein; von Bayern die Alpen, der Inn und der Böhmerwald; im Norden von Sachsen das Erzgebirge; von Preußen das Riesengebirge, das Gesenke und die Oppa; die Weichsel von Rußland (von dem Austritte der Weichsel aus Galizien (bey Radomysl) ist aber die ganze nördliche und östliche Grenze dieses Landes offen gegen Rußland, mit geringer Ausnahme unbedeutender Bäche und Flüßchen); gegen die Moldau bilden im Often die Karpathen die Grenze, so wie im Süden gegen die Wallachey und weiterhin die Donau gegen Serbien; die Save und Unna begrenzen es gegen Bosnien, so wie es die dinarischen Alpen Dalmatien von letzterem Lande scheiden. Endlich gränzt im Süden die Monarchie in einer Länge von 265 Meilen an das adriatische Meer, und der Po scheidet dieselbe vom Kirchenstaate, von Modena und Parma.

Die längste Grenzlinie ist jene gegen die Türkey, welche 330 Meilen beträgt, wovon durch die Save 67 eingenommen werden.

Der gesammte Umfang des Staates beträgt 1150 Meilen, der Flächeninhalt 11,577 österr. Quadratmeilen *).

Dieses große Gebieth ist durchaus eine zusammenhängende geschlossene Masse, bis auf Dalmatien, wo zwey schmale Streifen des türkischen Gebiethes, quer durch das Land bis ans Meer sich erstrecken. An mehreren Stellen aber greifen fremde Länder weit in das österreichische Gebieth herein, so im Süden die Schweiz (in das lombardisch-venetianische Königreich), im Westen Bayern (in das Erzherzogthum Österreich), im Norden Preußen (in das Königreich Böhmen), im Osten die Moldau (in die Bukowina).

Das Kaiserthum Österreich, hat seinen Nahmen von dem Stammlande, dem Erzherzogthume Österreich **).

Es besteht aus folgenden Ländern: Dem Erzherzogthume Österreich ob und unter der Enns, dem Herzogthume Salzburg, dem Herzogthume Steiermark, dem Königreiche Illirien, bestehend: aus dem Herzogthume Kärnthen, dem Herzogthume Krain, der gefürsteten Grafschaft Görz und Gradiska, der Markgrafschaft Istrien und der Stadt Triest mit ihrem Gebiete, — der gefürsteten Grafschaft Tyrol und Vorarlberg, dem Königreiche

---

*) Österreich ist der Größe nach das dritte europäische Reich, kleiner als Schweden und Norwegen um 2000, aber um mehr als 63.000 □ Meilen kleiner als das europäische Rußland.

**) Man sagt auch der österreichische Kaiserstaat, die österreichische Monarchie.

Böhmen, der Markgraffchaft Mähren, dem Herzogthume Ober=
und Nieder = Schlefien, den Königreichen Galizien und Lodome=
rien mit den Herzogthümern Auschwitz und Zator und dem Groß=
herzogthume Krakau, dem Herzogthume Bukowina, den König=
reichen Dalmatien, Croatien und Slavonien mit dem croatifchen
Küftenlande, der Stadt Fiume und dem dazu gehörigen Gebiete,
dem Königreiche Ungarn, dem Großfürftenthume Siebenbürgen
(mit Inbegriff des Sachfenlandes und der wiedereinverleibten
Gefpannfchaften Kráfzna, Mittel = Szolnok und Záránd, dann
dem Diftrikte Kővar und der Stadt Ziláh (Zillenmarkt), der
Woiwodfchaft Serbien, den Militärgrenzgebieten und dem lom=
bardifch = venetianifchen Königreiche.

§. 2.

O r o g r a p h i e.

Allgemeine Überficht.

Der öfterreichifche Kaiferftaat ift zum größten Theile Gebirgs=
land (faft vier Fünftheile deffelben), ja fogar Alpenland.

Im Weften erhebt fich das Alpenland, welches Tyrol,
Kärnthen, Steyermark, den füdlichen Theil des Erzherzogthums
Öfterreich und den Norden von Krain fo wie des lombardifch=
venetianifchen Königreiches umfaßt.

Die Alpenländer werden von den Ketten der Alpen durch=
zogen und von ihren Armen und Widerlagen fo erfüllt, daß wohl
bedeutende Thaleinfchnitte und Erweiterungen, aber keine eigent=
lichen Ebenen fich vorfinden. Die Alpen fenken fich im Ganzen
genommen allmählig gegen Often, fo daß die Gräte der Alpen=
ketten vom oberen Laufe des Inn, bis zum mittleren Laufe der
Drau von 10.000 auf 6000 Fuß Höhe herabfinkt.

Diefes ausgedehnte Alpenland fällt füdlich fteil, ohne ein
Stufenland zu bilden, in das Tiefland des lombardifch = venetia=
nifchen Königreiches hinab, welches 10 Meilen von der Gräte
des nächften Alpenzuges fich nur mehr 400 Fuß über das Meer
erhebt (Mailand, Udine), zu diefem Meere aber nach Südoft fo

rasch sich senkt, daß es 5 Meilen von der Küste fast nirgend mehr 50 Fuß über dem Meeresspiegel liegt. —

Nach Südost geht das Alpenland in Bergland über (Süd-Krain, Kroatien, Küstenland, Dalmatien), indem es das merk-würdige Stufenland des Karstes bildet. Die inneren Rand-gebirge dieser Stufenländer haben im Durchschnitte noch über 2000 Fuß Höhe, die Einsenkungen der inneren Thäler über 1000' (Laibach, Knin in Dalmatien).

Im Norden geht das Alpenland, ohne eine so ausgespro-chene Stufe zu bilden, in ein Bergland über, welches sich zum Donauthale abdacht und in 5 Meilen Entfernung von der näch-sten Bergkette noch 800 — 900 Fuß hoch liegt. (Wels — St. Pölten.)

Jenseits der Donau steigt in mehren ausgesprochenen Stu-fen das Hochland der Sudeten empor, Böhmen und Mäh-ren, zu 1000' mittlerer Seehöhe. — (Pilsen, Tabor, Trebitsch). Es ist kein Bergland, sondern ein wahres Hochland mit höheren Randgebirgen, im Inneren wellenförmig, mit wenig emporragen-den Hügelkuppen. Die äußeren Randgebirge, Böhmerwald, Erz- und Riesen-Gebirge haben eine mittlere Höhe von 3000—4000 Fuß. Dieses Hochland fällt südlich ab zur Donau, östlich zur March. Im Verhältnisse zu den Alpen ist es als eine Terrasse oder Stufe der-selben gegen das norddeutsche Tiefland zu betrachten.

Jenseits der March steigt das Bergland der Karpathen empor (durch die Leithahügel mit den Alpen in Verbindung), wel-ches einen weiten Bogen nach Nordost beschreibend, an den Gren-zen von Ungarn gegen Mähren und Galizien sich hinzieht, in ei-ner mittleren Höhe von 4000—5000 Fuß. Nach Außen zu senkt sich das Karpathenland zu einer etwa 800 Fuß hohen ausgedehn-ten Stufenlandschaft herab, der großen polnischen Hochebene.

Am Südost-Ende hängen die Karpathen mit einem ausge-dehnten Hochlande zusammen, Siebenbürgen, welches Ähn-lichkeit mit dem Sudeten-Hochlande von Böhmen hat, und die-selbe mittlere Erhebung.

Die Alpen, Karpathen und das siebenbürgische Hochland umschließen das große ungarische Tiefland, welches eine allmähliche Senkung von Nord nach Süd hat, im Mittel etwa 300 Fuß Seehöhe (Debreczin, fast so hoch wie Mailand), am Südrande aber auf 150 Fuß fallend. —

§. 3.

A. Die Alpen*).

Das europäische Hauptgebirge der Alpen gehört fast zu zwey Drittheilen dem österreichischen Kaiserstaate an, in einer Länge von 110 österr. Meilen von West nach Ost sich erstreckend. — In dieser Richtung nehmen die Alpen an Höhe ab, an Breite aber zu, von 25—50 Meilen (vom Schneeberge bis zum Wellebich). Sie bilden 3 paralelle Ketten. Die mittlere, deßhalb auch Centralkette genannt, besteht aus Urgebirgsarten, (daher auch Uralpen genannt) ist die mächtigste und höchste und wird nördlich und südlich von 2 Kalkketten begleitet, welche um 3000 Fuß niedriger sind. Diese 3 Ketten fallen fast überall nach Süden ungemein steil ab, indeß sie gegen Norden längere Arme und Widerlagen absenken.

I. Die Uralpen

treten etwa 10 Meilen östlich vom St. Gotthart mit dem 9843 hohen Pizzo Ferre in die Lombardey ein, und heißen auf der 50 Meilen langen Strecke bis zum Krimler Tauern, die rhätischen Alpen, von da bis zum 5500' hohen Wechsel (südlich von Wien) die norischen Alpen oder Tauern, 60 Meilen lang.

Den Nahmen rhätische Alpen, Alpes raethicae, erhielten sie von dem Volke der Rhätier, welches im Alterthume hier wohnte, und an das noch die Ortsnahmen Rhästatt und Rhazungs in Tyrol erinnern, so wie Rhäzuns in Graubündten. Die norischen Alpen, Alpes noricae, erhiel-

---

*) Hier werden nur jene Gebirge und Flüsse beschrieben, welche sich durch mehrere Länder des Kaiserstaates erstrecken. In Betreff der übrigen wird auf die Schilderung derselben verwiesen, welche bey dem Lande vorkommt, welchem sie angehören.

ten ihren Nahmen von den alten Anwohnern, den Norici auch Taurisci, einem keltischen Volksstamme. Der letztere Nahme ist in der noch jetzt üblichen Benennung Tauern erhalten. Unter Tavern versteht man aber nicht sowohl das ganze Gebirge, als eigentlich nur die Übergangspunkte der hohen Joche, daher dieser Nahme auch im östlichen Theile, wo das Gebirge abnimmt und an Übergangspunkten kein Mangel ist, nicht mehr gebräuchlich ist.

Die Uralpen biethen an der Südseite einen bey weitem großartigeren Anblick, als nördlich. München z. B. und Mailand liegen in ziemlich gleicher Entfernung von der Centralkette, jenes um 1500′ höher als dieses, und doch erblickt man von München die Gräte der Centralalpen nicht mehr, da sie durch die vorstehenden Voralpen verdeckt werden. Die Hauptmasse des gesammten Zuges gehört der Granit = Gneuß = Formation, die Arme aber und Widerlagen sind größtentheils Schiefergebirge. Die Gipfel steigen in mannigfachen Gestalten empor, meistens aber in schroffen Wänden mit scharfen Kanten. Nach der Ähnlichkeit der Gestalt heißen sie: Thurm, Haube, Glocke, Spitze; italienisch: *Picco, Cima,* meistens aber: *Monte —*

Die Bergformen richten sich nach der Beschaffenheit der Gesteine. Die Uralpen steigen meistens in sehr steilen, glatten Wänden empor, und biethen dadurch einen furchtbar erhabenen Anblick, den die ausgedehnten Gletscher noch erhöhen. Die Schiefergebirge sind schon von Weitem durch ihre dunklere Färbung erkennbar und sind weit reicher an Pflanzenwuchs, wie die Granitberge. In dem Maße als die Uralpen an Höhe abnehmen, werden ihre Formen auch abgerundeter, sanfter, und das Gebirge stellt sich nunmehr als walzenförmiger Rücken dar, auf welchem eben auch abgerundete Gipfel aufstehen.

a) Die rhätischen Alpen.

Vom Eintritte in die Lombardie bildet die Centralkette mit dem Südrande ihres Kammes die Grenze gegen die Schweiz, bis zu ihrem Austritte nach Tyrol in dem gewaltigen Gebirgsstocke des Orteles. Dieser ist der höchste Berg des Kaiserstaates, von 12.351′ Höhe und steht schon in Tyrol. Sein Nachbar etwas südlicher ist der Zebru mit 12.246', der höchste Berg der Lombardie.

Von dem mächtigen Stocke des Ortles geht der durch Höhe und Breite bedeutendste Arm der Centralkette südwestlich ab, zwischen welchem und der Hauptkette sich das Thal der Adda erstreckt. — Es sind die lombardischen Alpen, welche mit dem Monte Legnone 8262' am nördlichen Ende des Comer-Sees enden.

Dieser Arm selbst senkt wieder eine gewaltige Widerlage gerade südlich ab, über den Adamello, den Paß des Tonale 6252' der mit dem Calvera sich an die südliche Kalkkette nördlich von Brescia anschließt. Von dem Stocke des Septimer (in Graubündten) hat sich ein anderer bedeutender Arm der Hauptkette getrennt, welcher mit dieser parallel laufend, das obere Innthal (Engadin) bildet, aber erst mit dem Jamthaler Ferner als Grenzgebirge zwischen der Schweiz und Tyrol, Österreich betritt.

Östlich vom Ortles bildet die Malser Heide einen merkwürdigen Abschnitt der Alpen. Sie ist nicht eigentlich ein Joch, sondern eine Thalsenkung, welche entschieden die Gebirgsstöcke des Ortles und des Ötzthaler Ferners trennt.

Im weiteren Verlaufe der Alpen erreicht keine Bergspitze mehr die Höhe von 12.000 Fuß. Von den Ötzthaler Fernern an sind die Alpen ein sehr ausgesprochenes Kettengebirge, in dem nun der Brenner das niedrigste Joch aus allen bildet, von 4000 Fuß, wogegen keines der übrigen unter 7000' hat. Auf einer kurzen Strecke senkt hier das Gebirge 20 Widerlagen nördlich ab, die meisten in das Längenthal der Salza, südlich hingegen stürzt es noch steiler ab, als früher.

Vom Feldspitz angefangen bildet die Gräte die Grenze zwischen Oberösterreich (Salzburg) und Tyrol, erhebt in der schroffen Eisnadel des großen Venedigers sich zu 11.622', im Groß-Glockner aber sogar zu 12.000 Fuß Höhe (eigentlich nur 11.991).

Vom Alpeiner (eigentlich der hohen Wand) trennt sich der zweite bedeutende Arm der Uralpen, nordöstlich verlaufend, von dem Ziller durchbrochen, durch die Gerlos-Platte (Joch) mit der Hauptkette nochmals verbunden. Dieser Arm ist ein mächtiges Thonschiefer = Gebirge, welches am Zeller = See endet.

Vom Feldspitz südlich ist ein dritter Hauptarm zu verfolgen, welcher mit der Hauptkette über die Toblacher Haide (ohne ein eigentliches Joch) ebenso zusammenhängt, wie der Ortles über die Malser = Haide mit den Özthaler = Gebirgen. Dieser Arm bildet mit Widerlagen der Hauptkette das Eisackthal und dann die Ostwand des Etschthales.

Dieser Arm gehört zu den merkwürdigsten Parthien des ganzen Alpenzuges, durch das gewaltige Porphyrgebirge, welches die ganze Westseite bildet, und die überaus erhabenen, blendendweißen Dolomit = Berge der Ostseite, wovon in der Beschreibung von Tyrol mehr gesprochen wird.

b. Die norischen Alpen (Tauern).

Als Anfangspunct derselben muß man den Weinschabl=kopf annehmen, 13 Meilen östlich vom Glockner, wo die Kette sich nordöstlich wendet, gleich um 1000' sich senkend, daher auch weiterhin sich keine Gletscher mehr verfinden. Das Gebirge stellt sich im weiteren Zuge auch nicht mehr so entschieden als eine Kette dar, und ist mannigfach durchbrochen. Der Hauptzug verläuft (als Grenze von Kärnthen und Steyermark) über die Kuh=alpe, Stangalpe, Schwammberger=, Stub= und Klein=alpe, dann jenseits der Mur zum Wechsel. In diesem ganzen Zuge erreicht kein Gipfel mehr 7000' — (nur der Eisenhut nördlich von der Stangalpe hat noch 7721').

Eine südliche Widerlage ist die langgestreckte Sau = Alpe.

Aus den Schwammberger=Alpen trennt sich ein Arm nach Süden (die Grenze von Steyermark und Kärnthen) über die Pack und die Koralpe 7360' zu dem Bachergebirge, durch die Drau von jenen getrennt.

Dieser Hauptzug streckt gleich bey seinem Beginne einen sehr bedeutenden Arm nordöstlich, welcher mit ihm das Längenthal der Mur, und mit der nördlichen Kalkkette, das Längenthal der Enns bildet. — Er ist eine Fortsetzung der Tauern (Radtstädter=, Rottenmanner = Tauern) und übertrifft den Hauptzug an Höhe.

der Hochgolling erreicht 9045'. — Dieser Arm hat viel Ähnlichkeit mit dem nördlichen Arme der rhätischen Alpen, der vom Feldspitz ausgeht, und auch in ihm herrschen Thonschiefer vor, welche größtentheils die höchsten Gipfel bilden. Das Gebirge endet mit dem Sömmering bey Wien, unweit von der Hauptkette. —

II. Die Nordalpen,

oder die nördliche Kalkkette, zerfallen in 2 Theile, die tyroler= und die österreichischen Alpen, beyde durch den Durchbruch des Inn getrennt; jene ist 13, diese 20 Meilen lang, im Durchschnitte sind beyde nur 3 Meilen breit und 6000 Fuß hoch.

Auch die Nordalpen fallen an der Südseite steiler ab, als an der Nordseite, und scheinen deßhalb höher, als selbst die gegenüber liegenden Uralpen.

Durchaus verschieden ist der Character der Kalkalpen von jenen der Uralpen, und ihre lichtgraue Färbung macht sie schon aus weiter Ferne kenntlich. Sie steigen bey weitem nicht so massenhaft empor, sondern schroff, wie verwitterte alte Mauern, die Gipfel haben keine regelmäßigen Gestalten, sondern die abenteuerlichsten Formen. Das ganze Gebirge ist überall durch Schluchten und Klüfte zerrissen, und statt der ausgedehnten Gletscher, welche die breiten Rücken der viel höheren Uralpen bedecken, eröffnen sich im Inneren der Kalkalpen ausgedehnte Höhlen, an denen Österreich reicher ist, als irgend ein anderes europäisches Land.

a. Die tyroler Alpen

steigen aus dem Rheinthale empor, und erreichen auch gleich in der rothen Wand ihre größte Höhe mit 8531 Fuß. — Der Arlberg verbindet sie mit den Central-Alpen.

b. Die österreichischen Alpen

sind breiter als jene, und theilen sich in mehrere sehr deutlich unterschiedene Gruppen.

1. Die Berchtesgadner Alpen,

deren nordwestlicher Theil aber zu Bayern gehört, der höchste Gipfel, die übergossene Alm 9252' steht jedoch in Österreich.

2. Die Dachstein-Alpen

bilden die zweyte und höchste Gruppe, in welcher der östliche, der Dachsteingipfel 9490' erreicht, die Grenze zwischen Oberösterreich und Steyermark. Von den weiteren Gruppen sind am bedeutendsten jene des Priel 7944' und Hochschwab 7148'. Der letzte bedeutende Gipfel ist der Schneeberg bey Wien mit 6500 Fuß.

III. Die Südalpen,

südliche Kalkkette, beginnen schon mit den Hügeln am östlichen Gestade des *Lago Maggiore*, und erheben sich zwischen dem südlichen Horne des *Lago di Como*, mit den beiden *Corni* (Hörner) *di Canzo* zu 4200' — Sie bilden aber keine zusammenhängende Kette, sondern bestehen aus zahlreichen durch Thäler getrennten Bergen, welche zu den lombardischen Alpen nördlich hinansteigen und sich häufig in Art von Widerlagen an sie anschließen. Man unterscheidet 1. die venetianischen, 2. die carnischen, 3. die julischen Alpen, 4. den Karst, 5. die dinarischen Alpen, 6. die Karawanken, 7. das Matzelgebirge.

Eines der bedeutendsten dieser Gebirge steigt zwischen dem Garda-See und dem Etschthale sehr steil empor, der *Monte Baldo* mit 6957 Fuß. — Erst jenseits der Etsch wird das Gebirge zusammenhängender, aber nirgend bildet es wie die Nordkette Längenthäler mit den Uralpen. Es hat hier den Nahmen venetianische Alpen, und macht zum Theil die Grenze des venetianischen Gebiethes gegen Tyrol und Kärnthen ; *Cima Duodici* hat hier 7328 Fuß.

Die Kalkalpen begleiten die Uralpen, schließen sich genau an dieselben an, und wie die Breite von beyden Gebirgen keine großen Sprünge macht, so bleibt auch die Richtung derselben ziemlich stetig. Von Botzen aber bis Trient weicht das Kalkgebirge, welches das rechte Etschufer bildet, vom linken Ufer zurück, und bildet einen großen Bogen um das Urgebirge herum, bis es im Abtey-Thale wieder die frühere geographische Breite erreicht. Dieser Theil des Urgebirges, nach Trient vordringend und von da bis Primiero sich östlich erstreckend, heißt auch Trienter-Alpen.

Von der Quelle des *Tagliamento* angefangen (bey *Ampezzo*) erhält das Gebirge den Nahmen der c a r n i s ch e n A l p e n, erreicht aber erst jenseits des Passes (Joches) oberhalb *Ponteba* bedeutende Höhe, wo es den Nahmen j u l i s ch e A l p e n erhält. Hier steht der *Mantosio* mit 8462′ und der Terglou mit 9636′, der höchste K a l k g i p f e l der Monarchie. Die julischen Alpen verlieren aber bald den Charakter des Hochgebirges, und indem sie sich südöstlich wenden, immer mehr an Höhe abnehmend und sich ausbreitend, bilden sie 2 Bergstufen gegen das Meer zu, K a r s t g e b i r g e genannt, aus welchem nur der S ch n e e - b e r g (bey Neustadtl) sich noch zu 5000 Fuß erhebt, indeß die mittlere Höhe des Landes 2000′ nicht übersteigt. Dieses Bergland des Karstes ist so überaus merkwürdig durch seine ausgedehnten Höhlenbildungen, in welchen häufig Flüsse und Bäche verschwinden, um meilenweit entfernt wieder zu Tage zu brechen. Vom Schneeberge weiterhin nähert sich der Hauptzug des Gebirges immer mehr der Seeküste, (über den Risniak, die K a p e l l a) und tritt mit dem V e l l e b i ch in Dalmatien ein, wo es den Nahmen D i n a r i s ch e A l p e n erhält, aber die Alpenhöhe selten erreichend, denn der höchste Gipfel *Orien* (bey *Cattaro*) hat nur 6004 Fuß. — Den Hauptrücken bildet die Grenze gegen die türkischen Staaten und von ihm senkt sich eben auch ein Karstland gegen das Meer zu herab, welches Character ganz Dalmatien hat. — Östlich vom Passe P r e d i l aber erstreckt sich ein sehr bedeutender Arm der südlichen Kalkkette paralell mit den Uralpen weiter nach Osten der zwar bey weitem nicht die Länge hat, (34 Meilen) bis Kopreinitz aber in seiner ersten Hälfte als ein sehr ausgezeichnetes Gebirge sich darstellt, K a r a w a n k e n genannt, welches nach Norden sehr steil abfällt und den Südrand des Gail- und Drauthales bildet. Der G r i n t o u z bey Stein erreicht 8000′ Höhe. — Die Karawanken setzen fort mit dem K a l - l u r a - und M a t z e l g e b i r g e, mit dem sie nach Ungarn übertreten, und in der Hügelkette Kolnik bey Kopreinitz enden. Als Fortsetzung sind die Hügelreihen des Reka Papuk und F r u s t r a G o r a - G e b i r g e s zu betrachten, welche an der Donau enden. —

§. 4.

B. Die Sudeten.

Ganz Böhmen mit einem angrenzenden Theil von Mähren und Schlesien bildet ein Hochland, welches auf allen vier Seiten von mehr oder weniger hohen Randgebirgen umschlossen wird, welche man unter dem Nahmen Sudeten begreift, über deren Gräte meistens auch die Landesgränze geht. Diese Randgebirge sind 1. der Böhmerwald, 2. das Erzgebirge, 3. das Riesengebirge.

Im Osten erhebt sich der Böhmerwald im Rachel zu 4560′ Höhe; im Norden erreicht das Erzgebirge im Keilberge nur 3940′ im Westen steht das Riesengebirge mit der 5200 Fuß hohen Schneekoppe. Das südliche Randgebirge ist nicht so hoch und hat keinen bestimmten Nahmen. Der Böhmerwald und das Riesengebirge fallen nach außen steil ab, das Erzgebirge landeinwärts. Die gesammten Sudeten sind Urgebirge, wie die Central-Alpen, Granit und Gneis.

Was die äußere Gestalt derselben betrifft, so gilt das oben Gesagte von den abgerundeten Formen der weniger hohen Erzgebirge.

§. 5.

C. Die Karpathen

sind eben so wenig eine gleichartige einzige Gebirgskette, als wie die Alpen, und auch in ihnen kann man zwey Ketten unterscheiden, eine innere und eine äußere, welche das ungarische Tiefland in einem Halbkreise auf ähnliche Art umstehen, wie die Alpen das adriatische Tiefland. Die innere Kette beginnt am Waagflusse (bey Leopoldstadt) als Hügelland sich zu erheben, bildet aber durchaus keine zusammenhängende stetige Kette, sondern mehrere einzelne getrennte Gruppen, die oft inselartig emporsteigend, theils Urgebirge sind, Granit und Gneis ꝛc., theils vulkanische Gebirge, Trachyt, Basalt ꝛc. Die Trachytgebirge sind insbesondere durch ihren Reichthum an edlen Metallen berühmt geworden, wie nahmentlich das Schemnitzer Erzgebirge, welches aber nur 2000′ Höhe erreicht. — An dasselbe schließt sich die Fatra 5500′, und nördlich von dieser steht die Tatra, eine gewaltige Granitgruppe mit dem höchsten Berge Ungarns, der Lomnitzer-Spitze 8150′,

Einzelne Trachytgruppen, die aber nicht viel über Hügelhöhe ſich erheben, ſind die M a t r a bey Erlau, die **Hegyallja**, das berühmte Weingebirge bey Tokay, u. a. m.

Dieſe innere Reihe von Gebirgen iſt von einem ſehr ausgedehnten waldreichen Sandſteingebirge wie ein Mantel umgeben, welches ſich in die polniſchen Stufenländer abdacht.

D. Das ſiebenbürgiſche Hochland hat ſo wie das böhmiſche an den Rändern Urgebirge, deren Abfall durchaus nach Außen zu ſteiler iſt, und gegen Südoſt, an der wallachiſchen Gränze, die größte Höhe erreicht; (der B u d ö s hat hier 9000 Fuß.)

Nicht als zuſammenhängende Gebirgsketten, aber doch als in Gruppen beyſammenſtehende, müſſen die merkwürdigen B a ſ a l t b e r g e erwähnt werden, an denen die Monarchie ſehr reich iſt. Es ſind inſelartige einzelne Berge und Hügel, mitten aus Ebenen emporſteigend, aber doch meiſtens in einer beſtimmten Richtung ſtehend. Vier derley Gruppen ſind am ausgezeichnetſten, und unter dieſen wieder am meiſten das böhmiſche K e g e l g e - b i r g e (Mittelgebirge) paralell mit dem Erzgebirge hinziehend, in welchem der D o n n e r s b e r g (Milleſchauer) 2700' Seehöhe erreicht. In dem venetianiſchen Tieflande ſtehen die E u g a n e e n bey Padua, und die *Monti Berici* bey Vicenza, in dem ungariſchen Tieflande die Baſaltkegel B a b a t ſ o n am Plattenſee, und mit ihnen in einer Linie die G l e i c h e n b e r g e in Steiermark; im ſiebenbürgiſchen Hochlande endlich die Gruppe von Z a l a t n a mit der merkwürdigen Baſaltwand *Gola dedunata.*

Die Baſaltberge ſind ſchon aus der Ferne kenntlich, durch ihre kegelförmige Geſtalt, dunkelgraue, ſchwärzliche Farbe und kahlen Felswände.

§. 6.
Bergpäſſe und Straſſen*).

Die Hauptjoche der Alpen ſind ſeit Jahrhunderten auch die

---

*) Es wurde bereits im Lehrbuche der I. Gramm. Kl. bemerkt, daß der Ausdruck B e r g - P a ß unrichtig ſtatt Berg- J o c h gebraucht wird.

Neue Geographie, I. Thl.　　　　　　B

Hauptübergänge derselben, und der österreichischen Monarchie gehören so das höchste wie das niederste aus Allen an; überhaupt aber wurden die meisten mit Kunststraßen in neuerer Zeit versehen, die zu den herrlichsten in der Welt gehören. — Der Centralkette selbst gehören folgende an:

+ Der Splügen, die kürzeste Verbindung aus Deutschland nach Italien, aus dem Rheinthale in das *Misocco*=Thal (von Tusis nach *Chiavenna*).

Im J. 1818—1822 ließ die österreichische Regierung durch den Ingenieur Donegani eine Kunststraße über das Joch, und jenseits, schon auf Schweizerboden, bis zum Dorfe Splügen hinab, erbauen. Die Straße erhebt sich von *Chiavenna* 5353', und hat den längsten Durchschlag aller Alpenstraßen *).

Das Wormserjoch, an der Grenze der Lombardie und Tyrol, trägt die höchste Alpenstraße, so, daß der Übergangspunct, die Jochhöhe selbst, 8850', niemahls schneefrei ist. Es ist die kürzeste Straße von Innsbruck nach Mailand, wurde 1822 bis 1823 von Donegani erbaut, und das oberste Zufluchtshaus, die *Cantoniera di Sta. Maria* ist das höchste bewohnte Haus in Europa, 8073'.

Der Brenner, 4100' hoch, ist das niedrigste Joch der Centralkette, zugleich die kürzeste Verbindung von Deutschland

---

*) So steile Berge, wie die Hochalpen, können nur dadurch befahren werden, daß man die Straße in einer großen Menge von Windungen, eine dicht ober der andern führt. Die langen Strecken steigen mäßig bergan, die Wendung selbst aber muß ganz horizontal seyn. Die Wendungen bilden von Ferne gesehen, ein so dichtes Zickzack, daß man glaubt, die Wagen fahren einer auf dem andern. Zum Schutze gegen die Lawinen, sind an bedrohten Stellen Dächer aus starken Bohlen über die Straße gespannt, thalabwärts geneigt, über welche die Schneemassen gefahrlos hinwegrutschen. An sehr gefährlichen Stellen, oder auch wo man die Straße nicht am Abhange führen konnte, sind Durchschläge durch das Gestein selbst geführt (Gallerie — englisch Tunnel, sprich Tonnel), wie ungeheure Thorwege, die nur hie und da durch ausgebrochene Öffnungen Licht erhalten. Ein Durchschlag am Splügen ist 1530 F. lang.

und Venedig (von Innsbruck nach Bozen) daher auch seit jeher
am befahrensten.

Von den Tauern sind nur 2 fahrbar, der Radstädter
5500', aus dem Ennsthal in das Drauthal (von Rastadt nach
Gmünd) und der Rottenmanner aus dem Ennsthal in das
Murthal (von Lietzen nach Leoben), die Hauptverbindung zwischen
Graz und Salzburg.

Die Kalkalpen sind durch zahlreiche Gewässer so durchbrochen, daß die Straßenzüge in Thälern und Schluchten angelegt
werden konnten, nur in den südlichen Alpen ist aus Kärnthen
nach Krain (Klagenfurt nach Laibach) der Loibl von 4000', und
aus Kroatien nach Dalmatien (von Karlstadt nach Zara) der
Vellebich von 3100' zu übersteigen.

Hydrographie.
§. 7.
Flüsse.

Die Donau (Danubius, Duna — Ister im unteren Laufe)
ist der Hauptstrom der Monarchie und der zweyte Strom
Deutschlands. Von ihrem Ursprunge auf dem Schwarzwalde
(nicht in Donaueschingen) bis zur Mündung beträgt ihr Lauf
über 450 Meilen, und davon kömmt beynahe die Hälfte, bey
200, auf die österreichische Monarchie. Ihr Stromgebieth begreift 120 Flüsse und fast ⅔ des Flächeninhaltes des ganzen Kaiserstaates. Sie betritt das österreichische Gebieth zuerst mit dem
rechten Ufer, ¼ Stunden unterhalb Passau, und verläßt es zuletzt mit dem linken Ufer, eine Stunde unterhalb Alt=Orschova. Die
meisten Zuflüsse erhält die Donau am rechten Ufer aus den Alpen
(Inn, Traun, Enns, Leitha, Raab, Scharwitz, Drau, Save; am
linken Ufer: Kamp, March, Neutra, Gran, Theis ꝛc.) mit denen
sie ein Längenthal bildet, bis zu ihrem Eintritte in das ungarische Tiefland. Diese Zuflüsse treffen sie fast alle senkrecht und
die Folge davon sind die vielen Krümmungen und Versandungen
des Flußbettes. Die Alpenflüsse haben nähmlich meistens starken Fall, und führen der Donau eine ungeheure Menge Gerölle

B 2

zu, wodurch das Flußbett verschüttet, Sandbänke aufgeworfen werden, und der Strom gezwungen wird, einen andern Lauf zu nehmen. Nach jedem Hochwasser verändert sich das Rinnsal, und dieser Umstand hindert die Schifffahrt so bedeutend, daß erst im untern Laufe Segel gebraucht werden können.

Die Strecke von Paffau bis Preßburg wird die o b e r e oder österreichische Donau genannt, weiterhin heißt sie die u n t e r e oder die ungarische Donau*).

Bis Wien fließt die Donau zur Hälfte in einem engen Thale, häufig zwischen felsigen Bergen, indem hier der Abfall des böhmischen Hochlandes mit den Ausläufern der Alpen zusammentrifft, daher ihr linkes Ufer größtentheils aus Urgebirgsfelsen besteht (Granitbrüche von Perg in Oberösterreich). S t r o m e n g e n, durch beyderseitige Felswände hat die Donau 7½ nähmlich von Paffau bis Aschach, von Ottensheim bis Linz, von Grein bis Ips, von Mölk bis Krems, dann bey Gran und Wiffihrad, endlich von Moldawa bis Drenkowa. Obwohl der Strom hier überall durchbrechen mußte, so hat die Donau doch nur 2 bedeutende Wellenbrecher und Stromschnellen, den berühmten W i r b e l und S t r u d e l in dem obern Laufe, und das e i s e r n e T h o r im untern Laufe. An beyden Orten ist das ganze Strombett mit Klippen erfüllt, deren mehrere auch über den Wasserspiegel emporragen, (nahmentlich im eisernen Thor der Babakai=Fels) an denen die Wellen sich brechen. An beyden Orten entstehen Wirbel durch das Anprallen und Zurückgeworfenwerden des Stromes von den Felsen. Bey sehr hohem Wasserstande, wo der Strom über die Klippen hinweg kann, verschwinden daher die Wirbel größtentheils. Das Waffer wird durch die Felsen aufgestaut, unterhalb derselben fällt es daher bedeutend, und bildet eine Stromschnelle. Bey dem Strudel wird der Strom 48 Klafter, im eisernen Thore bis auf 87 Klafter eingeengt, und hat hier stellenweise 158 Fuß Tiefe.

Das eiserne Thor besteht aus zwey Abtheilungen, deren untere das eigentliche eiserne Thor (Porta ferrea, türkisch Demir

---

*) Die obere Donau hat im Durchschnitt 10 Fuß Tiefe, 11½ Fuß Gefäll auf eine Meile und 8' Geschwindigkeit in einer Minute.

kapi) aber schon außerhalb der Monarchie liegt; von der oberen Abtheilung (serbisch Jardap, das ist Wasserfall, türkisch Tachtalia) gehört das linke Ufer zu Österreich. — Die Schilderung und die Gefahren, sowohl des Strudels als des eisernen Thores, wurden von jeher übertrieben. Der Strudel wurde 1771, der Tachtalia 1834 durch Felssprengungen schiffbar gemacht, und die Dampfschiffe fahren jetzt sogar durch das eiserne Thor aufwärts, was man immer für unmöglich gehalten hatte.

Die Donau ist sehr reich an Inseln, die meisten natürlich von kleinem Umfange; die größte ist die **Schütt** unterhalb Preßburg, 7 Meilen lang, **Czepel** unterhalb Pesth, u. s. w.*).

Von Preßburg abwärts trägt die Donau Schiffe mit 2000 Ztr. von Pesth an schon 4000 Ztr.

§. 8.
Seen.

Die **zahlreichen Seen** werden bei den Beschreibungen der einzelnen Länder vorkommen. Die Monarchie ist außerordentlich reich an Seen, besitzt der Größe nach den dritten in Europa, den **Plattensee**, und dürfte wahrscheinlich die höchsten **Alpenseen** enthalten, darunter der **Langsee** im Salzburgischen 7200 Fuß über dem Meere. — Die größten Seen liegen am Südrande der Alpen, im ungarischen Tieflande nur zwei bedeutende (der Platten= und der Neusiedler=See) **).

Überaus reich ist aber die Monarchie an **Mineralquellen**, deren nicht weniger als 1400 beschrieben sind, und eben so viele harren vielleicht noch des beglückenden Zufalles, der sie bekannt macht ***).

---

*) Die **Lobau** bey Wien ist berühmt geworden durch Napoleons Lager im J. 1809, von dem man noch die aufgeworfenen Schanzen sieht.

**) Die 5 ansehnlichsten Seen der Monarchie: *Lago di Garda, Maggiore, di Como,* Attersee, Plattensee, würden zusammen 60 ☐ Meilen Fläche bedecken, also fast so viel, wie das Großherzogthum Sachsen=Weimar=Eisenach.

***) Man kann annehmen, daß wenigstens auf je 7 Quadratmeilen in der Monarchie eine Heilquelle kömmt. Tyrol allein hat deren über 130, dort findet man also schon auf 3 ☐ Meilen Eine Heilquelle.

§. 9.

Das Meer,

und zwar der adriatische Golf des mittelländischen Meeres (Mare adriaticum, sinus Adria v. adriaticum) bespült die Küsten der Monarchie (Venedig, illyrisches und ungarisches Küstenland, Dalmatien) in einer Länge von mehr als 150 Meilen*).

In dieser Ausdehnung ist die Küste und der Meeresgrund natürlich von sehr großer Verschiedenheit. Östlich hat es meistens Steilküste, so zwar, daß es auf große Strecken auch dem kleinsten Schiffe unmöglich ist, zu landen. Dafür aber finden sich viele Buchten und Baien, welche natürliche Häfen bilden, die zu den besten der Welt gehören. Vor der ganzen Ostküste liegen zahlreiche Inseln, welche viele Kanäle und Meerengen bilden. An dieser Küste münden nur wenige Flüsse in's Meer, die aber doch meistens starken Fall haben. Die Tiefe des Meeres ist aber überall so bedeutend, daß nur die Narenta in Dalmatien ansehnliche Ablagerungen bilden konnte. Ganz verschieden ist die Westküste, welche durchaus flacher Strand ist. Hier münden zugleich zahlreiche Flüsse ein, welche bey jedem Hochwasser eine unermeßliche Menge Schutt und Sand in das Meer spülen, und daher alle vor ihren Mündungen mächtige Sandbänke angelegt haben, welche bis 5000 Klftr. (über 1¼ Meile) weit in's Meer sich erstrecken, selbst am äußersten Ende nur 20' vom Wasser bedeckt. — Außerhalb dieser Sandbänke findet man zwey bis drey Meilen breite Schlammbänke, parallel mit jenen laufend, ein Hauptaufenthalt der Fische und Schaltiere. Die Farbe des Meeres ist dunkelblau, geht aber in lichtgrün über, an den seichten Stellen über Sandboden. Das adriatische Meer hat eine regelmäßige, aber nicht sehr starke Ebbe und Fluth, welche dem mittelländischen Meere fehlt. Bey Venedig steigt die gewöhnliche Fluth nur um 1—2 Fuß, in den Nachtgleichen aber 3—8 Fuß — Springfluthen erreichen sogar 10 Fuß bey heftigen Sirocco-

---

*) Es soll seinen Nahmen herleiten von der venetianischen Stadt Adria, nach Aurelius Victor aber von Hadria in Picenum, nach Andern von Adrias, Sohn des Jaonos.

stürmen, und an der dalmatinischen Küste treibt die Brandung das Seewasser dann 100 Fuß empor. Zur Sonnenwende dagegen bleibt die Fluth oft ganz aus. Eine starke Strömung (*corrente*) zieht an der dalmatinischen Küste nördlich, und an der venetianischen wieder südlich, wo sie aber an Stärke verliert. Die Geschwindigkeit beträgt 1 Meile in 24 Stunden. Wo diese Strömung mit der Strömung der einmündenden Flüße zusammentrifft, bilden sich die stärksten Niederschläge von Schlamm, Schutt und Sand, und so sind die großen Sandbänke entstanden, welche an der venetianischen Küste vor den Mündungen der Flüße, eine lange Reihe von Dünen bilden (ital. *Lido*). Hinter ihnen sind die eigentlichen Buchten des adriatischen Meeres, Lagunen genannt, welche landeinwärts in Sümpfe übergehen.

Nordwestlich spaltet sich das Meer durch die weit vorspringende Halbinsel Istrien, in zwey große Meerbusen (von Triest und von Fiume, letzterer auch *Quarnero* genannt).

Im adriatischen Meere hat man, verschieden von andern, die Beobachtung gemacht, daß sich der Wasserspiegel erhöhet, ob das nun von einer Erhöhung des Meeresbodens oder einer Senkung des Landes herrühre*).

§. 10.
Klima. Naturproducte.

Eine Ländermasse, welche beynahe 9 Breitengrade, vom 42. bis zum 51. erfüllt, und welche vom Meeresufer zu ihrem höchsten Berge 12,300' über die Meeresfläche sich erhebt, muß natürlich eine große Abwechslung des Klimas darbiethen. Indeß in den dalmatischen Gärten die Dattelpalme sogar zeitweise Früchte zur Reife bringt, wurde im Alpenthale von Großkirchheim (Kärnthen) im J. 1815 das Winterkorn im September gesäet, und konnte erst im Oktober des nächstfolgenden Jahres geschnitten werden.

Der Reichthum an Naturprodukten ist gleichermaßen so groß, daß er von keinem europäischen Lande übertroffen wird. Insbeson-

---

*) Im J. 1722 mußte das Pflaster des Markusplatzes in Venedig um 1 Fuß erhöhet werden, und man fand beym Aufgraben 3 Fuß unter dem Wasserspiegel, ein älteres Pflaster.

dere ist das Mineralreich so reich bedacht, daß außer Platin, alle
nutzbaren Metalle sich vorfinden, und ein unerschöpflicher Schatz
von Steinkohlen und Salz. Das Pflanzenreich liefert außer
den gewöhnlichen Getreidearten insbesondere auch Mais und
Reis, so wie Wein, Südfrüchte und nahmentlich Öhl; von
Handelsgewächsen Öhlfrüchte in großer Menge und einige Färbe-
pflanzen, aber nicht hinreichend. Gemüse- und Obstbau steht keinem andern europäischen Lande nach. Obwohl in einzelnen Gegenden Holzmangel fühlbar wird, so gibt es dafür auch noch Urwälder.

Außer dem Auerochsen und Steinbock finden sich alle europäischen Haus- und Jagdthiere, aber auch hier allein der Schakal (Dalmatien), der merkwürdige Proteus anguinus (Illyrien),
und von Fischen der Fogosch (Ungarn).

§. 11.

Bevölkerung.

In der Bevölkerung sind alle europäischen Hauptvölker
vertreten, und zwar der Zahl nach in folgender Reihe:

1. Slaven an 15 Millionen, in allen Provinzen, außer
dem lombardisch-venetianischen Königreiche, überwiegend aber in
Böhmen, Mähren, Galizien, Ungarn, Illyrien und Dalmatien.

2. Deutsche, an 7 Millionen, in allen Provinzen, überwiegend in Tirol, Erzherzogthum Österreich.

3. Ungarn (Magyaren) an 5 Millionen in Ungarn und
Siebenbürgen.

4. Italiener, an 4½ Millionen, überwiegend im lombardisch-
venetianischen Königreiche, dann auch in Illyrien und Dalmatien.

5. Wlachen (Wallachen) an 2 Millionen, überwiegend in
Siebenbürgen, dann in Ungarn.

6. Juden an ¾ Millionen in allen Provinzen außer Steiermark (auch in Tirol gibt es nur wenige); endlich

7. Zigeuner über 50,000 in Siebenbürgen und Ungarn.

Religion. Außer den Juden und den wenigen sich in Österreich aufhaltenden Moslems, bekennt sich die ganze Bevölkerung
zum Christenthume. Hiervon bilden die Katholiken (mit den
unirten Griechen) die überwiegende Mehrzahl, an 28 Millionen.

Die Akatholiken gehören 1. der nicht unirten (orientalisch) griechischen Confession, beyläufig 3 Millionen;

2. der reformirten (helvetischen) Confession 2¼ Millionen.

3. Der evangelischen (lutherischen, Augsburger) 2 Millionen.

Die Nahrungsquellen der Bevölkerung sind vorzugsweise der Ackerbau und die Viehzucht. In den Alpenländern ist die Almwirthschaft gebräuchlich. Das Herabbringen des Heues von den Almen oder Bergwiesen ist nämlich zu beschwerlich — man treibt daher im Frühjahre das Vieh hinauf, und läßt es bis zum Spätherbst oben, wo es weidet, und selbst über Nacht bei schönem Wetter im Freien bleibt. Die Hütten heißen Alm- oder Sennhütten, auch Schwaig. Der Auftrieb und Abtrieb des Viehes ist ein Volksfest.

Industrie blüht am meisten in Böhmen, Mähren, Erzherzogthum Österreich und Lombardie, Venedig; in den Küstenländern ist Schiff-Fahrt und Fischerey Hauptbeschäftigung, und es gehören die Dalmatiner und Illyrier zu den besten Seeleuten des Kontinentes *).

---

*) Um Wiederhohlungen zu vermeiden, muß auf die Beschreibung der einzelnen Länder verwiesen werden.

Statistische Übersichts-Tabelle der Österreichischen Monarchie.

Flächeninhalt, Wohnorte und Bevölkerung.

Länder	Flächeninhalt in österreich. ☐ Meilen	Kreise, Comitate, Delegationen ꝛc.	Wohnorte Städte	Märkte	Dörfer	Zusammen	Häuser	Familien	Bevölkerung	Einwohner auf eine ☐ Mle.
Oesterreich unt. d. Enns	343·8	4	35	239	4.305	4.579	162.678	315.795	1,453.315	4.227
Oesterreich ob der Enns	332·8	5	17	114	6.722	6.853	127.864	190.396	864.549	2.598
Steyermark	390·6	5	20	96	3.593	3.709	163.496	202.178	997.200	2.552
Kärnthen u. Krain	353·8	5	25	42	5.926	5.993	115.863	160.343	776.849	2.196
Küstenland	139·1	2	30	14	944	988	67.289	114.114	492.628	3.542
Tyrol	500·1	7	22	28	1.425	1.475	120.623	171.883	848.177	1.696
Böhmen	902·7	16	286	279	12.072	12.637	583.320	1,011.733	4,318.732	4.784
Mähren u. Schlesien	476·6	8	116	186	3.669	3.971	310.217	509.894	2,242.167	4.705
Galizien	1.525·0	19	96	193	6.057	6.346	701.605	1,167.404	4,980.208	3.265
Dalmatien	222·3	4	15	35	827	877	75.386	67.546	405.834	1.826
Summe	5.186·8	75	662	1.226	45.540	47.428	2.428.341	3.911.246	17,379.679	3.350
Lombardie	375·1	9	13	118	2.110	2.241	303.951	516.415	2,621.680	6.989
Venedig	415·0	8	26	235	553	814	364.938	424.500	2,242.927	5.433
Summe	790·1	17	39	353	2.663	3.055	668.889	940.915	4,864.607	6.172
Ungarn	3.962·7	58	52	801	11.690	12.543	1,519.540	2,227.051	10,500.000	2.650
Siebenbürgen	954·8	29	11	64	2.305	2.380	312.500	366.400	2,118.578	2.219
Militärgrenze	683·0	20	12	23	2.041	2.076	141.680	130.970	1,235.466	1.809
Gesammtsumme	11.577·4	159	776	2.467	64.239	67.482	5,070.960	7,576.622	36,098.330	3.119

Zweyter Abschnitt.
Die Alpenländer.

Die gefürstete Grafschaft Tyrol mit dem Lande
Vorarlberg.

(Comitatus Tirolensis seu Rhaetica austriaca.)
(500 österr. ☐ Meilen, 848200 Einwohner, auf 1 ☐ Meile 1700.)

§. 12.
Gränzen, Eintheilung.

Tyrol gränzt nördlich an das Königreich Bayern, östlich an
das Erzherzogthum Österreich (Salzburg) und das Königreich
Illyrien, südlich an das lombardisch-venetianische Königreich, westlich an den Freystaat Schweiz und das Fürstenthum Liechtenstein.
Tyrol ist ein wahres Alpenland, wie die Schweiz — von drey
Haupt-Gebirgszügen und deren Verzweigungen erfüllt, welche
dasselbe ziemlich paralell von West nach Ost durchziehen.

§. 13.
Gebirge.

1. Die rhätischen Alpen (auch Central-Alpen genannt,
weil sie mitten zwischen den beyden andern Alpenketten quer durch
das Land sich erstrecken) bestehen ganz aus Urgebirgsarten,
namentlich Granit und Gneis (daher auch Uralpen genannt), sind
10 Meilen breit, und ihr Rücken ist im Durchschnitt 10,000 Fuß
hoch, über welchen aber einzelne Gipfel sich noch 1000 und 2000'
höher erheben. Ihnen gehört gleich bey ihrem Eintritte aus

der Lombardie der höchste Berg Tyrols und der ganzen Monar=
chie an, der Orteles, 12,300 Fuß hoch. Er ist eine schroffe
dreyseitige Pyramide, welche über ausgedehnte Gletscher empor=
steigt, und wurde durch den Gemsjäger Joseph Pichler aus Trafoi
zuerst 1804 erstiegen.

Die Malser Heide bildet hierauf einen tiefen Thal=Ein=
schnitt in dem Gebirgszuge, etwa 5000 Fuß über dem Meere,
jenseits welchem derselbe aber in den Oßthaler=Alpen wieder em=
porsteigt, wo der zweithöchste Berggipfel des Landes, die Wild=
spitze, 11,911 Fuß Höhe hat.

Von dem Feldspitz angefangen, bildet das Gebirge die Gränze
des Erzherzogthums Österreich, bis es bei dem Glockner ganz in
dasselbe übertritt. Ein Arm dieser Alpen scheidet Vorarlberg von der
Schweiz (Kanton Graubündten) und Liechtenstein, und enthält den
Berggipfel *Sessa plana* oder Brandferner von 9000 Fuß.

2. Die Tyroler Alpen, die Nordgränze des Landes, be=
stehen aus Kalkstein, und steigen aus dem Rheinthale gleich zu
bedeutender Höhe empor; die rothe Wand bey Bludenz hat 8500'.
— Durch den Arlberg verbinden sie sich mit den rhätischen Alpen.
Sie bilden die Nordwand des Innthales, aus dem sie größtentheils
schroff emporsteigen; der große Solstein bey Innsbruck hat
8020 Fuß Höhe.

3. Die Trienter und carnischen Alpen, südlich von
den rhätischen, bestehen gleichfalls größtentheils aus Kalkstein. —
Zwischen der Etsch und dem Garda=See erhebt sich der *Monte-
Baldo* zu 6957 Fuß, ein 8 Meilen langer, sehr schroffer Berg=
rücken; aus dem Drauthale bey Innichen der Birkenkofel
9060 Fuß; aus dem Fassathale der *Cima de Lagorei* 8200 Fuß.

Die wichtigsten Alpen=Pässe und Straßen sind fol=
gende: Das Stilfser= und Wormser=Joch, gegen die Lom=
bardie (siehe Seite 18). Die Malser=Heide, der Über=
gang aus dem Ober=Innthale in das Etschthal (von Landek
nach Meran). — Der Brenner, der niedrigste Übergang über
die Alpen, 4100 Fuß, und seit Alters her die Hauptverbindung
zwischen Deutschland und Italien. Der Arlberg, 6000 Fuß,

ist die einzige fahrbare Verbindung aus Tyrol nach Vorarlberg und in die Schweiz *). Kaiser Joseph II. ließ die Straße erbauen.

Außer diesen fahrbaren Pässen gibt es aber mehrere Saumpfade über die Gebirge, welche für den Verkehr des Landes von Wichtigkeit sind: über den Jaufen aus dem Eisakthale nach Passeier (von Sterzing nach Meran); der Mendola-Paß, aus dem Etschthale in den Nonsberg (von Botzen nach Cles); der Paß von St. Pellegrino aus dem Fassathale in das Venetianische. Selbst über die höchsten Gletscher führen Steige aus einem Thale in das andere; aber viele davon sind sehr gefährlich. So gelangt man aus dem Ötzthale über den großen Ferner nach Meran und über das Timbljoch nach Passeier, über die Tauern in das salzburgische Pinzgau u. s. w.

Tyrol hat so wie die höchsten Berge auch die meisten Gletscher der Monarchie, welche hier **Ferner** genannt werden. Es gibt über 80 größere, die ausgedehntesten finden sich im Ötzthale *). Hier bilden der große Ötzthaler- Gebatsch- und Hochvernag-Ferner ꝛc. eine zusammenhängende Eismasse von 7 Meilen Länge. Der große Ötzthaler Ferner hat durch die Verheerungen, welche er über das Thal brachte, eine traurige Berühmtheit erlangt.

Lawinen sind in Tyrol so häufig und so verwüstend, daß jährlich 12—15 Gebäude durch dieselben zerstört und 20—30 Menschen getödtet werden. Von den Seitenthälern sind nur wenige und in diesen wieder nur einige Häuser ganz sicher vor diesen furchtbaren Erscheinungen. —

---

*) Im Mittelalter war hier ein Saumpfad vorhanden, und dieser sehr gefährlich. Das Unglück so vieler Reisenden ging einem armen Hirten (einem Findelkinde) Heinrich mit Nahmen, so zu Herzen, daß er halb Europa durchwanderte, um Beyträge zu sammeln, zur Errichtung eines Hospizes. — Es gelang ihm auch und er gründete 1388 die Bruderschaft St. Christoph am Arlberge, welche den Reisenden Unterkunft gab, bey Schneegestöber Knechte ausschickte auf Kundschaft u. s. w.

**) Die Tyroler Ferner würden in eine einzige Masse vereinigt, über 23 ☐ Meilen erfüllen, ein Landstrich, so groß, wie das Herzogthum Sachsen-Altenburg.

§. 14.

Bergstürze, Thäler, Engpässe, Höhlen.

Bergstürze und Erdfälle kommen zwar immer von Zeit zu Zeit vor, aber die bedeutendsten gehören dem Alterthume an. Zwischen den Jahren 783 und 930 verschüttete ein ungeheurer Einsturz des Berges Ifinger das römische Maja, an dessen Stelle jetzt das Dorf Mais (bey Meran) steht. Noch großartiger war der Bergsturz, welcher im J. 883 (?875?) im Lägerthale bey St. Marco sich ereignete und unter dem Nahmen *Slavini* oder *Lavini di St. Marco* bekannt ist *). — Eine ganz eigenthümliche Erscheinung sind die sogenannten Erdpyramiden auf dem Rittenberge bey Botzen.

Thäler. Die obengenannten Gebirgszüge bilden 3 Hauptthäler und eine Unzahl kleinerer, so daß Tyrol gar keine eigentliche Ebene besitzt. 1. Die Tyroler Alpen bilden mit den rhätischen das 33 Meilen lange, schöne und fruchtbare Innthal. Vor seinem Eintritte in das Land bis Landeck ist es ein Querthal, durchaus eine enge Schlucht mit dem berühmten Paß Finstermünz. Von Landeck bis Kufstein ist es ein Längenthal, bey letztgenanntem Orte wird es abermahls ein Querthal, indem es die Tyroler Alpen durchbricht. Das Innthal ist durch die Wand der Tyroler Alpen vor den Nordwinden geschützt, liegt nur 1000 bis 2000 Fuß hoch, und hat daher ein mildes Klima. Der Südwind (*Sirocco*) wird aber durch die Tyroler Alpen aufgehalten, und erzeugt dadurch oft eine so plötzliche Hitze (besonders bey Innsbruck) daß sie der Gesundheit schädlich wird.

2. Das Pusterthal wird durch die rhätischen und carnischen Alpen gebildet, und ist gleichfalls ein Längenthal, durch die Wasserscheide der Toblacher Heide in 2 Theile getheilt, nach West und Ost sich senkend. Das Pusterthal liegt am höchsten, 2000 bis

---

*) Das ganze Thal ist auf zwey Stunden mit unregelmäßigen Hügeln bedeckt, welche aus den zahllosen herabgestürzten Kalkblöcken bestehen. Nur einige Stellen haben sich mit Erde bedeckt, wo sich Vegetation findet, sonst ist die Gegend so wild und wüste, daß Dante in seinem Epos: „*Divina Comedia*" im 12. Gesange, als eine Gegend der Hölle sie beschreibt.

3000 Fuß, und ist daher sehr rauh. — Das dritte, das Etsch=
thal, ist dem Flächeninhalte nach, das größte. Von seinem Ur=
sprunge an, der Malserhaide bis Botzen, ist es ein Längenthal,
zwischen 2 Armen der rhätischen Alpen, wird aber dann ein Quer=
thal, indem es die Trienter Alpen durchbrochen hat, und durch den
Engpaß *Chiusa* in die Veroneser Ebene mündet. — Das Etschthal
ist durch seine Abwechslung von Naturschönheiten eines der herrlich=
sten im ganzen europäischen Alpenzuge. Sehr rauh an seinem hoch=
gelegenen, oberen Theile, senkt es sich bey Meran schon auf 1000'
herab, und hat ein außerordentlich mildes gesundes Klima. Bey
Botzen aber wendet es sich gerade gegen Süden (das einzige Haupt=
thal, welches in Österreich diese Richtung hat), und der Sommer
ist daher hier unerträglich heiß.

Das Rheinthal gehört nur mit der rechten Hälfte auf
4 Meilen Länge zu Vorarlberg.

Engpässe und Höhlen hat Tyrol sehr viele, und nah=
mentlich ist das Land von keiner Seite her anders als durch einen
Engpaß zugänglich, was für die Vertheidigung desselben von
größter Wichtigkeit ist. Jeder dieser Pässe wurde von den Tyro=
lern auch immer auf das Tapferste vertheidigt und nur durch Ver=
rath oder Übermacht siegten die Feinde. (Mehr darüber in der
Ortsbeschreibung.)

§. 15.
Gewässer.

Tyrol gehört drey verschiedenen Stromsystemen an: Rhein,
Donau und Etsch. 1. Der Rhein, freylich nur als Gränzfluß.
In denselben münden der Ill, aus dem Albuin=Gletscher im
Montafun=Thale entspringend und die Bregenzer Ache. 2. Der
Inn ist der Hauptfluß des Landes. Er entspringt in Grau=
bündten (Schweiz) am Berge Septimer, aus einem Gletscher,
tritt bey Martinsbruck nach Tyrol über, bey Kufstein nach
Bayern. Durch die Einmündung des Sillflüßchens wird er
von Innsbruck abwärts schiffbar; eine seiner ansehnlichsten Zu=
flüsse ist außerdem noch der Ziller.

In den Tyroler Alpen entspringen ferner der Lech, die
Iller und Isar, welche aber erst in Bayern bedeutend wer=

den. Im Pusterthale entspringt auf dem Toblacher Felde die Drau, wird aber erst in Kärnthen schiffbar. Alle diese Flüsse gehören zum Stromgebiethe der Donau. 3. Die Etsch (*Adige*) ist der Hauptfluß von Südtyrol, entspringt eigentlich auf einer Wiese bey dem Dorfe Reschen, fließt dann durch die drey Seen auf der Malser Heide, nimmt bey Bozen den Eisack auf, die vom Brenner herabkommt, und wird dadurch schiffbar. Nach einem 24 Meilen langen Laufe betritt sie das venetianische Gebieth. In ihrem untern Laufe richtet sie große Verwüstungen an, da sie eine Menge reißender Wildbäche aufnimmt.

Sie verändert deshalb oft ihr Rinnsal, macht viele Krümmungen und erzeugt Ufersümpfe. Um dem abzuhelfen, wurden bereits viele Wasserbauten veranstaltet, und nahmentlich 1817 bey Piglon dem Flusse ein neues Bett auf 968 Klafter Länge gegraben.

Im Valsugana endlich entspringt aus dem See von Levico die Brenta.

An Wasserfällen ist Tyrol außerordentlich reich; man zählt über 150 größere. Als der schönste gilt der bey Ringlaun im Bregenzerwalde, als der stärkste aber der Stäubi bey Weitenfeld im Kaunserthale (südlich von Landeck), welcher in 9 Fällen 1326 Fuß, wie ein Milchstrom herabstürzt. (Mehr in der Ortsbeschreibung.)

Seen hat Tyrol zwar viele, es sind aber meistens hochgelegene, unbedeutende Alpenseen. Vom Bodensee gehören nur 4½, vom Garda-See 2¼ Meile zu Tyrol.

In den Tyroler Alpen, nördlich von Schwaz, liegt der Achensee, 4750 Klafter lang, 300 bis 2500 Fuß (?) tief, rings von hohen Kalkbergen umgeben. In demselben Gebirge nördlich von Imst liegt der Plansee, der durch einen Kanal mit dem Hinterwangsee zusammenhängt, beyde zusammen 2 Stunden lang. Eine reizende Lage hat der fischreiche Kalternsee (*Lago di Caldaro*) südwestlich von Bozen. Auf der Malser Haide liegen die 3 ineinander abfließenden Reschen-, Haiden- und Mittersee, deren Abfluß die Etsch ist. Im Valsugana ist der *Lago di Caldonazzo*, über eine Stunde lang, und gleich neben ihm liegt der See von Levico.

Mineralquellen zählt Tyrol über 120, davon der Etschkreis allein über 30, Pusterthal 34. (Mehr in der Ortsbeschreibung.)

§. 16.
Das Volk.

Tyrol wird von zwey Volksstämmen bewohnt: Den Deutschen und Italienern; zu letzteren rechnet man auch die Nachkommen der alten Rhätier, die Ladiner. —

Die Deutschen (660,000) wohnen nödlich der Uralpen und in den nächsten Thalgegenden der Südseite. Die Italiener (140,000) treffen hier mit jenen zusammen und die Mündung des Nos in die Etsch wird als Gränzpunct beyder Völker im Etschthale angenommen.

Die alten Rhätier hatten sich vor den eindringenden gallischen Stämmen in die abgelegeneren Hochthäler beyderseits des südlichen Etschthales zurückgezogen, in den Nonsberg, Gröden, Enneberg u. s. w., wo noch jetzt die Ladiner hausen, etwa 40,000 an der Zahl.

Der Tyroler im Allgemeinen, ist ein stattlicher, kräftiger Menschenschlag, und erreicht, wie alle Älpler, ein hohes Alter bey seiner einfachen rauhen Lebensweise. — Der Deutsche hat offene, treuherzige Züge und regelmäßiger als manche andere deutsche Volksstämme; das Zillerthal soll die schönsten, Passeier die kräftigsten Leute haben.

Der Italiener (Wälsche) ist hagerer als der Deutsche; hat schwarzes Haar, blasse, bräunliche Gesichtsfarbe. Zwischen beyden stehen die Ladiner mitten inne, dunkleres Haar und dunklere Hautfarbe als der Deutsche. Ihre Sprache nennen sie *Ladina* (der Italiener nennt sie *Romana*, der Deutsche Romaunsch); sie wird nicht geschrieben, und der Unterricht wird in deutscher und italienischer Sprache gegeben.

Hauptnahrung des Tyrolers sind Mehlspeisen: im Bregenzerwalde Hafergrütze und Hirsebrei (Painze), sonst aber der Maisbrei, Türkenmus von den Deutschen, *Polenta* von den Italienern genannt. Kartoffeln sind wohl nicht so allgemein verbreitet, als diese wohlthätige Frucht es verdient.

Die Volkstracht ist so mannigfaltig, daß fast jedes Thal sich eigenthümlich kleidet. Im Allgemeinen: Schuhe oder kurze Schnürstiefel; graue oder blaue Strümpfe; kurze Hosen von dunklem Loden oder Leder, breite Hosenträger über eine rothe

Neue Geographie I. Th.   C

Weste; ein breiter Ledergurt, eine kurze grüne oder dunkelfärbige Jacke; runden Hut mit spitzem Kopfe und breitem Rande mit Gemsbart*), Federn und Blumen geschmückt. Fast noch mehr Verschiedenheit als die männliche Tracht, biethet die weibliche. — Ziemlich allgemein sind aber kurze, schwarze Faltenröcke und große birnförmige, gestrickte Hauben, von weißer oder blauer Wolle, sonst auch spitze Männerhüte.

Die Bauart der Häuser ist ziemlich die gleiche, wie in anderen Gebirgsländern. Die Bauernhöfe sind meistens sehr stattlich, reinlich getüncht, und haben meistens im Gibel Wandgemälde, die oft recht gut ausgeführt sind.

Gewöhnlich hat das Haus ein Stockwerk mit einer offenen Gallerie, auf der man selbst in den rauhesten Hochthälern einige Blumentöpfe sieht. Im Hochgebirge gibt es nur Blockhäuser, deren Bretterdächer zum Schutze gegen Stürme, mit großen Steinen beschwert sind. In Wälsch-Tyrol bilden die Dörfer nicht Gruppen zerstreuter Höfe, sondern enge Gassen schwerer steinerner Gebäude. Gewöhnlich bildet den Mittelpunct der Zimmer eine Halle, über welcher das Dach offen ist, und über dieser Offnung befindet sich ein zweites, kleines Dach (Lichthaube), wodurch Licht und Luft Zutritt hat, der Regen aber abgehalten wird.

Der Tyroler hat ein äußerst reges Selbstgefühl, und hängt mit unerschütterlicher Liebe an seiner Heimath. Das Land vermag nicht alle seine Einwohner zu ernähren, und ein bedeutender Theil der Bevölkerung wandert daher in die Fremde, um sich dort seinen Unterhalt zu erwerben, kehrt aber mit dem Ersparten immer wieder zurück, um sich daheim anzusiedeln. Vor allen deutschen Volksstämmen ist der Tyroler ausgezeichnet durch seine Kunstfertigkeit. Man kennt mehr als 400 Künstler von Ruf, welche aus Tyrol abstammen, und es gibt nur wenig Kirchen im Lande, die nicht irgend ein gutes Kunstwerk von einem einheimischen Meister aufzuweisen hätten **).

---

*) Nicht etwa der Bart der Gemse, sondern die langen Rückenhaare derselben.

**) Meister Wilhelm von Innsbruck erbaute unter andern den schiefen Thurm zu Pisa; Pichler ist der berühmteste neuere Steinschneider u. s. w., sogar blinde Bildschnitzer sind nicht selten.

Berühmt ist der Tyroler als Schütze, Scheibenschießen und Jagd sind sein größtes Vergnügen.

Die Tyroler werden daher auch im Militär, vorzugsweise als Jäger verwendet, und stellen die Mannschaft zu dem Regimente: „Kaiser Jäger*).“ Damit diese Geschicklichkeit im Volke auch immer erhalten werde, gibt der Kaiser jährlich 12 Best= oder Preis=Schießen mit bedeutenden Geldpreisen für die besten Schütze. Die Tapferkeit, mit welcher der Tyroler von jeher eindringenden Feinden sich widersetzte, ist weltberühmt, und mehr als Einmahl schlugen die Weiber eines Thales feindliche Schaaren in die Flucht.

§. 17.
Nahrungsquellen.

Der Ackerbau ist in Tyrol nicht ergiebig genug, und es muß etwas Getreide eingeführt werden. Manche Thalflächen sind wohl sehr fruchtbar, aber sie würden bey weitem nicht hinreichen, und so ist denn der Tyroler zu einem sehr mühsamen Feldbau an den Thalwänden und an den steilen Abhängen genöthigt. An der Südseite der Gebirge baut man sogar in 3800 Fuß Seehöhe noch Hafer, an der Nordseite nur bis 2700 Fuß. Viele Felder liegen so steil, daß die Arbeiter mit Steigeisen gehen müssen. Im Unterinnthale und in Südtyrol ist der Mais die Hauptfrucht. Auch Hirse (Pferch) *Sorgo* und Heidekorn (Plente, *Polenta nera*) wird im Norden stark gebaut. Sehr wichtig ist für den Tyroler der Futterbau, seiner starken Viehzucht wegen.

Die Obstzucht blüht vorzüglich im unteren Etschthale, wo schon Kastanienbäume anfangen; die Tyroler Äpfel sind berühmt.

Am Gardasee gedeihen auch Pomeranzen**), Citronen und Oliven.

---

*) Es ist das einzige Regiment dieser Waffengattung in der österreichischen Armee, indem die Jäger außerdem nur Bataillone bilden.

**) Gewöhnlich begreift man sie unter dem Nahmen „Südfrüchte,“ *Agrumi*, man muß aber nicht glauben, daß Pomeranzen und Citronen schon ganz frey in Gärten wachsen, sie müssen auch dort über den Winter durch ein leichtes Dach geschützt werden.

C 2

Im Inn= und Pusterthale baut man sehr guten Flachs; Hanf in Vorarlberg. — Südtyrol hat sehr viel Weinbau; die Reben werden an aufrecht stehenden oder schief gebogenen Geländern (die sogenannten Puntaunen) in die Höhe gezogen. — Südtyrol hat auch die größten Waldungen, welche nahmentlich Schiffsbauholz liefern. Der Zirbißnuß=Kiefer verdankt das Thal G r öd e n seinen Wohlstand; das schöne weiße Holz derselben wird zu Bildschnitzereyen und Spielwaaren verwendet.

Die V i e h z u c h t bildet einen Hauptreichthum des Landes, nahmentlich durch die Almwirthschaft (*Malga*, daher auch das deutsch-tyrolische Wort *Malgrei*.) (Siehe allgemeine Übersicht.) — Nebstbey treibt aber der Tyroler auch bedeutenden Viehhandel. In Südtyrol ist auch die S e i d e n z u c h t sehr erheblich.

Die J a g d ist zwar nicht mehr so ergiebig als ehedem, aber noch immer nicht unbedeutend, selbst Raubwild findet sich noch vor. In den südlichen Kreisen werden jährlich noch immer gegen 20 Bären erlegt; auch Wölfe gibt es, und manchmahl wird auch ein Luchs geschossen. Der Lämmergeier ist nicht selten, und jährlich werden in Enneberg allein deren 3—5 erlegt. Der Bodensee beherbergt 70 Arten verschiedener Wasser= und Sumpfvögel. Der Südtyroler ist ein leidenschaftlicher Vogelsteller, und der Fang von Wachteln und Ortolanen ist sehr bedeutend. — Die meisten Gewässer sind sehr reißend, der F i s c h f a n g daher nicht sehr ergiebig, um so reicher im Garda= und Bodensee, welch' letzterer 26 Arten von Fischen enthält.

Der B e r g b a u war einst so lohnend, daß Erzherzog Sigmund deßhalb den Beynahmen der „Münzreiche" erhielt, und die Familie der Fugger in Augsburg ihren weltberühmten Reichthum hauptsächlich demselben verdankten. Im J. 1525 lieferte Schwaz allein 77,875 Mark Silber, aber jetzt erzeugt das ganze Land keine 500 Mark mehr. Statt der edlen Metalle liefert der Bergbau aber jetzt um so mehr Kupfer, Eisen, Galmei, Steinkohlen, Marmor, Schleifsteine, Bergkristall u. s. w. und endlich auch Steinsalz.

Sehr reich ist Tyrol an solchen Mineralien, welche zwar in keinem Gewerbe verwendbar oder sonst zu einem nützlichen Gebrauche, aber für das Studium der Mineralogie sehr

wichtig sind. Besonders reich sind daran das Ziller- und Fassathal, und durch die vielen reisenden Naturforscher sind sogar
die Bauern darauf aufmerksam geworden, so daß man in
mancher Hütte eine Menge Mineralien findet, die zum Ver-
kaufe gesammelt worden sind.

Gewerbsfleiß. Der Tyroler ist sehr geschickt zu allen
Handwerken und technischen Arbeiten überhaupt. —

Eigentliche Fabriken gibt es zwar nicht so viele, als in andern
Ländern, aber ganze Thäler beschäftigen sich mit einer und derselben
Arbeit. Das Thal Stubei ist seit langer Zeit berühmt durch
seine Eisenwaaren und das Zillerthal liefert sehr gute Sensen.
Riva am Gardasee erzeugt einen anscheinend unbedeutenden Artikel, aber in so großer Menge, daß viele Leute damit ihren Unterhalt verdienen — nämlich Maultrommeln.

Die südlichen Thäler liefern viele Holzwaaren und das Thal
Gröden sogar ausgezeichnet hübsche und zugleich wohlfeile Schnitz-
arbeiten, besonders Spielwaaren für Kinder*).

Auch Vorarlberg liefert viele Holzwaaren und unter andern
werden dort ganze Blockhäuser gemacht, die man wieder auseinan-
ander nimmt und in die Schweiz verkauft, wo sie dann erst ordent-
lich aufgestellt werden. — Außerdem ist Spinnen und Weben eine
Hauptbeschäftigung des ganzen Volkes, die Weber wandern auch
auf Arbeit im Lande umher. Die feinste Leinwand wird im Ötzthale gemacht, die Grödnerinnen sind geschickte Spitzenklöpplerin-
nen; im Pusterthale werden die bekannten Tyroler Teppiche gemacht, welche die wandernden Tyroler gewöhnlich verkaufen. In
Vorarlberg aber gibt es große Baumwollspinnereien, Spitzen- und
Mousseline-Fabriken u. s. w.**)

---

*) Ein gewisser Johann Metz in Schnaut versuchte zuerst im J.
1703 Bilderrahmen aus Zirbelholz zu schnitzen, und legte durch
diesen Einfall den Grund zum Wohlstande seiner Landsleute;
jetzt zählt man in diesem abgelegenen Thale 2500 Bildschnitzer,
welche 2750 Zentner Waaren im Werthe von 145,000 fl. liefern,

**) In Tyrol wird viel Sammt gemacht, ein Erwerb, welchen das Land
dem Pfarrer *Alfons Buonaquista* verdankt, der im J. 1640
zwei Genueser Sammtweber bewog, sich in *Ala* niederzulassen,
und 100 Jahre später waren schon 300 Webstühle im Gange.

Mit den gennanten Gewerbsproducten wird auch bedeutender Handel getrieben, und wie unternehmend die Tyroler sind, beweist der Umstand, daß die Grödner Spielwaaren sogar bis nach Amerika versendet werden.

Ganz eigenthümlich ist aber der Hausirhandel, welchen die Tyroler so stark betreiben, wie kein anderes Volk der österreichischen Monarchie. — Man kann annehmen, daß 30,000 Tyroler jährlich herumwandern, mit Südfrüchten, Handschuhen, Teppichen, Schnitzwaaren und Kunstsachen. In einem Lande, das so gebirgig ist, wie Tyrol, ist der Handel nur durch sehr kostspielige Alpenstraßen möglich, welche in der allgemeinen Übersicht bereits beschrieben wurden.

§. 18.

Ortsbeschreibung. (Topographie.)

Innsbruck (Oenipons, Oenipontum) ist die Hauptstadt des Landes (Unter-Innkreis) am Einflusse des Sill in den Inn, an beyden Ufern dieses Flusses gelegen, über den eine Ketten= und eine hölzerne Jochbrücke führen, und zählt 11,800 Einwohner.

Innsbruck besteht aus der Altstadt, Neustadt und 5 kleinen Vorstädten. Die Häuser sind massiv aus Stein erbaut, 4—5 Stockwerke hoch, und sehr häufig mit Wandgemälden verziert. Die Dächer sind flach, nach italienischer Art und mit Gallerien versehen. Die Neustadt ist am besten gebaut, und besteht aus einer breiten Straße, welche zu dem Triumphbogen führt, der 1765, bey Gelegenheit der Hochzeit des Großherzogs Leopold von Toscana mit der spanischen Infantin Maria Ludovika erbaut wurde. — Die Hofkirche ist eine der merkwürdigsten Kirchen in Österreich, durch das berühmte Grabmahl des Kaisers Max I. *)

---

*) Kaiser Max liegt aber nicht hier begraben, sondern in Wiener-Neustadt. Das Monument besteht aus einem Marmor=Sarkophage mit 24 Basreliefs von Aler. Colin, einem Niederländer, 1566 verfertigt. Auf dem Sarge sieht man die lebensgroße Statue des Kaisers, knieend, 1582 von Ludwig del Duca aus Bronze gegossen. Um das Monument stehen 28 herrliche Bronze-Stand-

und das Denkmahl des tapferen Sandwirthes Andreas Hofer aus Passeier. In der sogenannten silbernen Kapelle*), stehen die prachtvollen Grabdenkmahle des Erzherzogs Ferdinand II. und seiner Gemahlin Philippine Welser. Die Residenz Herzog Friedrichs mit der leeren Tasche, ist jetzt ein Privathaus, dessen Erker das berühmte „goldene Dach" hat, Innsbrucks Wahrzeichen. Friedrich ließ nämlich dieses Kupferdach vergolten, welches 1200 Dukaten kostete. Innsbruck hat eine Universität und ein Landesmuseum, das Ferdinandeum. ⚊ Eine Allee führt von der Neustadt in das Prämonstratenser-Stift Wilten (Wiltau), welches an der Stelle des römischen Veldidena steht. Es wurde schon im Jahre 1128 neu organisirt. Von Wilten führt die große italienische Straße über den Brenner den Berg Isel hinan, berühmt durch die Siege der Tyroler**). Zwey Stunden östlich das Schloß Ambras (Amras), wo Erzherzog Ferdinand um das J. 1750 die berühmte Sammlung von Alterthümern, Kunstsachen und Waffen anlegte, welche sich jetzt größtentheils in Wien befindet.

§. 19.

Westliche Thäler: Vorarlberg (Bregenzer Kreis). Im Rheinthale hinunter liegen: der große Markt Dornbirn mit vielen Fabriken, und nahe an der Mündung des Flußes in

---

bilder über Lebensgröße und 23 kleinere in der Höhe des Chores, 1513 von Georg Löffler und Godl gegossen. Hofer's Standbild aus kararischen Marmor, ist von Schaller 1834 aus Tyroler Marmor; ein Basrelief vom Tyroler Klieber befindet sich am Fußgestelle.

*) So genannt von der bildlichen Darstellung der Litaney und der heil. Jungfrau in getriebenem Silber.

**) 1809 eroberten 10,000 Bauern am 18. April Innsbruck von den Bayern und am 13. nahmen sie 4600 Mann mit 2 Kanonen ꝛc., welche den Berg herabkamen, gefangen. Am 29. May zwang Andreas Hofer nach einem blutigen Treffen am Berge Isel, die indessen wieder eingedrungenen Bayern zum zweytenmahle Innsbruck zu räumen.

den Bodensee die Kreisstadt **Bregenz** (Bregentium, Brigantia); die hiesigen Schiffer gelten als die geschicktesten am Bodensee. Bedeutender Handel.

Auf dem nahen Gebhartsberge die Ruinen der Burg Montfort*). Herrliche Aussicht. Bey dem Markte Hohenems steht die Ruine des Bergschlosses Hohenems, Stammsitz des gleichnahmigen Grafen.

Lerchenau hat ein sehr besuchtes Schwefelbad. Den östlichen Theil von Vorarlberg bildet der **Bregenzerwald**, ein abgeschiedenes Bergland; Hauptort **Bezau**.

1647 flohen die Weiber und Kinder vor den Schweden auf die Gebirge bey Fallenbach, als aber auch dorthin eine Schaar vordrang, überfielen die Weiber dieselbe, und nicht ein Mann entkam. Das schöne Illthal heißt in seinem oberen Theile **Montafun**, von Gletschern eingeschlossen. Es hat viele Kirschgärten, und man macht vorzüglichen Kirschgeist. Am Eintritte des Ill in das Rheinthal liegt die alte Stadt **Feldkirch** und eine Stunde davon **Frastenz**. 1449 im Kriege mit den Schweizern führte ein gewisser **Maliß** (aus dem Liechtenstein'schen) verrätherisch die Feinde den Tyrolern in den Rücken, und von 1800 tapfern Schützen entkamen nur 200. Noch jetzt geht in der Bittwoche eine Prozession auf das Schlachtfeld, der Gefallenen zu gedenken. Bey Feldkirch liegt **Rankweil**, dessen Kirche als die älteste im Lande gilt und am 30. Junius ein gestiftetes Gebeth veranstaltet, für die austrasischen Könige Dagobert und Sigebert, welche 679 und 656 starben.

§. 20.

Nördliche Thäler. Die Thäler des Lech und Inn bilden die Kreise des Ober= und Unter=Innthales.

Hauptort des fruchtbaren Lechthales ist **Elmen**. In der Gegend ist die sogenannte **Mordau**. Die Männer dieser Gegend vertheidigten die Ehrenberger Klause gegen die schmalkaldischen Truppen, und wurden von einer Abtheilung umgangen, aber die daheimgebliebenen Weiber bewaff-

---

*) Stammsitz der 1100 ausgestorbenen Grafen von Bregenz, welche die Grafen Montfort beerbten. Die Grafschaft Bregenz kam von 1451 bis 1571 auf verschiedene Art an Tyrol.

neten sich, und erschlugen die Feinde. Bey dem Markte
Reutte ist der Engpaß, die Ehrenberger Klause und
der Plan=See, dessen Abfluß den großen Wasserfall Stäubi
bildet. Biberwier hat Bleygruben.

Der Inn brauset bald nach seinem Eintritte in das Land,
durch den berühmten Engpaß Finstermünz. Die Straße mußte
hier in Felsen gesprengt werden, und setzt auf einer Brücke über
den Fluß, welche aber durch einen festen Thurm führt, der mitten
im Flußbette erbaut ist.

Bey Pruz ist die Pontlazbrücke, wo 1703 und 1809
die Franzosen blutige Niederlagen durch die Bauern erlit=
ten, die 1809 nicht einmahl einen Anführer hatten. In der
Nähe ist der vortreffliche Sauerbrunnen Obladis. West=
lich von Landeck an der Arlstraße ist die berühmte Schnan=
ner=Klamm, ein schauerlicher Engpaß von 360' Länge.
Bey dem Dorfe Landeck trifft diese Straße mit der großen
Arlberger zusammen*). In Zams wurde das erste österrei=
chische Kloster der barmherzigen Schwestern errichtet.

Der Markt Imst (Kreisort) liegt an einem sehr steilen
Hügel, hat Bergbau auf Eisen, Bley und Galmey, und trieb
einst einen erheblichen Handel mit Kanarienvögeln.

Stams (Stambs) ist eine Cystercienser=Abtey, ge=
stiftet 1272 durch Elisabeth, Gemahlin Meinhards II. von
Tyrol. Die prächtige Kirche enthält die aus dem Schloße
Tyrol hieher übertragene Gruft der alten Grafen von Görz
und Tyrol, und die Grabstätten Friedrichs mit der leeren
Tasche und des letzten Hohenstauffen Konradin (der in Nea=
pel enthauptet wurde).

Bey dem Dorfe Zirl steigt am linken Innufer 1776 Fuß
ein schroffer Kalkfelsen empor, die berühmte — Martinswand.
Auf 684' Höhe befindet sich eine geräumige Höhle mit einem
Kruzifix zum Andenken der wunderbaren Rettung des Kaisers
Max I. **).

---

*) In Landeck prüfte Friedrich mit der leeren Tasche die Treue
   seines Volkes, indem er als Minnesänger verkleidet seine eige=
   nen Schicksale ihm erzählte.

**) Der Kaiser verstieg sich auf der Gemsjagd an dieser Wand
   so sehr, daß er weder vor noch rückwärts konnte. Als man sei=

Nördlich von Zirl liegt der Engpß Scharniß, durch welchen eine Hauptstraße nach Tyrol führt, daher er 1632 von der Erzherzogin Claudia Medicis stark befestiget und deßhalb *Porta Claudia* genannt wurde; der Paß war schon den Römern wichtig und hieß Scarbia. Gegenüber von Zirl liegt das Dörfchen Oberperfus mit einem Heilbade; hier wurde 1723 Peter Anich geboren, ein schlichter Bauer, der ohne eigentliche Studien gemacht zu haben, eine Land= karte von Tyrol verfertigte, die bis auf unsere Zeiten brauch= bar blieb.

Drey Stunden unterhalb Innsbruck liegt die alte Stadt Hall (Hauptort des Kreises Unterinnthal, Hala ad Oenum). Bergdirection und Berggericht für Tyrol und Salzburg; Erzie= hungshaus des Jäger = Regiments; Soolenbad; Taubstummen= Anstalt; zwey Stunden nördlich ist das Salzwerk in der Tauern= alpe, an dessen Fuße der Wallfahrtsort Absam, Geburtsort des berühmten Geigenmachers Jakob Stainer. — Der große Markt Schwaz (Masciacum) einst durch seine reichen Silber= gruben berühmt, wurde 1809 durch die Bayern fast ganz nieder= gebrannt. — Die Kirche ist ein merkwürdiger Bau, mit fünf Schiffen neben einander. Bergbau auf Silber, Kupfer und Eisen.

Jenseits des Flußes liegt die Benediktiner = Abtey Geor= genberg (Fiecht), 1138 durch Bischof Reginbert von Bri= xen gestiftet. In Brixlegg befindet sich die k. k. Silber=, Kupfer= und Eisenschmelze. Gegenüber liegt das alte Städt=

---

ner oben gewahr wurde, gab man ihn schon für verloren und von dem Martinsbühel aus, auf dem ein Kirchlein steht, gab ihm ein Priester den Segen mit der Monstranze (diese wird in der Ambraser Sammlung noch jetzt aufbewahrt). Es geht die Sage, daß ein Schwazer Bergknappe so glücklich war, ihn zu retten, er hieß Dhaimb und soll der Stammvater der Herrn von Dhaimb (nachmahls in Westphalen ansäßig) geworden seyn. — Nach einer andern Sage kam ein Gemsenjäger, Nahmens Zips zufällig in die Nähe des Kaisers, erstaunte, hier einen Menschen zu sehen, und rief ihm zu: Halloh! — Was machst du da? — Der Kaiser soll geantwortet haben: „Ich lauere." — Zips soll dann geadelt und nach jenen zwey Worten: „Hol= lauer von Hohenfelsen" — zubenannt worden seyn.

chen Rattenberg. Eine der größten Burg-Ruinen des Landes ist Kropfsberg.

Über der Stadt Kufstein (Albianum) liegt auf einem Berge die Festung Geroldseck (gewöhnlich auch Kufstein genannt) mit 5 starken Thürmen. Eine Brücke führt hier über den Inn, jenseits durch einen Brückenkopf (Zellenburg) vertheidigt.

Das Innthal hat südlich mehrere bedeutende Seitenthäler. Unterhalb Imst mündet das Oetzthal, durch seine Naturschönheiten ausgezeichnet; Hauptort Umhausen mit dem prachtvollen Wasserfalle des Stuibenbaches.

Der oberste Theil ist das enge Fendthal, beyderseits von Gletschern umgeben, und nur eine Stunde vom ewigen Eise entfernt stehen die beyden uralten Rofner-Höfe *). Gegenüber von Innsbruck führt die große italienische Straße durch das Wippthal aufwärts, in welches das durch seine Eisenindustrie wichtige Stubbeithal mündet; Hauptort Fulpmes mit einem Chorherrnstifte.

Das größte Nebenthal ist das romantische Zillerthal, welches selbst wieder 8 Nebenthäler hat, und erst seit 1816 ganz zu Tyrol gehört. Hauptort Zell mit einem Goldbergwerke. Bey Ramsau befindet sich eine inkrustirende Quelle. — Im Achenthale **) liegt die Stadt Kitzbühel (Haedicollis, Haediopolis) mit Silber und Kupfergruben.

Das einst so ergiebige Silberbergwerk am Röhrerbühel hatte den tiefsten Schacht in Europa, den h. Geistschacht, 3018 Fuß tief, so daß der Grund desselben 588' unter die Meeresfläche fiel. Die Straße gegen Salzburg führt durch den Engpaß Strub bey St. Johann, der von den Tyrolern gleichfalls heldenmüthig vertheidigt wurde. Bey Pillersee ist ein Eisenwerk und ein Torfstich.

§. 21.

Südliche Thäler. Das Etschthal mit seinen Nebenthä-

---

*) Als Friedrich mit der leeren Tasche 1416 aus Konstanz entfloh, verbarg er sich hier längere Zeit, und verlieh den Höfen mehrere Freyheiten; noch jetzt sind sie von allen Abgaben frey.

**) Nicht zu verwechseln mit dem Achenthale nördlich vom Inn, worin der Achensee sich befindet.

lern bildet die drey südlichen Kreise, den Botzner, Trienter und Rovereter; der nördlichste Theil aber, der Vintschgau, gehört noch zum Oberinnthaler.

Hier liegt das Dörfchen Reschen an der Wasserscheide des Inn und der Etsch. Der Bach Stille, der gleich beym Orte entspringt, fließt nördlich in den Inn, also durch die Donau in das schwarze Meer; auf der entgegengesetzten Seite aber liegen drey kleine Seen, welche in einander abfließen, und der Abfluß des letzten ist die Etsch, welche dem adriatischen Meere zufließt. Bey dem Marktflecken Mals liegt die Benedictiner-Abtey Marienberg, 1146 aus dem Unterengadin hieher versetzt. Bey dem Städtchen Glurns mündet südlich das Trafoi-Thal, durch welches die berühmte Stilffer Straße führt, und das Suldenthal, eines der wildesten im Lande, von sechs großen Gletschern geschlossen, aus denen der Orteles empor steigt.

Meran (Merania) ist die alte Hauptstadt von Tyrol, reizend gelegen, und in trefflichem Klima. Englisches Fräuleinstift. Ausgezeichneter Obst- und Weinbau. 17 alte Schlösser stehen auf den benachbarten Bergen und darunter das merkwürdige Schloß Tyrol, das römische Teriolis (Teriola castra) welches dem Lande den Nahmen gab *). Das Dorf Mais steht auf der Stelle des römischen Ortes Majae, der im Jahre 800 durch einen Bergsturz verschüttet wurde; man hat viele Alterthümer ausgegraben. — Bey Meran mündet das rauhe Thal Passeier; Hauptort St. Leonhard. Bey dem Weiler „Am Sand“ war Andreas Hofer Gastwirth, und das Wirthshaus „zur Kaiserkrone“ ist noch im Besitze seiner Familie **). Die Kreisstadt Botzen (Bol-

---

*) Es besteht aus der alten und der neuen Burg; der Schloßhauptmann ist aus der Familie des Sandwirths Hofer. Unter bayrischer Regierung wurde das Schloß verkauft, aber die Bürger von Meran kauften es an sich, und stellten es dem Kaiser wieder zurück.

**) In diesem Thale sind die sogenannten 11 „Schildhöfe“ — deren Besitzer einst eine Art Leibwache der tyroler Landesfürsten bildeten. Die Passeirer haben sich in den französischen Kriegen am meisten ausgezeichnet. — Hofer's Familie wurde in den Adelstand erhoben, und ihre Besitzung unter dem Nahmen „Hofer's

zanum castellum, *Bolzano*); 7600 Einwohner, liegt aus=
gezeichnet schön im Mittelpuncte von 3 Thälern. Eine sehr
schöne gothische Kirche und schöner Friedhof. Botzen war einst
Hauptstappelplatz des Handels zwischen Italien und Deutschland,
und hier sollen die Wechsel erfunden worden seyn; noch jetzt sind
die vier Jahrmärkte sehr besucht *). — Das Klima ist so mild,
daß schon Südfrüchte gedeihen, der Sommer so heiß, daß
alle wohlhabenden Einwohner auf die Berge ziehen, wo sie rei=
zende Landhäuser haben, besonders auf dem Ritterberge bey Ober=
botzen. Dort sind die berühmten Erdpyramiden. Eine Vorstadt von
Botzen bildet Gries, wohin 1841 die Benedictiner aus Stift
Muri in der Schweiz übersetzt wurden.

In der Nähe liegt die merkwürdige Ruine Greifen=
stein, auf einem fast unersteiglichen Felsen. Bey St. Mi=
chael oder Eppan sieht man die weitläufigen Ruinen der
geschichtlich merkwürdigen Burg Hohen=Eppau. An der
Einmündung des Nosbaches in die Etsch liegen die beyden
Dörfer Deutsch= und Wälsch=Metz (*Mezzo Tedesco*
u. *Mezzo Lombardo*), wo man gewöhnlich die Grenze der
beyden Völker annimmt, da die Einwohner des einen deutsch,
die des anderen aber italienisch sprechen.

Die Kreisstadt Trient (Tridentum, civitas Tridentia)
von 9000 Einwohnern, hat ihren Nahmen von der, drey Thäler
beherrschenden Lage. Sie ist schon auf italienische Art gebaut, hat

---

Sandhof" — als kaiserliches Lehen, derselben verliehen. Hofer
hatte sich nach beendigtem Kriege in der höchsten Alpenhütte
von Brantach verborgen, wo ihn ein gewisser Jos. Raffl
entdeckte, und an die Franzosen verrieth, die 1500 fl. auf sei=
nen Kopf gesetzt hatten. Am 28. Jänner 1810 wurde Hofer ge=
fangen genommen, wozu man 1500 Mann mit Kanonen und
Reiterey ausgeschickt hatte, am 20. Februar desselben Jahres
in Mantua erschossen. — 1822 wurden von den Offizieren des
aus Neapel zurückkehrenden 1. Bataillons des Jäger=Regiments,
seine Gebeine ausgegraben, nach Innsbruck gebracht, und kamen
am 20. Februar (seinem Sterbetage) daselbst an.

*) Hier unterlagen die Brennen den römischen Waffen, und wurde
erbaut pons et turris Drusi, praesidium Tiberii. Der Thurm
des Drusus steht noch bey Troyenstein.

feste Mauern, welche schon die Römer anlegten und Theodorich
erneuerte. Prachtvolle Domkirche mit einer 192' hohen Kuppel.
In Trient fand 1545 bis 1563 das letzte Kirchen-Concilium statt
(Concilium tridentinum) und in der Kirche *Sta. Maria Maggiore* sieht man die Bildnisse aller Kirchenfürsten, welche damahls
versammelt waren. Bisthum, Lyceum, öffentliche Bibliothek, Sei-
denspinnereyen, Marmorbrüche. Der südlichste Theil des Etschthales führt den besonderen Nahmen Lägerthal (*Valle
Lagarina*). An beyden Ufern des Flüßchens Leno liegt die
Kreisstadt Rovereit (Roboretum, *Rovereto* — Roveredo)
mit 8000 Einwohnern, nicht sehr groß, aber mit stattlichen Gebäuden. Gelehrte Gesellschaft, *Accademia degli Agiati*, 1750
durch *Laura Saibonti* gegründet. — Englisches Fräuleinstift.
Altes Felsenkastell. Sehr bedeutende Seidenfabriken. Die große
Straße führt bey St. Marco durch die Trümmer des berühmten
Bergsturzes. (Siehe S. 28.)—Ala ist ein durch Sammtfabrika-
tion bedeutendes Städtchen.

Das bedeutendste Nebenthal der Etsch ist das Thal des
Nos, dessen westlicher Theil Salzburg (*Val di Sole*),
der östliche Nonsberg (*Val di Non*, Naunia) heißt.
Diese Landschaft ist eigentlich eine etwa 1000' hohe Terrasse,
mit tief eingeschnittenen Wasserläufen, trefflich bebaut,
sehr romantisch. Den Eingang bildet der Felsenpaß *Ro-
chetta* bey den Dörfern Metz. Cles ist der Hauptort,
wo nach Ausgrabungen zu schließen, schon die Römer seß-
haft waren. Pejo hat einen besuchten Sauerbrunnen.
Rabbi sehr wirksame Heilquellen.

Der westliche Theil von Südtyrol ist die Landschaft Judi-
karien, *Val Giudicaria*, aus den Thälern des *Chiese* und
der *Sarca* bestehend. Am Gardasee liegt sehr mahlerisch das Städtchen Riva mit einem Hafen. In der Nähe, dicht an der lombardischen Grenze, bildet der *Ledro* einen ansehnlichen Wasserfall. Am linken Etschufer mündet das Thal *Avisio*, unterhalb eine
sieben Stunden lange, wilde Schlucht, welche sich dann öffnet,
und Fleimserthal, weiter aufwärts Fassathal heißt.
(*Val di Fiemme* — *Val di Fassa*). Die Einwohner verfertigen viel Holzwaaren, und finden durch ihre großen Alpenweiden
Erwerb; nicht weniger als 30.000 Schafe werden jährlich aus

dem Venetianischen auf ihre Almen über den Sommer getrieben. Cavalese ist Hauptort und hat eine schöne Kirche mit guten Gemählden, wie denn überhaupt viele Künstler aus dem Thale stammen, worunter die ausgezeichnete Familie der Unterberger. Pedrazzo hat einen 1828 entdeckten Bruch von weißem Marmor, der dem berühmten karrarischen gleichkommt. Der höchste Theil des Thales ist durch die ungeheueren, schroffen, blendend weißen Dolonik = Felswände merkwürdig.

Der östliche Theil des Trienter Kreises bildet das Thal der Brenta, *Valsugana*, welche bey Levico, aus dem gleichnahmigen See entspringt. — Hauptort Worchen (mehr gebräuchlich der ital. Nahme *Borgo*). Seitenthal ist das *Val Tesino*, dessen Einwohner besonders mit Bildern hausiren. Bey Boßen mündet in das Etschthal das lange Eisakthal, dessen nördliche Hälfte aber zum Brunneckerkreise gehört.

Wenn man von Innsbruck über den Brenner herüberkömmt, so ist das erste Städtchen, das uralte Sterzing (Stiriacium). Prachtvolle alte Kirche, von zwölf Marmorsäulen getragen. Eisenbergwerk, Bleybergwerk, Pflersch.

Das Thal wird bey Klausen eine enge Schlucht, die berühmte Brixner Klause, und bey dem Dörfchen Unterau führt die Ladritscher Brücke über den Eisakfluß hinüber, in das Thal der Rienz, wo die Hauptstraße aus Kärnthen herüberkömmt. Dieß ist also der wichtigste Punct, um einen hereindringenden Feind aufzuhalten, und um den Übergang über den Brenner zu vertheidigen, zugleich auch die erwähnte Brücke und die Straße nach Kärnthen. Daher wurde hier die neue Franzens= Veste 1838 erbaut, eine der stärksten Festungen der Monarchie. Das Städtchen Brixen (Brixia, Brixinum) liegt am Einflusse der Rienz, welche aus einer wilden Schlucht hervor brauset. Bisthum, schöne Domkirche. Maria = Louisen = Eisenbau. — Bey dem Städtchen Klausen (*Chiusa*), wo Silbergruben sind, liegt auf einem 654' hohen, steilen Felsen das Benedictiner-Nonnenstift Seben (Neustift), 1631 gegründet durch den Domherrn Math. Jenner. Bey Kollmann mündet das Gröden = Thal (*Val Gardena*) durch seine Bildschnitzereyen bekannt. Hauptort

St. Ullrich. Das Thal wird hier abermahls eine hohe Schlucht, mit himmelhohen Porphyrfelsen, bis gegen Botzen *).

Hoch im Gebirge liegt östlich das sehr besuchte Wildbad Ratzes.

§. 22.

Die östlichen Thäler bilden den Brunnecker Kreis, auch Pusterthal genannt.

Von der oben erwähnten Ladritscher Brücke kommt man über einen Bergrücken an die Rienz hinab, welche hier durch einen Engpaß strömt, die Mühlbacher Klause. Bey dem nahen Schabs (Sebatum) sieht man noch ein Stück der alten Römerstraße.

Die Kreisstadt Brunnecken liegt an der Mündung des Arenbaches in die Rienz.

In der Nähe das besuchte Heilbad Prags. Hoch oben im Arenthale liegen die berühmten Kupfergruben von h. Geist. Toblach liegt an der gleichnahmigen Heide auf einer merkwürdigen Wasserscheide, denn hier entspringen nicht weit von einander Rienz und Drau. Der Markt Innichen (Aguntum **) hat vier Mineralquellen. Kollegiatstift seit 1142. Merkwürdige alte Kirche. Lienz ist wahrscheinlich das alte Loncium, wie viele Ausgrabungen beweisen, und die Grenzstadt Tyrols gegen Kärnthen, wo die Lienzer Klause, die Straße vertheidigte. Das Pusterthal hat von auswärts her nur diesen Zugang von Kärnthen, und von Venedig her durch den Paß Peutelstein bey *Contina* im Thale Ampezzo.

Bey Brunnecken öffnet sich südlich das Abteithal, (gewöhnlich Enneberg genannt), d. i. inner dem Berge, ital. *Marebbe*, lateinisch Marubium, in der ladinischen Mundart aber Marò, d. i. Mons Mariae). Hauptort St. Vigil. — Das Thal ist sehr rauh und auch durch die ungeheueren Dolonit-Felsen merkwürdig.

*) Das Thal heißt hier der Kunter-Weg.

**) Aguntum, eine Handelsstadt des römischen Noricums, stand auf den Hügeln südlich von Innichen.

Statistische Uebersicht

von

Tyrol und Vorarlberg.

Flächeninhalt, Wohnorte, Bevölkerung.

Kreise	Flächeninhalt in österreich. □ Meilen	Wohnorte				Häuser	Familien	Bevölkerung	Einwohner auf eine □ Meile
		Städte	Märkte	Dörfer	Zusammen				
Unter-Innthal { Hauptstadt Innsbruck	93·3	1	—	—	1	601	2.622	11.799	} 1.411
der übrige Kreis		4	3	142	149	17.556	25.176	119.821	
Ober-Innthal	97·6	2	3	133	138	12.951	19.405	94.832	972
Pusterthal	94·5	4	5	179	188	13.531	19.635	98.103	1.038
Bozen	63·7	3	3	166	172	14.288	23.663	110.476	1.734
Trient	69·9	1	10	351	362	27.953	38.329	196.059	2.805
Roveredo	37·0	4	1	241	246	16.235	21.911	109.540	2.961
Vorarlberg	44·1	3	3	213	219	17.508	21.142	102.725	2.329
Summe mit Militär	500·1	22	28	1.425	1.475	120.623	171.883	848.177	1.696

Neue Geographie I. Th.

D

Dritter Abschnitt.

Das Erzherzogthum Österreich *).

(Archiducatus Austriae.)

(677 ☐ Meilen, 2,317,864 Einwohner, 3412 auf 1 ☐ Meile.)

§. 23.

Grenzen = Eintheilung.

Österreich grenzt westlich an Bayern und Tyrol, nördlich an Böhmen und Mähren, östlich an Ungarn, südlich an Steyermark und Illyrien. Das Erzherzogthum besteht aus drey Kronländern: Unterösterreich, Oberösterreich, und dem ehemahligen Hochstifte, später Herzogthume Salzburg.

§. 24.

Gebirge.

I. Die rhätischen Alpen bilden vom Feldspitz angefangen unter dem Namen „Tauern" die Grenze gegen Tyrol, und enthalten den Hochgipfel Groß=Venediger mit 11,622', dem höchsten Berg des Erzherzogthums, welcher erst 1841 erstiegen wurde. Es ist eine dreyseitige, äußerst steile Eisnadel, welche mitten aus einer

---

*) Seinen Nahmen (Ost=Reich) erhielt das Land von seiner Lage, als die östliche Mark oder Grenzlandschaft von Deutschland.

großen Gletschermasse emporsteigt. Die Strecke vom Feldspitz bis
zum Glockner ist eine der merkwürdigsten Parthien der Alpen,
sowohl durch die Höhe des Gebirges, da sehr viele Spitzen hier
11.000 Fuß überragen; als durch ihre Naturschönheiten (die berühmten Thäler des Ober-Pinzgau). Der Gipfel des Glockners selbst
liegt in Kärnthen, aber sein nördlicher Nachbar das W i e s b a ch-
h o r n mit 11.000' gehört zu Österreich. Am Weinschablkopf spaltet sich das Gebirge in zwey Arme, welche sich gabelförmig erweitern, beyde an Höhe bedeutend verlierend. Dem nördlichen gehört
der Rabstädter Tauern an, er bildet dann eine Strecke die Grenze
gegen Steyermark, tritt weiterhin ganz in dieses Land über, und
nur das Ende (im W e ch s e l von 5500') gehört wieder als Grenzgebirge zu Österreich. In dem südlichen Arme bildet die S t a n g-
a l p e die dreyfache Grenze von Österreich, Steyermark und Kärnthen; der weitere Verlauf fällt in die beyden letztgenannten Länder.

II. D i e N o r d a l p e n (nördlichen Kalkalpen) heißen vom
rechten Ufer der Saale angefangen (bey Saalfelden) von wo sie
zu Österreich gehören, ö s t e r r e i ch i s ch e A l p e n, und sind eine
Fortsetzung der Tyroler-Alpen. Sie bilden keinen so ununterbrochenen Zug wie diese, sondern zerfallen in sieben große Gebirgs-
massen, gruppenartig beysammen stehend, aber durch keine Gräte
verbunden, und durch tief eingerissene Thal-Schluchten getrennt.
Die meisten dieser Gruppen umschließen einen jener herrlichen
Seen, die Oberösterreich so berühmt machen, und mehrere sind
durch Salzlager ausgezeichnet. Sie bilden meistens ein wellenförmiges kahles Felsenplateau, von 6000' Höhe, über welches
einzelne, schroffe Spitzen noch um 1—3000 Fuß sich erheben.

1. D i e B e r ch t e s g a d n e r G r u p p e gehört nur ihren
äußeren Rändern und Abhängen nach zu Österreich, außerdem zu
Bayern. Der Südrand ist ein merkwürdiges Felsplateau, d a s
st e i n e r n e M e e r, 7000' hoch, 5 Stunden lang, 1½ Stunde
breit, versteinerten Meeres-Wogen nicht unähnlich, über welches
sich einzelne, kahle Gipfel noch um 1500' erheben. Die Klüfte
desselben sind ein Lieblingsaufenthalt der Murmelthiere. Am Nord-
rande steht der U n t e r s b e r g bey Salzburg; mit reichen und vor-

D 2

trefflichen Marmorbrüchen. Im Inneren liegt der Königsee, und am Ostrande der Berchtesgadner und der Halleiner Salzberg.

2. Das Tännengebirge vom vorigen durch die Salza getrennt.

3. Das Dachsteingebirge, den Hallstädter=See, und daselbst ein Salzlager umschließend, enthält die höchste Spitze der Kalkalpen, den Dachstein 9300', über welchen die Grenze gegen Steyermark geht.

4. Das todte Gebirge, mit dem Priel als höchsten Gipfel 8000', erstreckt sich von der Traun bis zum Querthale der Enns, die längste zusammenhängende Streck= der österreichischen Alpen. Es umschließt südwestlich die Seen und das Salzlager von Aussee in Steyermark, und bildet durchgehends die Grenze ge= gen dieses Land. Nördlich hängt der Traunstein mit dem Prie= lergebirge zusammen, ein Berg von 6000', der äußerst steil gegen den Gmundner=See abstürzt und dessen Gipfelumriß von Norden gesehen das gegen Himmel gekehrte Antliz von Ludwig XVI. von Frankreich darstellt.

5. Die Schafberggruppe liegt nordwestlich von der vorigen, am linken Ufer der Traun. Der Schafberg ist berühmt durch seine reizende Fernsicht (man erblickt eilf Seen), obwohl er nur 5600' hoch ist. Auf seinem Gipfel steht ein Gasthaus. Um ihn herum liegen der St. Wolfgang, Mond= und Attersee. Durch das Weissenbach=Thal vom vorigen getrennt steht das Höllengebirge zwischen dem Atter= und Traun=See.

6. Die Dürrensteingruppe steht jenseits der Enns mit der 5900' hohen schroffen Pyramide des Dürrenstein, welcher aus den Lunzerseen emporsteigt. Ihr gehört auch der Oetscher an, von gleicher Höhe, durch seine nördlich vorgeschobene Stellung weithin sichtbar.

7. Der Schneeberg bey Wien, 6500' ist durch seine weite Fernsicht berühmt; auf dem Gipfel steht ein Denkmahl der An= wesenheit Kaisers Franz. Östlich stürzt der Berg fast 6000' äußerst schroff in das Buchberger Thal ab. Das Höllenthal trennt ihn von der Raxalpe, welche vortreffliche Alpenweiden hat.

8. Vom Schneeberge zieht sich die Hügelreihe des Wiener=

Waldes nordöstlich, an welche sich dann die Sandsteinhügel des Kahlengebirges anschließen, welches mit dem Leopoldsberge 1300' hoch in das Donauthal abstürzt.

§. 24.
Alpenpässe, Gletscher, Thäler, Engpässe, Höhlen, Bergstürze, Ebenen.

Alpenpässe. Die Joch-Übergänge der Centralkette heißen Tauern, liegen aber meistens über der Schneegrenze und sind nur Saumpfade, wie der Krimler, Rauriser, Naßfelder Tauern u. s. w. An ihrem Fuße stehen die Tauernhäuser, wo der Reisende Unterkunft und Saumthiere findet. Fahrbar ist nur der Radstädter Tauern, 5100', über welchen die Poststraße nach Kärnthen führt.

Gletscher bedecken die Centralalpen in ihrem oberen Zuge, und nehmen daselbst bey 6 ☐ Meilen ein. Im Salzburgischen heißen sie „Kees". — Am Venediger ist das größte Eisfeld, vier Stunden lang, drey Stunden breit. Die österreich. Alpen enthalten deren nur zwey, die übergossene Alpe in der Berchtesgadner- und das Karls-Eisfeld in der Dachsteingruppe.

Thäler. Das Hauptthal des Landes ist das Donauthal ein Längenthal zwischen den Alpen und dem böhmisch-mährischen Hochlande, den Sudeten. Es ist im Allgemeinen ein ziemlich tief eingeschnittenes Stromthal, dessen Uferberge sich bis zu 2900' erheben (Jauerling), und welches nur stellenweise sich erweitert, wie unterhalb Linz und bey Tulln. Bey Wien endet das Thal, indem der Strom die Ebene betritt.

2. Das nächstbedeutende Thal ist jenes der Salza. Es ist ein Längenthal, zwischen den rhätischen Alpen und ihrem Hauptstrome, von der Gerlos bis St. Johann, weiterhin verengt es sich häufig bis zur Schlucht, wo der Fluß die Kalkkette durchbricht und genau dieselbe Beschaffenheit hat:

3. Das Ennsthal, ein Längenthal zwischen den rhätischen Alpen und den nördlichen Kalkalpen, welches aber schon vom Passe Mandling zu Steyermark gehört und bey seinem Wiedereintritt in Österreich, bey Altenmarkt, ein Querthal geworden ist.

Engpässe und Höhlen. Die Engpässe heißen in Österreich „Klamm.“ — Am merkwürdigsten ist die Seisenberger Klamm, bey Saalfelden im Pinzgau, wo die Felsen sich beynahe berühren. Die Gasteiner=Klamm ist über eine Stunde lang, und die Straße führt theilweise auf Brücken, der Länge nach an die Felswand gebaut. Der Paß Lueg, südlich von Salzburg ist nur 45' breit. In der Schneeberggruppe sind die Steinapiesting und der Adlitzgraben zu erwähnen.

Bergstürze waren in früherer Zeit im Pinzgau häufig, und am Mönchsberge in der Stadt Salzburg, wo 1669 ein Kloster, 2 Kirchen, 13 Häuser und 300 Menschen begraben wurden.

Höhlen hat das Land keine bedeutenden; die größte ist am Ötscher, 1847 entdeckt. Im Untersberge ist eine Eisgrotte.

Ebenen. In Oberösterreich ist die Welser=Haide, 8 Stunden lang. Das sogenannte Wiener=Becken hat 12 Meilen Breite, von Neunkirchen bis Marcheck, 7 Meilen Länge vom Bisamberge bis zur Mündung der March. Der Theil am linken Ufer heißt das Marchfeld; der dießseitige wird in zwey Theile getrennt durch den Wiener=Berg; nordöstlich liegt die Simmeringer=Haide, südöstlich das Neustädter=Steinfeld. Das Tullnerfeld hat 8 Meilen Länge, 2½ Meilen Breite.

§. 25.
Gewässer.

Die Donau (siehe allgemeine Übersicht) ist der Hauptfluß des Landes, dessen Stromsysteme auch dasselbe angehört, mit Ausnahme eines kleinen Landstriches an der nördlichen Grenze, wo die Bäche der Moldau zufließen.

Nebenflüsse am rechten Ufer von West nach Ost:

1. Der Inn. Von der Salzamündung bis ½ Stunde vor seiner Mündung in die Donau bey Passau gehört er als Grenzfluß zu Österreich.

Die Salza ist sein bedeutendster Zufluß. Sie entspringt um Ober=Pinzgau, und fällt nach 27 Meilen in den Inn, die letzten 3 Meilen in Bayern fließend. Im Pinzgau bildet sie bedeutende Sümpfe, bricht bey St. Johann durch die nördliche Kalk-

kette und fließt in den Öfen zum Theil unterirdisch, unter zu=
sammengestürzten Felsmassen weg; bey Hallein wird sie schiffbar.

2. Die Traun. Entspringt in Steyermark, 1 Meile jen=
seits der Grenze, und mündet nach 17 Meilen bey Ebersberg.
Gleich bey ihrem Eintritte bildet sie den Hallstädter=See, später
den Gmundner=See, und bey Roitham den berühmten 42' hohen
Traunfall. Um diesen zu umgehen, wurde 1699 längs desselben
ein Schiffahrtskanal (der gute Fall) 208 Klafter lang, in den
Felsen gesprengt.

3. Die Enns entspringt zwar in Salzburg, tritt aber schon
nach 4 Meilen nach Steyermark über, und erst nach 13 Meilen
bey Altenmarkt wieder in das Land zurück und zwar schiffbar; nach
weiteren 10 Meilen fällt sie bey Enns in die Donau (27 Meilen
ganze Länge).

Die Ips, Traisen, Wien, Fischa und Schwächat
sind unbedeutend, aber die beyden letztern sind für die Industrie
wichtig, weil sie ihres starken Falles wegen selten zufrieren und deß=
halb zahlreichen Mühlwerken und Fabriken dienen.

4. Die Leitha entsteht aus mehreren Bächen, deren stärk=
ster die Schwarza am Schneeberge entspringt. Sie erhält ihren
Nahmen eigentlich erst bey Wiener=Neustadt. Nach 21 Meilen
mündet sie in Ungarn bey Wieselburg. (Auf 7 Meilen ist sie Grenz=
fluß.)

Am linken Ufer:

1. Der Mühlfluß, dem Mühlkreise seinen Nahmen ge=
bend, entspringt im Böhmerwalde, ist durch den fürstl. Schwar=
zenberg'schen Flößkanal mit der Moldau verbunden und mündet
bey Neuhaus in die Donau.

2. Weniger bedeutend sind die Krems und der Kamp.

3. Die March kömmt 27 Meilen weit aus Mähren und
mündet nach 11 Meilen bey Theben, als Grenzfluß gegen Ungarn.
Ihr Flußbett ist bey Marcheck 7000 Schritte breit. Ihr bedeu=
tendster Zufluß ist die Taja, welche in Böhmen entspringt, und
in zahllosen Krümmungen 4 Meilen in Mähren, drey M. in Öster=
reich fließt und drey M. Grenzfluß ist. Sie verursacht im unte=

ren Laufe viele Überschwemmungen, und mündet nach 40 Meilen bey Göding.

Wasserfälle haben die Alpen viele und schöne (siehe Topographie).

Seen hat das Land gegen 100 — die Mehrzahl kleine Alpenseen, die größeren alle in Oberösterreich. Der Atter=See hält 8100 Joch und ist 4 Stunden lang; der Traun=See hält 4300, der Hallstädter 1500 Joch. Dieser ist berühmt durch mahlerische Schönheit, so wie der Wolfgang=See, Mondsee, die zwey kleinen Gosauseen am Dachstein, und die drey Lunzer=Seen am Dürnstein (U. Ö.). Zu den höchsten gehören die Pockhartseen bey Gastein, 6540', und der Langsee, 7200' über dem Meere.

Kanäle. Außer dem erwähnten Traunkanale hat das Land noch den Neustädter=Kanal, 1803 vollendet, 8 Meilen lang, welcher der Residenz Bau= und Brennmaterial zuführt.

Mineralquellen gibt es gegen 80, darunter die berühmten heißen Quellen von Gastein und Baden.

§. 26.
Das Volk.

Das Erzherzogthum wird fast ausschließend von Deutschen bewohnt, nur im Marchfelde gibt es wenige slavische Dörfer, und etwa 4000 Juden sind im Lande zerstreut. Der Österreicher ist im Allgemeinen von mittlerer Größe, wohlgebildet; die Haare licht, die Augen blau, offene, gutmüthige Züge. In den Alpen ist der Wachsthum gedrungener, dafür auch muskelkräftiger; dort herrschen aber auch Kröpfe, und Cretins sind häufig. — Volkstrachten gibt es nur mehr auf dem flachen Lande. Dunkle, lange Röcke, große schwarze Filzhüte, kurze schwarze Hosen, gestickte Bauchgurten, hellfarbige Westen unter einem breiten Hosenträger, Strümpfe, Schnallenschuhe oder hohe Stulpstiefeln. — Die weibliche Tracht besteht in dunklen Röcken, Vortüchern, Spensern, in der Ebene Hauben, im Gebirge große, runde Hüte; in Oberösterreich von weißem Filze.

Die Hauptnahrung besteht in Mehlspeisen (Schmarren, Knödeln, Nocken) — Milchspeisen und Gemüsen (Sauerkraut).

— Im Gebirge wird wenig Fleisch gegessen; fast nur geräucher=
tes. Der Österreicher ist von Natur aus heiter, von besonderer An=
lage für Musik (Haydn, Mozart und Schubert). Scheibenschießen
ist ein Hauptvergnügen.

§. 27.
Nahrungsquellen.

Ackerbau steht voran, und der Oberösterreicher gehört zu den
tüchtigsten Landwirthen. Das Marchfeld ist die Kornkammer Wiens.
In Oberösterreich ist die Obstzucht so bedeutend, daß das Land
„der Garten der Monarchie" — heißt, mancher Bauer gewinnt
2000 Eimer Cider (Obstwein). Bemerkenswerth ist die Blumen=
und Gartenkultur, insbesondere in Wien. Von Handelsgewächsen
werden Flachs= und Ohlfrüchte stark gebaut. Der Weinbau von
Wien und Köß ist bedeutend. — Die Waldwirthschaft in den Al
pen ist sehr bedeutend, und wegen der Salinen, und des großen
Verbrauches der Residenz wurden kostspielige Werke angelegt, um
das Holz aus den unwegsamsten Gebirgen herabzubringen, eine oft
lebensgefährliche Arbeit, der „Holzknechte." — Rinnen (Riesen)
aus starken Bäumen sind bis auf die höchsten Berge geführt, in
welchen die Klötze herabgleiten in die Bergbäche, welche fast alle
durch „Klausen" — geschwellt werden, um die angesammelte Holz=
masse fortzuschwemmen, bis zu einem „Rechen" — der dieselbe
auffängt, wo die Klötze herabgleiten und weiter geführt werden.
Derley Klausen fassen oft eine Million Kubik Fuß Wasser und bey
manchen Rechen sind an 3000 Klafter Holz aufgestappelt. — Ei=
gene Schwemmkanäle sind angelegt, und im Neuwalde bey
Guttenstein ist einer sogar in einem 1362' langen Stollen durch
einen Berg geführt.

Die Rindviehzucht ist sehr bedeutend, und in den Alpen
wird überall Almwirthschaft getrieben.

Pferdezucht ist erheblich, das Pinzgau liefert die stärksten,
das Marchfeld die schönsten Pferde. Ausgezeichnet ist die Schaf=
zucht in Unterösterreich. — Das Marchfeld liefert viel Geflügel
und hat auch starke Bienenzucht. — Seidenzucht ist im Aufblühen.

Die Jagd liefert in den Alpen noch immer Gemsen, Hoch=

wild, auch noch einige Bären und Luchse. Die Donau = Auen sind reich an Hochwild und Wassergeflügel — im Prater bey Wien werden allein an 1000 Stück Hochwild gehegt.

Die Fischerei hat sehr abgenommen; die Karpfen und Hechte der Donau, die Salmlinge und Forellen der Alpengewässer, die Huchen des Attersees sind vorzüglich, so auch die Leitha=Krebse. — Der Kesselbach und Posenbach in Oberösterreich liefern eine kleine Anzahl Flußperlen.

Der Bergbau liefert etwas Gold, Kupfer und Arsenik, dann Eisen, vorzüglich aber Salz und Steinkohlen, ferner Graphit, ausgezeichneten Granit, Marmor und Sandstein.

Die Industrie steht auf hoher Stufe. — Baumwolle und Seidenwaaren, Halbschafwollstoffe, Shawls, Eisenwaaren aller Art, Packfong, Schmuck= und Galanterie = Arbeiten, Holz= waaren, Leder (Handschuhe und Schusterwaaren), Kutschen, Por= zellan, Physikalische (optische) und musikalische Instrumente (Kla= vier) sind die vorzüglichsten Producte, in deren meisten Wien vor= ansteht, nur Eisen= und Holzwaaren liefert hauptsächlich Ober= österreich und das V. O. W. W. Die genannten Gegenstände bilden auch den Haupthandel, nebst welchem aber auch bedeuten= der Durchfuhrshandel *).

Hauptstraßen.

1. Die 5 Eisenbahnen, von Wien über Brünn nach Böh= men — Prerau nach Pohlen — Wiener=Neustadt nach Steyer= mark, Marcheck, Bruck an der Leitha und Ödenburg nach Un= garn; ferner von Gmunden über Linz nach Budweis in Böhmen (Pferdebahn).

2. Die Poststraße über Horn nach Böhmen.

3. Über Linz nach Bayern.

4. Über Hainburg, Wolfsthal nach Ungarn.

Dampfschiffe fahren auf der Donau abwärts und aufwärts, ferner auf dem Gmundnersee.

---

*) In Wien lagern jährlich über drey Millionen Zentner Waa= ren ein.

§. 28.

Ortsbeschreibung.

Wien (Vindobona) ist die Hauptstadt des Erzherzogthums unter der Enns und die Residenz des Kaisers von Österreich, begreift mit den 33 Vorstädten und dem zur Stadt gehörenden Weichbilde beynahe 6 geographische □ Meilen *), und 380.000 (mit den unmittelbar anstoßenden Ortschaften 480.000) Einwohner.

Die Stadt liegt am Austritte der Donau aus deren Längenthal in die Ebene, am rechten Steilufer des Flußes, gegen den Wienerberg südwestlich ansteigend, vom Bache Wien durchflossen; auf einer Donau-Insel liegt die Vorstadt Leopoldstadt. Vermöge der Lage ist der Westwind aus dem Donau-Thale so herrschend, daß man im Durchschnitte jährlich nur 40 ganz windstille Tage zählt.

Die höher gelegenen Vorstädte hätten Wassermangel, wogegen aber die Herzog Albert-, Christina- und die große Kaiser Ferdinands-Wasserleitung sorgen **), so wie mehrere artesische Brunnen. Die Stadt ist mit Wall und Graben, die Vorstädte mit den sogenannten Linien (gemauerten, niederen Schanzen mit Gräben) umschlossen. — Die Stadt ist klein, enthält nur 1200 Häuser und ist durch ein breites Glacis mit Alleen und Parkanlagen versehen, von den Vorstädten getrennt. Die Stadt hat enge Straßen, einen einzigen großen Platz „den Hof" — ist aber, so wie die Vorstädte vortrefflich mit Granitwürfeln gepflastert, sehr reinlich und ganz mit Gas beleuchtet, so wie die Hauptstraßen der Vorstädte. Über

---

*) Fast so viel, als das Fürstenthum Reuß-Greiz.

**) Jene wurde durch die Erzherzogin Marie Christine und ihren Gemahl den Herzog Albrecht von Sachsen-Teschen zu Anfange dieses Jahrhunderts angelegt; diese durch Kaiser Ferdinand I. gegründet. Zwey Dampfmaschinen heben täglich 100.000 Eimer filtrirtes Donauwasser 170′ hoch, und treiben es durch gußeiserne Röhren 2270 Klafter weit. Dieses Riesenwerk kostete 1 Million Gulden. — Artesische Brunnen sind in Wien schon seit 200 Jahren bekannt; der reichste wurde im Südbahnhofe 1846 aus 712′ Tiefe erbohrt, und liefert täglich 15.000 Eimer von +13 Grad Wärme Réaumur.

den Donaukanal führen 6 Brücken, darunter 2 Kettenfahrbrücken und ein Kettensteg, über die Wien auch eine Kettenbrücke und 2 Kettenstege u. f. w.

Als Residenz des Kaiserstaates ist Wien der Siz des kaiserlichen Hofes und Hofstaates, des Ministeriums, der Gesandtschaften, und als Hauptstadt von Unterösterreich Siz der Landesregierung und Provinzialbehörden; Erzbisthum, eine Benedictiner-Abtey (Schotten), 1155 von Herzog Heinrich Jasomirgott gegründet; 1 Damenstift; 17 Klöster. Die Böhmen, Italiener, Ungarn und Franzosen haben Nationalkirchen. Die Universität wurde 1237 durch Kaiser Rudolph IV. gestiftet und zählt an 60 Professoren mit mehr als 2000 Studenten. Besondere Unterrichts-Anstalten sind; 1 höhere Bildungsanstalt für Weltpriester, 1 Ritter-Akademie für adelige Zöglinge (Theresianum), 1 Ingenieur-Akademie; 1 Akademie der orientalischen Sprachen; 1 polytechnisches Institut, 1 Akademie der bildenden Künste, 1 Forstlehranstalt *); ferner bestehen 3 Gymnasien, 5 Schwimmschulen u. f. w. In Wien befinden sich ferner die großen kaiserlichen Sammlungen: die Bibliothek von mehr als 300.000 Bänden, das Naturalien-Museum, die Schatzkammer, das Zeughaus und die berühmte Ambras-Sammlung (siehe Thyrol), das Münz- und Antiken-Kabinet (von 100.000 Münzen), die Gemälde-Gallerie. — Außer der k. k. Akademie der Wissenschaften bestehen noch 7 wissenschaftliche Vereine, 2 für bildende Künste, und 12 für Musik. Wien hat 5 Theater.

Merkwürdige Gebäude. Die Metropolitankirche zu St. Stephan wurde um das Jahr 1100 gegründet, 1359 erhielt sie unter Albrecht III. ihre jetzige (unvollendete) Gestalt. — Es ist ein herrliches, gothisches Gebäude, auf 12 Pfeilern ruhend, 12.500 Menschen fassend, mit dem berühmten Erabdenkmahle Friedrich's III. aus rothem Marmor, welches 1513 N. Lerch ver-

---

*) Diese Anstalten sind für die ganze Monarchie bestimmt, und in den meisten bestehen für jede der österreichischen Nationen freye Stift-plätze.

fertigte, dem Grabmahle des Helden Eugen von Savoyen
u. s. w. Der berühmte Stephansthurm steht an der Südwestseite
(der nördliche wurde nicht ausgebaut) wurde 1433 durch Meister
Prachadicz vollendet; 1841 mußte die Spitze abgetragen und neu
gebaut werden. Er hat 435½ Fuß Höhe, ist der höchste Kirch-
thurm in Deutschland *) und enthält eine Glocke von 354 Zentner, welche 1711 aus eroberten türkischen Kanonen gegossen wurde.
Die Kirche zu Maria Stiegen ist gleichfalls ein gothischer Bau,
mit einem ausgezeichnet schönen Thurme, und ist ganz im gleichen
Style ausgeschmückt. Die gothische Hofpfarrkirche der Augustiner
(gegründet von Friedrich dem Schönen 1330 zur Erfüllung eines
Gelübdes in seinem Kerker an der Trausnitz) enthält Canova's
berühmtestes Werk, das Marmor-Grabdenkmahl der Erzherzogin Christine. Die gothische Minoritenkirche zu Maria Schnee
enthält Rafaelli's großes Mosaik-Nachbild des berühmten heil.
Abendmahles von *Leonardo da Vinci.* Die Kirche zu St. Karl
(gegründet von Karl VI. zur Erfüllung seines Gelübdes während
der Pest 1713) ist die schönste neuere Kirche Wiens, im italienischen Style. Bey der Kapuzinerkirche befindet sich (auf der Stätte
eines römischen Begräbnißplatzes) die kaiserliche Gruft, von Anna,
Gemahlin Kaisers Mathias, erbaut. — Die kaiserliche Burg enthält den prachtvollen Saal der Hofbibliothek, die größte und schönste
Reitschule Europa's und Marchesi's Denkmahl aus Bronze des
Kaisers Franz. — Der anstoßende Volksgarten enthält den The-
seustempel (nach dem Muster des atheniensischen) mit Canova's
herrlicher Marmorgruppe des Theseus und Minotaurus. Wien
zählt über 100 Paläste, hat ein acht Stockwerke hohes Haus und
ein Gebäude, welches 220 Wohnungen enthält (Bürgerspital) Öffentliche Monumente sind: Marchesi's Denkmahl aus Bronze des
Kaisers Franz im Burghofe (Franzensplatz). — Zauner's Rei-
terstandbild Kaiser Joseph II.; Donner's Brunnengruppe (aus
Bley) auf dem neuen Markte, Schwanthalers Brunnengruppe
aus Bronze auf der Freyung. — Das Wahrzeichen von Wien ist

---

*) Der Münster zu Straßburg im Elsaß (Frankreich) ist um 12½
Fuß höher, nämlich 448 (Wiener-) Fuß.

der „Stock im Eisen" — auf dem nach ihm benannten Plaße, ein Baumstamm aus der Zeit, in welcher der Wiener-Wald bis hieher reichte und in den reisende Schlossergesellen Nägel einzuschlagen pflegten, bis kein Plätzchen mehr übrig war.

Die ausgezeichnetsten Erzeugnisse der Wiener-Industrie sind: Optische Instrumente, Klaviere, Porzellan (die kais. Fabrik), Kutschen, Tischler- und Drechsler-Waaren, Shawls, Teppiche, Schusterarbeiten.

In Wien beginnen drey Eisenbahnen, die Kaiser-Ferdinands-Nordbahn nach Prag — Breslau; die Triester-Bahn (über Gloggnitz) und die ungarische Bahn (über Bruck). Die Donau wird von Dampfschiffen befahren, sowohl aufwärts nach Linz, als abwärts nach Ungarn, und wenn der Wasserstand es erlaubt, fahren die Bote in dem Kanale, bis zum rothen Thurme herauf.

Die Umgebungen Wiens sind durch ihre Naturschönheiten berühmt. Noch auf der Leopoldstadt-Insel liegt der Prater, ein Lustwald mit einer vierfachen 2500 Klafter langen Allee. — Westlich liegt das kais. Lustschloß Schönbrunn, der gewöhnliche Sommeraufenthalt des Hofes, mit dem berühmten Pflanzengarten und der Menagerie. Südlich liegt Laxenburg, gleichfalls kais. Lustschloß, mit einem herrlichen Parke, in welchem die Franzensburg sich befindet, ein treues Nachbild einer Ritterburg, ganz mit Alterthümern eingerichtet.

§. 29.
Das Donauthal.

Im Donauthale liegen folgende merkwürdige Orte von West nach Ost:

Engelhartszell, Markt, ist der Gränzort, wo alle Schiffe anlegen müssen.

Das Städtchen Efferding, lag einst dicht am Strome, jetzt fließt die Donau ¾ St. nördlicher. Bey Schloß Neuhaus (l. U.) fällt die große Mühel in die Donau, welche durch einen großen Rechen gesperrt ist, der das Holz auffängt, das in dem fürstlich Schwarzenberg'schen Schwemmkanal aus dem Böhmerwalde kommt. Wilhering (r. U.)

ist ein Prämonstratenserstift, 1146 durch die Herren Ulrich und Cholo von Wilheringen gestiftet.

Linz (Lentia) Hauptstadt des Landes Österreich ob der Enns, liegt am rechten Ufer und ist durch eine Jochbrücke mit dem linken Ufer verbunden. Die Stadt hat 4 Thore, aber keine Mauern, 2 Vorstädte, 1300 Häuser, 26,000 Einwohner, ist Sitz der Landes-Regierung und eines Bischofs, Lyceum mit reicher Bibliothek, Seminar, Gymnasium, Landes-Museum, Francisco-Carolinum, Industie-Verein, Blinden- und Taubstummen-Institut. Die Kapuzinerkirche enthält das Grabmahl Montecucculi's*). Die Lage von Linz ist äußerst anmuthig. Dicht an der Stadt auf einem Felsenhügel steht das alte Schloß, jetzt Strafhaus. Zwey Pferde-Eisenbahnen führen von hier nördlich nach Budweis, südlich nach Gmunden. Linz ist ein befestigter Lager- und Waffenplatz, durch 48 bombenfeste Thürme (Marmilianische, nach ihrem Erfinder genannt, dem Erzherzoge Maximilian von Este) welche in einer Entfernung von 3000 Klaftern, die Stadt rings umgeben. Der Pöstlingberg am linken Ufer enthält die Citadelle. — Gegenüber von Linz liegt der Markt Urfahr, Kreisort des Mühlviertels. Mauthhausen (l. U.) hat berühmte Granitbrüche, welche nahmentlich die Wiener Pflastersteine liefern. Perg hat Mühlsteinbrüche. Bey dem Städtchen Grein beginnt der berühmte Durchbruch der Donau mit dem Wirbel und Strudel, zwischen welchem die kleine Insel Wörth liegt, mit einer Burg-Ruine.

Persenbeug (l. U.) hat ein kaiserl. Schloß und eine Schiffswerfte. Weiterhin liegt der kleine Markt Marbach mit der sehr besuchten Wallfahrtskirche Maria-Taferl auf einem Berge. Gegenüber von Persenbeug liegt Yps, an der Mündung des gleichnahmigen Flüßchens, mit einem großen kaiserl. Siechenhause.

Melk (Medelicium, Nomare?), Markt (l. U.) über welchem auf einem 180' hohen Granitfelsen, die berühmte, gleichnahmige Benedictiner-Abtei steht, 984 gegründet durch Leopold den

---

*) Des Siegers über die Türken bey St. Gotthart 1664, 1680 in Linz gestorben.

Erlauchten, 1719 prachtvoll neu erbaut. 102 Fenster hat das Stift=
gebäude in seiner ganzen Länge, reiches Museum und Bibliothek,
Gymnasium und Convict. Die Gruft der Babenberger.

Der nun folgende Theil des Donauthales von der Mündung
der Bielach bis zur Krems, heißt die Wachau. Dürren=
stein ist berühmt durch die Ruine seiner Burg, wo Hademar II.
von Kuenring den König Richard Löwenherz gefangen hielt*).

Das Städtchen Stein (l. U.) ist ein lebhafter Hafen und
Stappelort, mit einer Jochbrücke. Denkmahl des General
Schmidt, der 1805 bey dem nahen Leiben über die Franzosen
siegte. Gleich neben Stein liegt die Kreisstadt des V. O. M. B.
Krems, an der Mündung des Kremsflusses, über welchen zwey
Kettenbrücken führen.

Piaristenkollegium mit philosophischen Studien, Gymna=
sium und Convicte, englischem Fräuleinstifte. Essig= und
Senf=Siedereien. Gegenüber von Stein liegt Mautern,
das römische Mutinum, wo man Alterthümer ausgrub.

In der Nähe steht auf einem 700' hohen Hügel die Bene=
dictiner=Abtey Göttweih, 1072 durch Bischof Altmann von
Passau gegründet, 1719 umgebaut, aber unvollendet. Berühmte
Bibliothek und Münzsammlung.

Weiterhin folgt dicht an der Donau Tuln (Castra ca=
tulina, keltisch Dullona) ziemlich gut gebautes Städtchen,
Österreichs früheste Hauptstadt. Pionirschule. Die 800 J.
alte Dreykönigskapelle.

Das Kahlengebirge tritt nun am r. U. an den Strom, mit
der Burgruine — Greifenstein**), und den trefflichen Sand=
steinbrüchen von Höflein.

Klosterneuburg ist eine alte wohlhabende Stadt, mit
Ringmauern und Thürmen, Chorherrenstift von Leopold seit

---

*) 15 Monathe lang in strenger aber ehrenhafter Gewahrsam; es
ist durchaus unwahr, daß Richard in dem Felsenloche gefangen
saß, welches man als seinen Kerker dem Fremden zeigt.

**) Wo Richard Löwenherz nicht gefangen saß, am wenigsten in
dem hölzernen Käfig, den man den Fremden als seinen Ker=
ker zeigt! —

1108 gegründet, 1730 prachtvoll umgebaut. Reiche Sammlungen. (Die berühmten Broncetafeln des Altars von Verdun von 1181). In der Schatzkammer wird der österreichische Erzherzogs=hut aufbewahrt. Am Eingange des Wiener=Canals liegt Nuß=dorf, gewissermaßen der Hafen von Wien, wo die großen Donau=schiffe umladen.

Am l. U. liegt gegenüber von Greifenstein, der große Markt Stockerau mit der Militär=Ökonomie=Commission*). Gegenüber von Klosterneuburg liegt Korneuburg, Kreis=stadt des V. U. M. B. Gegenüber von Wien breitet sich am l. U. das fruchtbare Marchfeld aus, mit den Schlachtfeldern von Aspern und Wagram**).

Dießseits ist die Haide von Simmering, der Übungs=platz der Artillerie, mit dem hochgelegenen Neugebäude, einem ehemahligen kaiserlichen Lustschlosse, auf der Stelle, wo 1529 Soliman's Zelte standen, jetzt Pulvermagazin. Kaiser=Ebersdorf, mit einem ehemahligen kaiserlichen Schlosse, jetzt Kaserne, war 1809 Napoleons Hauptquartier.

Die Donau bildet hier die große Insel Lobau, wo Napo=leon's Heer gelagert war; noch sieht man die Verschanzungen.

Am Einflusse der Fischa (r. U.) liegt Fischamend, (Aequinoctium), wo man Spuren der Römerstraße sieht. Petronel hat ein schönes Schloß und Park des Grafen Traun; sehr schöne alte Kirche. In der Nähe steht das Heidenthor, die Ruine eines römischen Triumphbogens, wahrscheinlich dem Marc. Aurelius errichtet. Bey Pe=tronel beginnt eine regelmäßige Verschanzung, welche sich 9500 Klafter bis zum Neusiedler=See erstreckt; ihre Entstehung ist unbekannt.

Deutsch=Altenburg hat ein Schloß mit einem Mu=seum von Ausgrabungen und ein Heilbad. Herrliche gothi=sche Kirche von 1233, durch gesammelte Beyträge der Wie=

---

*) Hier sind die großen Vorräthe aller Kleidungs= und Ausrüstungs=Stücke der Armee, mit Ausnahme der Waffen.

**) Bey dem Dorfe Aspern siegte Erzherzog Karl an den beyden Pfingsttagen, am 21. und 22. May 1809, über Napoleon; bey dem Dorfe Deutsch=Wagram siegte Napoleon's Übermacht am 5. und 6. July 1809.

Neue Geographie I. Thl.   E

ner-Studenten 1822 restaurirt. <u>H a i n b u r g</u>, gut gebaute
Stadt mit alten Mauern, Thürmen und 5 Thoren. Große
kaiserliche Tabaksfabrik. Schönes neues Schloß und auf
dem Hainburger-Berge die Ruinen der alten <u>H e n n e n-
b u r g.</u> Von <u>P e t r o n e l</u> bis <u>H a i n b u r g</u> erstreckte sich das
römische Municipium Carnuntum, der wichtigste Ort im
Erzherzogthume, wo Marc. Aurel 3 Jahre lebte, und das
zweyte Buch seiner Betrachtungen schrieb, Severus und
Licinius zu Imperatoren ausgerufen wurden, und die 13. und
15. Legion ihren Standort hatten. Nach den zahlreichen
Ausgrabungen zu schließen, war bey <u>P e t r o n e l</u> der Donau-
hafen, das Prätorium, der Kaiserpallast, bey <u>D e u t s c h-
A l t e n b u r g</u> das Standlager u. s. w. <u>H a i n b u r g</u> benützt
noch gegenwärtig eine römische Wasserleitung.

<u>W o l f s t h a l</u> ist der Grenzposten gegen Ungarn.

§. 30.
Nördliche Thäler.

Auf dem Südrande des böhmischen Hochlandes
liegen folgende Ortschaften von West nach Ost:

<u>S c h l ä g e l</u> (Maria Schlag), Prämonstratenser-Kloster, 1200
von Chalchochus von Falkenstein gestiftet. <u>K i r c h s c h l a g</u>, besuchtes Heilbad mit der Ruine des Schlosses <u>W i l d b e r g</u>, wo Wenzel der Faule, König von Böhmen 1394 gefangen gehalten wurde.
Der kleine Markt <u>K ä f e r m a r k t</u>, an der Feldaist, hat eine sehr
merkwürdige gothische Kirche von 1491, mit einem prachtvollen
Schnitzaltare von 1495. Am Fuße des Manhartsberges liegt
<u>M e i s s a u</u>, mit Saffranbau. <u>S c h ö n g r a b e r n</u>, hat eine der merk-
würdigsten alten Kirchen (im byzantinischen Rundbogenstyl) mit
mystischen Basreliefs, welche den Templern zugeschrieben werden.

<u>Nördliche Thäler.</u> Das <u>T a y a = T h a l</u> ist eine fast un-
unterbrochene Folge romantischer Gegenden, gehört aber in seinem
mittleren Theile zu Mähren. <u>D r o s e n d o r f</u>, ist die älteste Gränz-
veste des Landes gegen Norden, jetzt eine mahlerische Ruine, und
ein schönes Schloß des Grafen von Hoyos. Südlich liegt am
Fugnitzbache das Prämonstratenserstift <u>G e r a s</u>, 1151 von einem
Grafen von Pernegg gegründet. Das Städtchen <u>H a r d e c k</u>
(einst Sitz einer Reichsgrafschaft) hat eine der schönsten und größ-
en Burgruinen; Tuchmacherey. Die <u>T a y a</u> tritt nun ganz nach

Mähren aus, unterhalb Znaim erst mit dem rechten Ufer wieder zurück. Südlicher liegt das alte Städtchen Retz, mit bedeutendem Weinbau. Laa ist eine der ältesten Städte des Landes, mit alten Mauern. Feldsperg, hat das älteste Kloster der barmherzigen Brüder, 1605 durch die Fürsten von Liechtenstein gestiftet, prachtvolles fürstliches Schloß und Thiergarten. Das Thal der March. In Hohenau hat Fürst Liechtenstein ein Gestütte. Jedenspeigen ist durch das Schlachtfeld merkwürdig, wo Ottokar gegen Rudolph von Habsburg, 1278 fiel; bey dem ärmlichen Städtchen Marchek siegte er 1260 über Bela.

Das Kampthal
nicht minder romantisch, als jenes der Thaya. Rappottenstein ist ein sehr interessantes Bergschloß der Grafen Abensperg-Traun mit 7 Thoren.

Zwettl, betriebsames Städtchen mit Leinen-, Baumwollen- und Tuchweberey und der Cisterzienser-Abtey Zwettl (Clara vallis) 1138 gestiftet. Convict, reiche Bibliothek, (die Zwettler-Reimchronik) und Münzsammlung. — Altenburg ist eine Benedictiner-Abtey von 1144. Die Rosenburg ist eine der berühmtesten und besterhaltenen Burgen, 1593 in ihrer jetzigen Gestalt erbaut*).

Nördlicher liegt das Städtchen Horn mit Piaristen-Collegium und Gymnasium.

§. 31.
Südliche Thäler.

Das Innthal (nähmlich das rechte Ufer, das linke ist bayrisch). Braunau (Brundunum) ehemahlige Festung. Schöne gothische Kirche aus Tufstein. Denkmahl des H. Steininger von 1570, berühmt seines 3½ Ellen langen Bartes wegen, und des Nürnberger Buchhändlers Palm**).

---

*) Es war gewissermaßen die Bundesfestung der protestantischen Stände, welche in Horn eine Landschule hatten, und wo 180 Edelleute die Protestation an K. Mathias unterzeichneten.

**) Wegen Verbreitung des Werkes „Deutschland in seiner tiefsten Erniedrigung," 1809 von den Franzosen erschossen.

E 2

Reichersberg, Chorherrenstift, 1308 vom Grafen Wernherr von Plain gegründet. Schärding, wohlhabendes Städtchen mit gerühmten Bräuhäusern, Geburtsort des Dichters Denis. —

Im Salzathale. Den ersten Ort in der Alpenregion dieses Thales, dem Pinzgau, bildet der Weiler-Wald, in dessen Nähe der berühmte Sturz der Krimmler-Ache, der größte der Monarchie.

Mittersill, liegt am Anfange der berüchtigten Pinzgauer-Sümpfe, welche aber bedeutend vermindert wurden. Denkmahl der Entsumpfungs-Arbeiten unter Franz I. Aus dem Salzathale ziehen sich südlich zu den Uralpen, die durch ihre erhabene Schönheit so berühmten Pinzgauer Seitenthäler hinan. Im Fuscherthal ist das Heilbad Sanct Wolfgang, mit einem Sommerschlosse, des Fürsten-Erzbischofs. „In der Rauris" — ist gleichfalls ein Heilbad und ein Goldbergwerk am „Goldberge" welches schon über der Schneegränze liegt, 8200'.

Im Gasteiner-Thale (dessen Zugang durch den furchtbar schönen Engpaß Klamm führt, an den Katarakten der Gasteiner-Ache hinauf) liegt das weltberühmte Wildbad Gastein.

Die Hauptquelle liefert in 24 Stunden 72,000 Kubikfuß Wasser von + 38° R. Nur 8 Stunden des Tages scheint die Sonne in diesen Thalwinkel, wo dicht am Badhause die Ache einen gewaltigen Sturz bildet. — Das Wasser wird auch 4471 Klftr. weit in den freundlich gelegenen Markt Hofgastein hinabgeleitet. — In der Nähe ist der Rathhausberg mit Goldbergwerk.

An der Salza folgt weiterhin Werfen mit der alten Bergfestung Hohenwerfen. Durch den stark befestigten Paß Lueg (wo die berühmten Öfen der Salza) kömmt man nach Golling (einer der schönsten Wasserfälle) und Hallein, Stadt von 6000 Einwohnern am Dürnberge (Tuval), in welchem das berühmte Salzbergwerk.

Salzburg (Juvavia, Salisburgum) liegt zu beyden Ufern der Salza, vom Kapuzinerberge rechts, und vom Mönchsberge links eingeengt, durch welchen das berühmte 415' lange Neuthor gebrochen ist *), 3 Vorstädte, 26 Kirchen, 14300 Einwohner, Erzbis-

---

*) Durch Erzbischof Sigmund 1767, den die Inschrift verewigt, Te Saxa loquntur.

thum, Kreisamt des Salzakreises, Lyceum, Convict, Taubstum=
men=Institut, Militär=Equitations=Institut, Landes = Museum.
Keine deutsche Stadt gleicher Größe hat so viele Palläste, zu
denen der nahe Untersberg den Marmor lieferte. Dario's Mar=
morbrunnen von 1668, der schönste in Deutschland. Mozart's
(1756 hier geboren) Bronce=Standbild von Schwanthaler. Die
Domkirche mit 2 Thürmen, (prachtvoller Stirnseite aus weißem
Marmor) baute 1668 Solari; 5 Orgeln. Das Benedictiner=Stift
St. Peter mit reichem Museum und schöner Kirche; St. Ru=
pert's Grab, Haydn's Monument. Die erzbischöfliche Residenz.
Vor dem Kreisamtsgebäude der Thurm mit dem berühmten
Glockenspiele, 1703 durch Jer. Sauter verfertigt. Das kaiser=
liche Lustschloß Mirabell, Geburtsort Königs Otto von Grie=
chenland. Salzburg hat den schönsten Marstall in Europa, auf
130 Pferde, mit weißmarmornen Barren, von der Albe durch=
flossen, darneben eine Sommerreitschule mit 3 Gallerien von
36 Arkaden in den Felsen gehauen. Auf einem 600' hohen Felsen
steht die Festung Hohensalza mit interessanten Alterthümern. Am
Virgelsteine wurden die reichsten römischen Ausgrabungen von ganz
Deutschland gemacht. In der Nähe von Salzburg liegen meh=
rere prachtvolle Lustschlösser, darunter das kaiserliche Hellbrunn
mit berühmten Wasserkünsten und das erzbischöfliche Aigen, mit
dem schönsten deutschen Parke.

Zwischen der Salza und der Traun liegt an der
Mattig die Benidictiner=Abtey Michaelbeuern, und
unweit das 1838 wieder hergestellte Chorherrenstift Matt=
see. An der Antiesen liegt Ried, Kreisort des Innkreises,
einer der schönsten Landflecken. An dem Abhange des Haus=
ruck (der einem Kreise den Nahmen gibt) liegt das Stamm=
schloß des berühmten gräflichen Geschlechtes Starhemberg.

Das Traunthal. Hallstadt, am gleichnahmigen See,
den die Traun bildet, ist ein alter Markt mit einem berühm=
ten Salzbergwerke, und dem schönen Waldbachstrub (Wasserfall).
Von hier wird in hölzernen Röhren, die Salzsoole nach Ischel
und Ebensee in die Sudwerke geleitet; diese Leitung setzt auf
einer 138' hohen; 420' langen Brücke (dem berühmten Gosau=

zwange) über die Mündung des romantischen Gosauthales. Der Markt Ischl, sehr romantisch gelegen, hat durch die 1828 von Dr. Wirer gegründeten Soolenbäder, europäischen Ruf erlangt. Westlich davon liegt der Markt St. Wolfgang, mit herrlicher gothischer Kirche, am gleichnahmigen See und am Fuße des Schafberges, an dem die Einsiedelei des heil. Wolfgang, ein besuchter Wallfahrtort. Am Einflusse der Traun in den Gmundner-See, liegen die Dörfer Langbath und Eben= see, wo gleichfalls Salzpfannen sich befinden, zu denen die Soole von Hallstadt und Ischl zugeleitet wird. Am Ausfluße der Traun liegt das mahlerische Städtchen Gmunden, Sitz des Salzoberamtes. Von Hallstadt bis Gmunden, bildet das Traunthal, das sogenannte „Salzkammergut“ — ein Gebieth von 11¾ ☐ Meilen, mit einer Bevölkerung von 30,000 Seelen, welches zum Betriebe der Salinen verwaltet wird, und durch seine Naturschönheiten, den Nahmen der „österreichischen Schweiz“ — erhielt. Von Gmunden bis Linz führt eine Pferde-Eisenbahn. Bey Roitham ist der berühmte Traunfall.

Lambach, Markt und Benedictiner=Abtey, 1032 von Gräf Arnold von Lambach gegründet. In der Nähe die prachtvolle Kirche Baura, 1717 zur Befreyung der Gegend von der Pest erbaut. — Wels, das römische Ovilabis, mit zahlreichen Ausgrabungen, Kreisstadt des Hausruck= kreises. (In der Burg starb Kaiser Max I.) Berühmtes Backwerk „Welserbrod.“ — An der Mündung der Traun in die Donau an der Poststraße von Linz nach Wien, liegt Markt Ebersberg, mit einer 294 Klftr. langen Brücke*). Im Thale der Krems (nicht zu verwech= seln mit dem gleichnahmigen Fluße in Unterösterreich): Schlierbach, ein Dörfchen mit der reizend gelegenen Cisterzienser=Abtei „Maria Saal in der Sonne“ — 1355 von Eberhard v. Wallsee gestiftet.

Weiterhin die berühmte Benedictiner=Abtey Kremsmün= ster, mit dem gleichnahmigen Markte, 778 von Thasilo von

---

*) Heldenmüthige Vertheidigung dieses Passes durch die Wiener= Freywilligen 3. May 1809, um den Rückzug der Armee zu decken. Napoleon verlor 6000 Mann.

Bayern gestiftet. — Prachtvolles Gebäude mit 5 berühmten mar=
mornen Fischhältern; reiche Bibliothek, Museum und Stern=
warte, 1785 vom Abte Firlmiller. erbaut. Lyceum, Gymnasium,
Convict. Der Markt H a l l hat eine berühmte, sehr starke Jod=
Quelle. —

Das E n n s t h a l. Nahe am Ursprunge der Enns, ist das
große Eisenwerk F l a c h a u. R a d s t a d t ist ein sehr altes Städt=
chen, mit dem Beynahmen „die Getreue.“ — Die Poststraße von
Salzburg führt hier über den R a d s t ä d t e r T a u e r n, am
herrlichen Tauernfall vorbey. Auf dem Joche steht das große
Tauernhaus, 1562 erbaut, mit einem Friedhofe für verunglückte
Wanderer.

Im Passe Mendling tritt die Enns nach Steyermark
über, und dann bey Altenmarkt wieder nach Osterreich,
wo an derselben eine Reihe von Ortschaften liegt, die durch
Eisenarbeiten berühmt sind, deren Hauptsitz aber die
S t a d t S t e y e r, am Einflusse des gleichnahmigen Flüßchens
in die Enns, mit 10,000 Einw. Gegen 200 Meister verarbeiten
hier 20,000 Centner Eisen, nahmentlich zu Schneidewaaren. Schö=
nes Schloß des Grafen Lamberg. An der Mündung der Enns in
die Donau, liegt die uralte Stadt E n n s, mit der reichsten Pfarre in
Oberösterreich. Schloß des Fürsten Auersberg an der Stelle des römi=
schen Prätoriums*). Eine Viertelstunde außer der Stadt liegt
das Dörfchen L o r c h, das römische Laureacum. Zwischen Enns
und Ebersberg liegt das berühmte Chorherrenstift S t. F l o r i a n,
schon 455 auf der Grabstätte des Heiligen gegründet, 1713 von
Promlauer neu erbaut, die regelmäßigste aller römischen Abteyen,
mit der wichtigsten Bibliothek, ansehnlichem Museum, ausgezeich=
neter Landwirthschaft.

Im T h a l e d e r J p s ist Waidhofen a. d. J. Haupt=
sitz der unterösterreichischen Eisenarbeiten. Auf dem S o n n=
t a g s b e r g e steht eine berühmte Wallfahrtskirche. In der
Nähe die Benedictiner=Abtey S e i t e n s t e t t e n, 1112 von

---

*) In Enns wurde im Jahre 304 der christliche römische Tribun
Florianus, bey der Christenverfolgung durch K. Galerius in die
Enns gestürzt — nachmahls heilig gesprochen.

Udalschalk von Stille und Höfft gegründet. Gymnasium, Convict.

Im Thale der Trasen. Annaberg, hochgelegener Wallfahrtsort auf der Straße nach Lilienfeld, Cisterzienser=Abtey, 1202 von Leopold **VII.** gestiftet. St. Pölten (Fanum Sancti Hippolyti) in einer Ebene, Hauptstadt des Kreises ob dem W. Wald, hat doppelte, alte Mauern. Bisthum, theologische Lehranstalt, Seminar, englisches Fräuleinstift. — Die Brücke ist 102 Klafter lang. Herzogenburg, Markt und Chorherrenstift, 1112 von Ulrich von Höfft gegründet, ansehnliche Münzsammlung. St. Andrä hat ein Siechenhaus für 350 Arme. Trasmauer ist das römische Trigisanum, unweit der Trasenmündung.

An der Schwächat. Heiligenkreuz, Cisterzienser=Abtey, 1134 von Leopold den Heiligen gestiftet. Merkwürdige alte Kirche mit einem Kreuzgange, wo die Bildnisse der Babenberger in Glasmalerey. Grabmahl Friedrich's des Streitbaren. In der Schatzkammer der berühmte h. Kreuzpartikel. Reichs=Archiv.

Baden (Thermae cetiae? Aquae Pannoniae?) schon im 11. Jahrhunderte bedeutender Ort, ist eine reizende Landstadt, eines der berühmtesten Schwefelbäder Europa's. Am Eingange des reizenden Helenenthales steht das prachtvolle Schloß Weilburg, mit einer der größten Rosenfluren. Die Schwächat bewässert den Laxenburger Park (siehe oben) und nimmt den Mödlinger Bach auf, der aus dem romantischen Felsenthale Brühl kommt, wo die Ruine der Burg Mödling, einst Sitz einer Babenbergischen Nebenlinie, der gleichnahmige alte Markt und die Burgruine Liechtenstein *).

An der Leitha:
Der Hauptarm, Schwarza, kommt aus dem wildromantischen Höllenthale, an dessen Ausgange die großen kaiserl. Eisenwerke zu Reichenau und die kaiserl. Gußspiegelfabrik Schlögelmühl.

---

*) Nicht Stammschloß, aber Eigenthum der fürstl. Familie Liechtenstein. Fürst Johann ließ die ganze Gegend durch zahlreiche Bauwerke und Anlagen zu einem der größten und schönsten Naturparke umgestalten.

In Gloggnitz ist die große Eisenbahn von Wien nach Triest, unterbrochen durch den Übergang über den Semmering. Wiener-Neustadt, "die allzeit getreue" — ansehnliche Landstadt von 12,000 Einwohnern, an der Vereinigung der Ödenburger= und Gloggnitzer=Eisenbahn, mit alten Ringmauern, festen Thürmen und Gräben (in Gärten verwandelt); Cisterzienserstift Neukloster, 1444 von Kaiser Friedrich gestiftet. Die ehemahlige kaiserliche Burg, jetzt Militär=Akademie, gothische St. Georgskirche von 1460 mit Lerch's berühmter Wappentafel; großer Park mit Schwimmschule; Kinsky's Monument von Schaller. Stabsort des Rakettenkorps, welches im nahen Rakettendörfel sein Laboratorium hat. Rathhaus mit Alterthümern. (Friedrich's und Mathias Corvins Friedensbecher.) Bedeutende Industrie. Außer dem Wiener=Thore die herrliche Denksäule "Spinnerinn am Kreuz," 1382 von Leopold dem Biederen errichtet *).

Pottendorf, Markt, mit der größten Baumwoll=spinnerei der Monarchie, welche 1600 Arbeiter beschäftiget. Schloß des Fürsten Esterházy, eines der merkwürdigsten; Wassergräben, 3 alte Thürme römischen (?) Ursprungs. Großer Park mit Teichen, wo an 200 Schwäne. Mannersdorf, kaiserl. Familienherrschaft, mit großer Merino=Muster=Schäferei. Heilquellen.

Bruck an der Leitha, an der Raaber=Eisenbahn, mit einem der schönsten Parks Europa, im Besitze des Grafen Harrach. Stabsort des Sappeur=Corps und dessen Übungsplatz mit Sappe=Anlagen.

Das Dörfchen Rohrau, Geburtsort M. Haydn's, mit dessen Monument.

---

*) 1522 wurden auf dem Marktplatze die Rebellen Eytzing und Genossen enthauptet; die Stelle ist rund ausgepflastert. 1671 wurden hier die Rebellen Zriny und Frangepany enthauptet; ihre Gräber an der Pfarrkirche. Das Wiener=Thor ist durch die heldenmüthige Vertheidigung Andreas Baumkirchner's denkwürdig, am 29. August 1452.

Statistische Übersicht des Erzherzogthums Österreich,
Land ob und unter der Enns,
Flächeninhalt, Wohnorte und Bevölkerung.

Kreise	Flächeninhalt in österreich. □ Meilen	Wohnorte				Häuser	Familien	Bevölkerung	Einwohner auf eine □ Meile
		Städte	Märkte	Dörfer	Zu-sammen				
Österreich ob der Enns.									
Mühl- { Hauptstadt Linz	—	1	—	—	1	1.296	5.100	26.064	} 3.774
Der übrige Kreis	55·3	3	50	1.357	1.410	27.556	42.170	182.625	
Traun-	74·0	3	14	665	682	27.211	42.164	184.833	2.497
Hausruck-	40·7	5	21	2.204	2.230	29.307	41.919	176.154	4.328
Inn-	38·3	2	8	1.762	1.772	21.106	29.302	135.813	3.546
Salzburger-	124·5	3	21	734	758	21.388	29.751	145.809	1.171
Summe mit Militär	332·8	17	114	6.722	6.853	127.864	190.396	864.549	2.598
Österreich unt. d. Enns.									
Haupt- u. Residenzstadt Wien	0·8	1	—	—	1	8.540	83.675	373.236	—
Ꝛ. u. W. B.	76·0	6	41	569	616	30.987	59.809	289.927	3.815
Ꝛ. O. W. B.	97·4	6	63	2.107	2.176	37.221	51.715	240.749	2.472
Ꝛ. u. M. B.	82·0	6	63	492	564	46.172	63.583	270.767	3.302
Ꝛ. O. M. B.	87·6	13	72	1.137	1.222	39.758	57.013	241.016	2.751
Summe mit Militär	343·8	35	239	4.305	4.579	162.678	315.795	1,453.315	4.227
Hauptsumme	676·6	52	353	11.027	11.432	290.542	506.191	2,317.864	3.412

Vierter Abschnitt.

Das Herzogthum Steyermark.

(Ducatus Styriae.)

(390 ☐ Meilen, 997,200 Einwohner, 2550 auf 1 ☐ Meile.)

§. 32.
Grenzen=Eintheilung.

Steyermark wird begrenzt westlich durch Illyrien, nördlich durch die norischen Alpen gegen Österreich, östlich durch Ungarn, südlich durch Kroatien und Illyrien.

§. 33.
Gebirge.

1. Die norischen Alpen spalten sich am Weinschabelkopf in 2 Arme, welche gabelförmig nach Osten sich erweitern. Diese sind:

a) Die Tauern, mit dem Meereck in das Land tretend, Grenze gegen Salzburg, bestehen größtentheils aus Schiefern, und enthalten den zweithöchsten Berg, den Hochgolling von 9000'. Dieser Gebirgszug endet mit dem Semmering 4400' an der österreichischen Grenze.

b) Die steyrischen Alpen aus den vorigen südlich ausbiegend.

betreten mit dem 7370' hohen Königsstuhl das Land, enthalten die Kuhalpe, Schwamberger=, Stub und Klein = Alpen und werden bey Bruck von der Mur durchbrochen. — Jenseits derselben geht der Zug über die Brucker = Alpen auf den Pfaff, 4800', und tritt nach Österreich aus.

Dieser Arm entsendet zwei bedeutende Widerlagen nach Süden, die Saualpe und dann die Pack = und Kor = Alpe, deren Gipfel der Speikkogel 7360', eines der schönsten Alpenpanoramen biethet.

Ausläufer dieser Widerlage sind das Hügelland der windischen Bühel und die Hochebene des Bacher.

2. Die obersteyrischen Alpen sind eine Fortsetzung der nördlichen Kalkkette, welche aus Salzburg herüberreicht, grossentheils die Grenze macht, deren größte Masse aber dießseits liegt. Sie bilden wie dort (siehe Beschreibung von Österreich) nicht sowohl eine Kette, als eine Reihe von Berggruppen. Die bedeutendsten sind:

a) Der Thorstein (in Österreich Dachstein genannt) dessen Spitze auf der Grenze steht, 9500', die höchste im Lande. Diese Gruppe endet mit dem Grimming, 7400', der lange als der höchste steyrische Gipfel galt.

b) Der Hochschwab, 7100' hoher Gipfel eines Felsenrückens, 9 Stunden lang, 2 St. breit, nach Nord und Süd steil abstürzend. Er trägt ein Monument zu Ehren des Erzherzogs Johann.

c) Die Schneealpe, eine der schönsten Almen, ein Dorf von 27 Sennhütten tragend; der Gipfel hat 6000'.

3. Die untersteyrischen Kalk = Alpen treten aus Krain herüber, erheben sich im Menina Planina zu 4700' und treten als Kallura = Gebirge nach Ungarn über.

Gletscher hat Steiermark nur Einen, den todten Knecht am Thorstein.

§. 34.
Gebirgspässe, Thäler, Höhlen, Ebenen.

Gebirgspässe. Der Rottenmanner Tauern, der letzte der Tauern gegen Osten, 5400'; der Semmering 3100', der Seeberg 3900' sind die wichtigsten Übergänge nach Österreich.

Thäler. 1. Das Hauptthal der Mur, 25 Meilen lang, ist in der oberen Hälfte ein Längenthal, von Bruck abwärts ein Querthal; größte Breite bey Luttenberg, 3 Meilen.

2. Das Längenthal der Enns, gehört auf 6 Meilen zu Steyermark; zwischen Admont und Hiflau ist es eine wilde Schlucht, 4 Stunden lang, das "Gesäuse" genannt.

Engpässe sind in den Kalkalpen sehr häufig. Bey Mürzsteg ist der Paß am todten Weib, wo eine Brücke der Länge nach über den Fluß führt; im Santhale ist der nur 2' breite Felsenpaß die Nadel. Im Ennsthale ist der Paß Mandling, die Grenze gegen Salzburg.

Höhlen. Die merkwürdigste ist in der Frauenmauer bey Eisenerz, 430 Klafter lang, den Berg ganz durchsetzend, mit einer Eisgrotte.

Ebenen. Das "Grazer=Feld" ist 3 Meilen lang, 1 Meile breit; das Pettauer=Feld, 3 Meilen lang und eben so breit.

§. 35.
Gewässer.

Sämmtliche Flüsse gehören zum Stromsystem der Donau.

1. Die Enns

tritt im Paß Mandling aus Salzburg ein, und nach 13 Meilen östlichen Laufes bey Altenmarkt nach Österreich aus. Von Liezen bis zum Gesäuse hat sie wenig Fall und bildet Sümpfe; im Gesäuse (siehe oben) zahlreiche kleine Fälle und Stromschnellen.

2. Die Drau,

gehört von Unterdrauburg bis Polsterau auf 16½ Meilen ihres Laufes zu Steyermark, durchaus schiffbar, mit 23' Gefäll.

3. Die Mur, kommt aus Salzburg, fließt westlich bis Bruck, wo sie sich südlich wendet und nach 44 Meilen nach Ungarn austritt, wo sie bey Legrad in die Drau fällt. Schiffbar wird sie bey Judenburg.

4. Die Save (Sau)

scheidet das Land als Grenzfluß auf 9½ Meilen von Krain.

Wasserfälle. Der Abfluß des Riesach-Sees bey Schladming bildet den Höllfall, 150′ hoch. Im Mürzthale ist der Fall „beym todten Weib.“

Seen. Die meisten sind hochgelegene, kleine Alpenseen; der größte ist der romantische Grundelsee, bey Aussee, 718 Joch groß.

§. 36.
Das Volk.

Steyermark wird von 2 Volksstämmen bewohnt, 620.000 Deutschen, 377.200 Slaven. Die Deutschen bewohnen den nördlichen und mittleren Theil des Landes, sind im Allgemeinen ein kräftiger Menschenschlag, von dunklem Haar, braunen Augen. In den Alpenthälern sind Kröpfe häufig und werden auch Cretins angetroffen. Die Nationaltracht besteht in grauen oder grünen Jacken, kurzen schwarzen Lederhosen mit breitem grünen Hosenträger, grauen oder grünen Strümpfen, Schnürstiefeln und einem grünen runden Hute, der mit Gemsbart und Schildhahnfeder geziert ist.

Hauptnahrung sind Mehlspeisen, darunter der „Sterz“ aus Buchweizenmehl. Die „Slaven“ wohnen im südlichen Theile des Landes, und sind theils Wenden, theils Kroaten. Ihre Tracht besteht im Sommer aus weiten Leinenhosen, darüber ein kurzes Hemde, durch einen Gurt befestigt. Im Winter tragen sie blaue Tuchhosen und einen Tuchrock.

§. 37.
Nahrungsquellen.

In Untersteyer ist Mais die Hauptfrucht. Der Wiesenbau (Klee) ist vorzüglich, so auch der Obstbau und der Weinbau in Untersteyer; der Brandner vom Bachergebirge ist der vorzüglichste Wein, nach ihm der Luttenberger.

Die Viehzucht ist ausgezeichnet und nahmentlich das Mürzthaler Hornvieh ist berühmt; so auch die Geflügelzucht (Kapaune) und Bienenzucht.

Die Jagd liefert im Hochgebirge Luchse, Bären, aber auch Hochwild und Gemsen. Mittelsteyermark hat besonders viele Rehe.

— Auerhühner, Hasel-, Schnee-, Stein-Hühner und der Schild-
hahn sind häufig. Die Alpenbäche sind reich an Forellen, Salblin-
gen; die Mur liefert Huchen.

Bergbau. Norisches Eisen schätzten schon die Römer; unerschöpflich ist der Reichthum des berühmten Erzberges bey Eisenerz. Nächstdem ist das Land reich an Salz und Steinkohlen.

Die Industrie liefert vorzüglich Eisenwaaren, Messing,
Strohgeflechte. Eisen, Kleesamen und Hornvieh sind Handelsartikel.

Hauptstraßen sind: 1. Die Staatsbahn von Mürz-
zuschlag über Gratz, Cilli, bis zur Drau, Hauptstraße aus
Oesterreich (und Preußen) nach Triest.

2. Die Straße von Bruck (an der Eisenbahn) und von
Judenburg über Neumarkt nach Kärnthen, Hauptstraße nach
Venedig.

§. 38.
Ortsbeschreibung.

Gratz (Graz, Hradec), die Hauptstadt des Herzogthums
liegt reizend an beyden Seiten der Mur, am Austritte derselben,
aus dem Gebirge in die Ebene, das „Grazer-Feld.“ — Die
Stadt selbst ist nicht groß, hat alte Mauern und Schanzen,
6 Thore*), mit den 3 Vorstädten 1¼ Meile Umfang, 47.500 Einwohner. Über die Stadt erhebt sich der Schloßberg, einst Römer-
kastell, jetzt Festungsruine (von den Franzosen 1809 gesprengt) und
Parkanlage.

Der Uhrthurm, die Feuerbatterie; auf dem Gipfel der
Glockthurm mit der größten Glocke im Lande 160 Zentner
schwer**), der Schöpfbrunnen 297' tief.

Die Burg, Residenz des Gouverneurs, erbaute Friedrich IV.
— Zwischen ihr und dem Dom steht das prachtvolle Mausoleum
Ferdinands II. Der Dom ist ein ansehnlicher Bau vom Jahre

---

*) Unter dem Murthore wurde 1471 Andreas Baumkirchner ent-
hauptet.

**) Die Bürger lösten sie sich von den Franzosen ein, als die Festung
gesprengt wurde.

1450. Das ständische Zeughaus ist das reichste der Monarchie in ganzen Rüstungen. Schönes Theater. Universität, Seminar, Konvikt. Erzherzog Johann gründete 1813 das Johanneum, ein Lehrinstitut für Natur= und technische Wissenschaften, mit reichen Sammlungen. Landwirthschafts = Gesellschaft, ständische Zeichen= Akademie mit Bildergallerie. Musikverein.

Am rechten Ufer des Flusses ist die Murvorstadt mit der schönen Minorittenkirche und dem Bahnhofe. Graz hat reizende Umgebungen. Schloß Eggenberg mit Park und Bildergallerie, Canova's Monument der Gräfin Herberstein. Das ständische Tobelbad ist eine besuchte Heilquelle.

Nördliche Thäler. Obersteyermark.

Das Traunthal bildet von seinem Ursprunge bis zur Landesgrenze unweit der Mündung des Flußes in den Hallstädter= See, das „steyrische Salzkammergut," so wie weiterhin das österreichische. (Siehe daselbst.) Hauptort ist der Markt Aussee. Das Salzbergwerk ist im Sandlingberge. Im Ennsthale ist Liezen, mit bedeutenden Pferdemärkten, und Admont (Admontes) Benedictinerstift, 1074 von Erzbischof Gebhard von Salzburg gegründet. Berühmte Orgel, reiche Sammlungen;

im Garten eine Allee von Zirbelkiefern. Von Admont bis Hieflau zieht sich „das Gesäuse." Hieflau hat einen großen Holzrechen und zahlreiche Kohlenmeiler für die Eisenerzer Hüttenwerke. Der Erzbach fällt hier in die Enns, an ihm liegt südlich

der Markt Eisenerz, berühmt durch den Erzberg. Beynahe 1000 Jahre ist dieser im Bau, und noch enthält er über 900 Millionen Centner Eisenerz. 5300 Bergknappen und Hüttenleute sind fortwährend in Arbeit, welche an 700.000 Zentner Erz jährlich erbeuten, woraus über 300.000 Zentner Roheisen gewonnen werden.

Der Berg ist Eigenthum von 2 Gesellschaften; die Nordseite gehört der k. k. Innerberger Hauptgewerkschaft, größtentheils Staatsgut. Die Südseite gehört den 14 Radgewerken von Vordernberg (vor dem Berg). Marktflecken mit einer Bergwerksschule.

Eines der interessantesten Nebenthäler des Ennsthales ist das Salzathal (nicht zu verwechseln mit dem salzburgischen) wo in einem wilden Felsenkessel am Fuße des Hochschwab, im sogenannten Ring, Erzherzog Johann eine große Anzahl Gemsen hegt.

Nordöstlich liegt der berühmte Wallfahrtsort Maria=Zell, dessen Kirche König Ludwig I. von Ungarn 1363 gründete. Das Marienbild ist 18" hoch, aus Lindenholz geschnizt. In der Nähe ist das größte kais. Eisengußwerk, und das schöne Alpenschloß des Erzherzogs Johann, der Brandhof.

Im Murthale. Murau, fürstl. Schwarzenberg'sche Stadt mit dem Schloße Obermurau und großartigen Eisenwerken. — An der Grenze von Kärnthen liegt das Benedictinerstift St. Lambrecht, 1060 gegründet, 1786 aufgehoben, 1802 wieder hergestellt. — Die Kreisstadt Judenburg (Idunum) gut gebaute, alte Stadt, war einst ein Stappelplatz des deutschen Handels nach Italien.

Die Ruine Liechtenstein war Stammschloß einer ausgestorbenen Linie der gleichnahmigen Fürsten. Nördlich liegt Zeiring, mit bedeutenden Eisenwerken *). — Unterhalb Judenburg erweitert sich das Thal, ist sehr fruchtbar, und heißt das Eichsfeld, in dessen Mitte das Städtchen Knittelfeld liegt. Nördlich liegt der Markt Seckau (hic secca!) mit dem prachtvollen Schloße des von hier den Nahmen führenden Bischofs. In der Kirche das prachtvolle Mausoleum des Herzogs Carl II. von Steyermark; Gruft der steyrischen Linie der Habsburger; schöne Grabkapelle des Minnesängers Ulrich von Liechtenstein. —

Leoben ist die schönste Stadt der Obersteyermark; bedeutende Eisenindustrie.

Hier vereinigen sich die „Salzstraße" von Aussee und die „Eisenerzstraße" von Eisenerz, mit der italienischen Heer=

---

*) Einst bestand hier ein sehr ergiebiges Silberbergwerk, welches 1158 durch einbrechende Wasser ersäufte, wobey alle Knappen umkamen. Kaiser Max I., Maria Theresia und Kaiser Franz I. 1811 versuchten vergeblich die Wässer zu gewältigen.

Neue Geographie, I. Th.   F

ftraße *). Das ehemahlige Stift von Benedictinernonnen
Göß ist die Residenz des Bischofs von Leoben.

Bruck (an der Mur) Kreisstadt, an der Mündung der Mürz
in die Mur, ist lebhaft durch Vereinigung der Straßen mit der
Triester = Eisenbahn.

Im Mürzthal ist Neuberg bemerkenswerth, am Fuße
der Schneealm, einer der besten Alpenweiden. Bedeuten=
des kaiserl. Eisenwerk.

§. 39.

Mittelsteyermark (die Mittelmark)

begreift geographisch das Murthal von Bruck abwärts, den Gra=
zer=Kreis und einen Theil des Marburger.

Feistriz, hat ein silberhaltiges Bleybergwerk. In der
Nähe ist die weitläufige Burgruine Peggau ober dem
gleichnahmigen Markte; an der Straße steht hier das Denk=
mahl des Dichters Fellinger. An der Padelmauer
führt die Eisenbahn durch eine großartige Gallerie, über
welcher die Chaussée läuft. Westlich liegt das Cistercienser=
stift Rein, 1128 gegründet.

Unterhalb Graz (siehe oben) beginnt die fruchtbare Ebene
Leibnizer Feld, vom Markte Leibniz benannt, bey wel=
chem das Bergschloß Seckau, Sommer=Residenz des Bischofs
von Graz. Reiches Museum, nahmentlich von römischen Aus=
grabungen, da in der Nähe Mureola stand **). Luttenberg
hat vorzüglichen Weinbau.

Am Raabflusse und seinen Nebenflüssen:

Bey dem Markte Feldbach steht die interessanteste, best=
erhaltene Burg der Monarchie, die Riegersburg, mit 7 Tho=
ren. Südlich davon liegt Gleichenberg, mit berühmten Heil=
quellen. Im Feistrizthale liegen die merkwürdigen Stammburgen

---

*) 1797 wurden im Pavillon des Eggenwald'schen Gartens die
Präliminarien des Friedens (zu *Campo formio*) geschlossen,
woran ein Denkmahl erinnert.

**) Von den Avaren ganz zerstört; im Hofe des Schlosses sind an
100 Römersteine eingemauert.

Stubenberg und Herberstein. An der Ilz liegt das Städtchen Fürstenfeld, mit einer kaiſ. Tabakfabrik.

Nordöstlich findet man das Chorherrnstift Vorau, 1163
von Markgraf Ottokar gegründet.

§. 40.
Südliche Thäler. Untersteyermark.

An der Drau liegt die Kreisstadt Marburg, der bedeutendſte Ort des Landes nach Graß, mit 6000 Einwohnern.
Schloß der Grafen Brandis. Gymnaſium. — Am Bachergebirge liegt die ſehr beſuchte ſchon 1004 gegründete Wallfahrtskirche Maria Raſt. Pettau (Ptuja, d. i. die Fremde) iſt
wahrſcheinlich die älteſte Stadt im Lande, das römiſche Peto-
vium, wo zahlloſe Ausgrabungen gemacht werden, deren jedes
Haus enthält *). Das Städtchen Gonowiß hat guten Weinbau und ein ſilberhältiges Bleybergwerk. In der Nähe die prachtvolle Ruine der Karthauſe Seiß, der älteſten in Deutſchla
1160 gegründet.

Bey Windiſch-Feiſtriß das prachtvolle Schloß der
Grafen Attems: Burg-Feiſtriß, mit weißen Marmorbrüchen und Weinbergen, welche den beſten ſteyriſchen
Wein, den „Brandner" liefern. Die Kirche von Neu-
ſtift, 1230 erbaut, iſt eines der merkwürdigſten gothi-
ſchen Gebäude.

An der Save liegt das Städtchen Rann (Novidunum,
Wresse) in ſehr fruchtbarer Gegend **), mit altem gräflich
Attems'ſchen Schloſſe, guter Käſefabrikation. — Das obere
Sannthal, heißt die ſteyriſche Schweiz, ſeiner Naturſchön-
heiten wegen.

---

*) Allein über 100 Sarkophage. Pettau war einſt ſehr bedeu-
tend und ſoll bey dem erſten Türkeneinfalle mehrere Tauſend
Einwohner verloren haben.

**) 1475 erfochten die Türken hier einen glänzenden Sieg, wur-
den aber 1480 aufs Haupt geſchlagen.

F 2

In das Alpendörfchen Sulzbach gelangt man nur auf einem Fußpfade, durch den merkwürdigen Engpaß Nadel. Oberburg, Markt mit einem fünfeckigen Schloße des Bischofs von Laibach.

Cilli, das römische Celeja, altes Städtchen in reizender Lage, mit Kreisamt, Gymnasium, Schloß der Grafen Thurn, Ruine Ober = Cilli und Schloß Neu = Cilli *). Tüffer (Lahsko) ist ein Markt mit einem sehr besuchten Heilbade. — Teplitz, schon den Römern bekannt. An der Sottla liegt Rohitsch, welchem Orte der berühmte Sauerbrunnen den Nahmen gab, welcher zwey Stunden weit bey Teplitz **) oder Sauerbrunn entspringt, und den steyerm. Ständen gehört.

---

*) Kaiser Claudius gründete Claudia Celeja, in deßen Markttempel Marmilian Bischof von Lorch im J. 284 den Martertod erlitt. — St. Rupprecht baute zum Gedächtnisse ein Kirchlein, das noch steht, aber als Magazin dient Den mächtigen Grafen von Cilli gehörte einst fast ganz Krain, sie erloschen mit Ulrich, den Hunyad erschlug

**) Der Nahme Teplitz, den so viele Heilquellen in der Monarchie führen, ist slavisch, teplý heißt warm, teplice warme Bäder.

Statistische Übersicht von Steyermark.

Flächeninhalt, Wohnorte, Bevölkerung.

Kreise	Flächeninhalt in Österreich. □ Meilen	Wohnorte				Häuser	Familien	Bevölkerung	Einwohner auf eine □ Meile
		Städte	Märkte	Dörfer	Zusammen				
Graz { Hauptstadt	98·5	1	—	—	1	3.029	9.487	47.515	3.644
Graz { Der übrige Kreis		5	30	1.002	1.037	52.205	62.986	311.421	
Judenburg	99·7	5	14	387	400	16.285	21.172	101.895	1.022
Bruck	67·9	2	11	252	265	11.041	15.096	79.032	1.165
Marburg	59·0	3	16	860	879	43.285	46.993	219.961	3.728
Cilli	65·5	4	25	1.092	1.121	37.651	46.444	216.389	3.304
Summe mit Militär	390·6	20	96	3.593	3.709	163.496	202.178	997.200	2.552

Fünfter Abschnitt.

Das Königreich Illyrien *).

(Regnum Illyricum.)

(493 ☐ Meilen, 1,269,500 Einwohner, 2575 auf 1 ☐ Meile.)

§. 41.
Grenzen-Eintheilung.

Illyrien wird begrenzt westlich durch das venetianische König-reich und Tyrol, nördlich durch die Alpen gegen Tyrol und Steyer-mark, östlich durch Ungarn, südlich durch das adriatische Meer.

§. 42.
Gebirge.

1. Die norischen Alpen betreten mit dem berühmten Großglockner das Land, treten aber nach (?) Meilen nach

---

*) Das Königreich Illyrien wurde im Jahre 1816 gebildet, gab aber 1822 einige Distrikte von Croatien zurück. Es begreift die Herzogthümer Krain und Kärnthen, die gefürstete Grafschaft Görz und Gradiska, die Markgrafschaft Istrien, und das Ge-biet der Stadt Triest.

Salzburg aus. Der Glockner hat seinen Nahmen von der Gestalt, und besteht eigentlich aus 2 Spitzen, deren höchste 12,000' erreicht.

Er wurde erst sechsmahl erstiegen; der Fürst-Bischof von Gurk, Fürst F. Salm veranlaßte die erste Ersteigung 1800, und ließ 3 Hütten auf dem Wege bauen.

Aus dem südlichen Arme der norischen Alpen (siehe Steyermark) geht die Saualpe als Widerlage südlich ab, ein breites Rückengebirge von 6600' Höhe.

2. Die Krainer (karnischen) Alpen, der Hauptzug der südlichen Kalkkette; treten mit dem M. Canin aus dem Venetianischen ein, bilden die Gränze bis zum Passe Predil und erheben sich dann im Terglou zu 9636', der höchsten Spitze des ganzen Zuges. Der Terglou hat seinen Nahmen (Triglav) von seinen 3 Spitzen, welche das schönste Panorama der Monarchie darbiethen. Ein Arm der Krainer-Alpen sind:

a. Die Karwanken, eine schroffe Bergkette, welche mit dem Hochwipfel das Land betritt, den Paß Loibl 4361', und Grintouz von 8000' enthält, dann aber nach Steyermark übertritt.

Eine Widerlage ist die Obir 6700' und der Ursulaberg. Der Grintouz mit seinen Umgebungen heißt auch „Steineralpe" von der Stadt Stein.

2. Die julischen Alpen, trennen sich am Terglou von den vorigen, ziehen südöstlich und bestehen eigentlich aus Reihen von zusammenhängenden Felsenplateaux von 2000' mittlerer Höhe, über welche sich einzelne Gipfel erheben, deren höchster der Schneeberg bey Laas 5000' hat.

Der nordwestliche Theil heißt der Tarnowaner, der südöstliche der Birnbaumer Wald. —

a. Der Karst (Monti del Carso, Gabrik) ist eine 1500' hohe Felsen-Terasse, welche südlich von den julischen Alpen liegt, 20 Stunden lang, bis 8 Stunden breit. Es ist eine Wüste von nackten, wellenförmigen Kalkfelsen

welche von West nach Ost aus 3 Haupttheilen bestehen, dem eigentlichen Karst, Tschitscher Boden und Castuaner Wald. Südlich schließt sich an ihn das um 600' niederere Plateau von Istrien. Auch aus dem Karste steigen einzelne isolirte Felsengipfel empor, der M. Sia zu 3900'; in Istrien erreicht der M. Maggiore 4400'.

§. 43.

Gletscher, Thäler, Engpässe, Ebenen, Höhlen.

Gletscher. Der schönste Gletscher in den norischen Alpen ist die Pasterze am Glockner, 3 Stunden lang. Im Ganzen nehmen sie 4☐ Meilen ein.

Die Alpenpässe der Tauern wurden bereits genannt (siehe Österreich).

Thäler. 1. Das Drauthal ist ein 25 Mln. langes Längenthal, mit zahlreichen Nebenthälern an der Nordseite. 2. Das Thal der Save 23 Meilen lang, gleichfalls ein Längenthal bis Laibach. 3. Das Isonzothal, das einzige bedeutende an der Südseite der Alpen, 15 Meilen lang.

Engpässe. Militärisch wichtig sind die Pässe von Malborghetto, Pontafel und Flitsch (siehe Topographie). Die enge Gurk bey Weitenfeld ist eine 12' breite Erdspalte, durch welche die Gurk sich zwängt. Die Stiege (Stengah) ist die Kluft, durch welche die Save aus der Wochein hervorbricht.

Ebenen. Die Görzer-Ebene beginnt bey Görz und ist der Anfang der großen venetianischen, sie ist 5 Meilen lang, drey Meilen breit.

Die Hauptthäler erweitern sich stellenweise zu großen ebenen Buchten, z. B. das Zollfeld bey Klagenfurt 3 Meilen lang, 1 Meile breit; das Lurnfeld bei Sachsenburg, 2 Meilen lang, ¼ Meile breit; das Krappfeld, (Kraftfeld) bey Friesach, 3 Meilen lang, ½ Meile breit; die Laibacher Ebene, 3 Meilen lang, bis 2 Meilen breit u. s. w.

Höhlen. Illyrien hat in den julischen Kalkalpen die meisten und größten der Monarchie (siehe Topographie).

§. 44.

Gewässer.

1. Zum Stromgebiethe der Donau gehören:

a. Die Drau. In Tyrol entspringend, tritt sie bey Oberburg schiffbar in Kärnthen ein, und verläßt es nach 19 Meilen, sie hat 28' Gefälle auf eine Meile.

Ihr bedeutendster Zufluß ist am rechten Ufer, die G e i l (Sila), welche in Tyrol entspringt und unter Villach mündet.

b. Die S a v e (Sau) entspringt aus 2 Quellen am Triglav (Wurzner Sau und Wocheiner Sau), welche sich bey Radmannsdorf vereinigen und nach 17 Meilen aus dem Lande treten. Das Gefäll von der Laibachmündung abwärts ist 27 Fuß; Stromschnellen und Wellenbrecher, dann die Veränderlichkeit des Fahrwassers gefährden die Schifffahrt.

2. D e r J s o n z o entspringt südlich von der Save am Berge Traonik und mündet nach 17 Meilen in das Meer. Von Görz abwärts fällt er 26 Fuß auf die Meile, und wird bey der Insel *Morosini* schiffbar unter dem Nahmen *Sdobba*.

Die v e r s c h w i n d e n d e n F l ü s s e sind die größte Naturmerkwürdigkeit Jllyriens, und deren Anzahl so groß, daß nur die wenigsten in ihrem ganzen Verlaufe bekannt sind. Die merkwürdigsten sind:

a. Die P o i k — U n z — L a i b a c h. Die P o i k entspringt bey Sagurie, verschwindet nach 3 Meilen unter der Erde, indem sie sich in die Adelsberger - Grotte stürzt, dann 1 Meile nördlich aus der Unzhöhle als Unz wieder zu Tage tritt, aber nach 1 Meile abermahls bey Jokobowitz sich verliert und endlich 1¼ Meile nordöstlich bey O b e r - L a i b a c h aus mehreren sehr starken Quellen hervorbricht, welche vereinigt die gleich schiffbare Laibach bilden, der Hauptzufluß der Save.

Der T e m e n i z, Zufluß der Gurk, verliert sich zweymahl bey Treffen, bey Hönigstein, und tritt bey Neustadtl unter den Nahmen Pretschna wieder hervor.

b. Die R e c c a verliert sich bey Neukoft in die Erde und wahrscheinlich tritt sie in dem T i m a v o (Timavus) bey Duino zu Tage. Dieser Fluß ist jedenfalls ein Ausbruch mehrerer unterirdischer Karstgewässer, und entspringt aus 7 Felsenquellen so mächtig, daß er fast bis zur Quelle Seeschiffe trägt, bey 25 Klafter Breite, er mündet aber schon nach 500 Klafter ins Meer.

S e e n. 1. Der größte ist der W ö r t h e r - (Klagenfurter) See, von 3000 Joch Fläche, mit sehr anmuthigen Umgebungen, so wie 2. der M i l l s t ä d t e r S e e von 2800 Joch. Kleiner sind

3. der Offiacher und 4. der Weißensee. Ausgezeichnet durch mahlerische Schönheit sind in Krain 5. der Wocheiner-See von 78 Joch, dessen Abfluß die Wocheiner - Save ist (so wie die Wurzner-Save aus dem Wurzner-See). 6. Der kleine Veldeser-See, in welchem das Felseninselchen Maria im See. 7. Der merkwürdigste ist aber der berühmte Zirknizer-See von 9800 Joch. Er ist nicht tief, enthält aber an 400 trichterförmige Löcher, bis auf welche er manchmahl ganz austrocknet. Fällt nun im Karst starker Regen, so strömt durch den zerklüfteten Kalkboden das Wasser mit solcher Schnelligkeit unterirdisch diesen Trichtern zu, und steigt daraus empor, daß binnen 24 Stunden der ganze Seeboden mit Wasser bedeckt ist, später jedoch nach und nach wieder abläuft. In trockenen Jahren wird dann auf den höher gelegenen Stellen etwas Hirse und Buchwaizen angebaut, auf einzelnen Stellen wächst Gras zur Viehweide, und die Sumpfstrecken biethen ergiebige Jagd- und Wassergeflügel, dadurch ist die Sage entstanden, man könne in einem Jahre nacheinander säen, erndten, weiden, jagen und fischen*). Auch der See von Vrana auf der Insel Cherso läuft periodisch an und ab.

Sümpfe gibt es am Werther-See, und an der Mündung des *Isonzo* bedecken sie bey 6 ☐ Meilen. Der einst so berüchtigte Laibacher Morast aber ist jetzt ganz trocken gelegt.

Das adriatische Meer bespült die illyrischen Küsten vom venetianischen Gebiethe bis zum ungarischen, 57 Meilen. Durch die 11 Meilen vorspringende Halbinsel Istrien werden 2 Meerbusen gebildet, westlich der Triester, östlich der weit größere Quarnerische (Sinus liburnicus, *Quarnero*). Letzterer enthält 30 Inseln und zwischen diesen viele Kanäle. Die Küste enthält in den vielen Buchten und Bayen einige der besten Häfen Europa's.

---

*) Der See lief seit 1800 nur alle 3—4 Jahre einmahl ab, blieb aber 1834 ganz trocken. Die Anwohner erweiterten nun die Abzugslöcher, das Wasser hat seitdem freieren Lauf, der See läuft bedeutend weniger an und die Uferstrecken wurden der Kultur gewonnen.

Klima. Kein Land der Monarchie hat ein so verschiedenes Klima, von den Gletschern der Alpen bis auf die Inseln des *Quarnero* herab*).

Das Küstenland leidet im Winter durch den Nordoststurm, die berüchtigte Bora, welche Frachtwagen umstürzt, Häuser abträgt und die Schiffe auf der Triester-Rhede zwingt, die hohe See zu suchen. Im Herbste herrscht der *Scirocco* (sprich Schirocco) ein Südwest, welcher heftige Regen nach sich zieht.

§. 45.
Das Volk.

Illyrien wird von drey Hauptvolksstämmen bewohnt: 950,000 Slaven, 240,000 Deutschen, 70,000 Italienern, wozu noch etwa 10,000 Juden und Griechen kommen.

1. Die Slaven sind Slovenen (Slovenci), von den Deutschen Wenden genannt, welche aber in mehrere kleinere Stämme zerfallen. Es ist ein großentheils schöner Menschenschlag, mit dunklen Augen und Haaren. Die Tracht ist sehr verschieden, besteht aber gewöhnlich in dunklen Tuchröcken, großen runden Hüten; die Weiber tragen das allgemeine slavische weiße Kopftuch**).

2. Die Deutschen bewohnen vorzugsweise die nördlichen Gebirgsgegenden (Kärnthen), sind von fränkischer Abkunft; unter ihnen bilden die Gotschee'er einen eigenen Stamm von 20,000 Köpfen, die durch einen besonderen Dialect und einer besonderen Tracht aus weißem Tuche sich bemerkbar machen.

3. Die Italiener bewohnen vorzugsweise die Küstenstädte (vergleiche Lombardie und Venedig).

§. 46.
Nahrungsquellen.

Im Süden ist Mais die Hauptfrucht. In den Alpen ist der Ackerbau sehr mühsam; das Lavantthal und das Krappfeld

---

*) Im Thale vom heil. Blut am Großglockner erreicht die Winterkälte 24°, auf der Insel Lussin kaum 2 Grade.

**) Die Liburnier (Liburnci) an der Nordküste des *Quarero*, gelten für Abkömmlinge der alten Illyrier.

sind die Kornkammern. Auch Obstbau hat das Lavantthal vor=
züglich. Istrien producirt Südfrüchte und ausgezeichnetes Oel.
Krain und das Küstenland erzeugen viel und guten Wein; der
Refosco, *Piccolit* und *Prosecco* sind am geschätztesten. —

Auf den Alpen wird wie in Tyrol Almenwirthschaft getrieben;
sehr wichtig ist aber die Pferdezucht. Seidencultur und Bienen=
zucht sind im Aufblühen.

Die Jagd in den Alpen liefert Bären, Gemsen, Hochwild,
Murmelthiere, auf dem Karst Wölfe. In Unter=Krain sind die
Siebenschläfer (Billiche) häufig, welche von den Gotscheern ge=
fangen, gerne gegessen, und deren graue Bälge als Pelzfutter
verwendet werden. In den Alpen gibt es auch Lämmergeier. Auf
dem Karst ist die Höhlentaube häufig. Der Fischfang ist sehr be=
deutend. Die Kärnthner=Gewässer sind besonders reich an Fo=
rellen; das Meer liefert Thunfische, Sardellen; auch Austern
und Krabben*).

Bergbau. Unerschöpflich ist der Reichthum an Quecksilber
in Idria und an Eisen in Hüttenberg. Das Kärnthner Bley
ist das reinste der Monarchie; auch das Kupfer ist ausgezeich=
net fein. Ferner hat das Land Steinkohlen, Eisenvitriol, aus=
gezeichneten Marmor auf den Inseln und im Karst, Bausteine
aller Art, Bolus, Thonerde. Kärnthen ist auch reich an wissen=
schaftlich merkwürdigen Mineralien, an Bergkrystall u. s. w.
Salz liefert das Meer.

Industrie. Leinweberey, Spitzenklöppeln, Tuchfabrication,
Strumpfwirkerey, Siebmacherey sind Hauptbeschäftigungen. Li=
queure, Oehlseife, Leim, Papier, Strohhüte, Leder sind von vor=
züglicher Güte; am wichtigsten aber sind Eisenwaaren aller Art
(Gewehrläufe), Bleyweiß, Schrott; endlich liefern die Werften
von Triest vorzüglich dauerhafte Schiffe. Abgesehen von dem
Handel mit Landesproducten ist Illyrien wichtig durch den Frey=
hafen Triest, nächst Hamburg der wichtigsten Seehandelsstadt
des Continentes, welche an 800 eigene Schiffe zählt, und wo
jährlich gegen 8500 Schiffe einlaufen.

---

*) Von giftigen Thieren finden sich im Karst kleine Scorpione,
außerdem die Höllenotter und Viper.

Hauptstraßen sind: 1. Die Eisenbahn aus Steyer=
mark bis Laibach — dann die Straße über den Karst nach Triest.

2. Aus Steyermark über Klagenfurt, Villach nach Treviso
und von dort nach Venedig und Mailand.

3. Aus Salzburg über den Radstädter Tauern nach Villach.

4. Von Laibach über Neustadtl nach Agram.

Dampfschiffe befahren das Meer nach Venedig, an
der istrischen Küste nach Fiume und ganz Dalmatien, so wie
ferner in die Levante u. s. w.

§. 47.

Ortsbeschreibung. Triest.

Triest. (Tergeste, *Trieste*) mit dem Beynahmem *città fe-
delissima**) liegt an der schmalen Küste, am Fuße des Karstes,
80,000 Einwohner. Zwey alte römische Wasserleitungen versor=
gen die Stadt noch jetzt mit Wasser. Triest hat keine Mauern,
und besteht aus zwey Vorstädten, dann der Alt= und Neustadt. Jene
ist schlecht gebaut, den Abhang des Schloßberges steil ansteigend;
diese ist regelmäßig angelegt, und enthält einen 200 Klafter lan=
gen, 18 Klafter breiten Kanal für die Seeschiffe. Gubernium des
Küstenlandes, Bisthum, Realschule, nautische Schule (Schiff=
Fahrts Akademie) literarische Gesellschaft *Gabinetto di Minerva,
Museo-Istriano.* — Der große Platz (*Piazza grande*) ent=
hält eine schöne Fontaine und Karl VI. Marmorstandbild. —

Die Peterskirche, die Börse, das Theater, das österreichische
Lloyd**), welcher 25 Dampfboote in der See hat. Triest hat

---

*) Welchen es 1846 erhielt. Das Königreich Illyrien als solches, hat
keine eigentliche Hauptstadt, sondern die beyden Regierungsbezirke,
in welche es eingetheilt ist, haben jeder eine, Laibach und Triest,
letzteres aber ist in jeder Beziehung der wichtigste Ort des Lan=
des, — der 1717 nur 5600 Einwohner zählte, von Carl VI. aber
zum Freyhafen erhoben, rasch emporblühte..

**) Lloyd's Kaffeehaus in London (nach seinen Gründern so benannt)
ist dort der Mittelpunct für alle Schiffs= und Handelsangelegen=
heiten, wo man Auskünfte erhält ꝛc. Nach seinem Muster wurde
das österreichische Lloyd errichtet.

2 ausgezeichnete Schiffswerften, ist der wichtigste Handelsplatz der Monarchie, und nahmentlich ein Stapelort für die Producte der Levante, Brasilien, Egypten und Griechenland, dann für Colonial= waaren, so wie für österreichisches Eisen, Leder, Tuch und Wollen= zeuge. Es gibt 18 Assecuranz=Anstalten daselbst. Triest hat keinen Hafen, sondern nur eine Rhede, durch einen *Molo* nur zum Theile geschützt, auf welchem der Leuchtthurm steht. Die merkwürdigsten Orte der Umgebung sind:

Opchina, auf der Höhe des Karstes, wo der Reisende zuerst das Meer erblickt. *Prosecco* mit vorzüglichem Wein= bau. *Duino*, Bergschloß mit Park und Brüchen schwarzen Mamors. *Lipiza*, kaiserl. Gestütte und vorzügliche Koh= lengruben. *Corniale* mit einer großen Höhle. (*Vileniza*) an der Küste *Muggia*, mit den Salinen von *Zaule*.

Nördliche Thäler. — Kärnthen.

Das Drau=Thal*).

Bey Oberdrauburg tritt der Fluß in's Land, bey Drauhofen mit der Wallfahrtskirche M. Hohenburg aus dem Hochgebirge in die fruchtbare Ebene Lurnfeld**). Spital, am Einflusse der Lister, bedeutender Markt; 1 Stunde nordöstlich liegt der schöne Millstädter=See, so genannt von dem Schloße Millstadt, einst Benedictiner= Abtey. Ober=Villach mit den berühmten Eisenwerken des Grafen Egger.

Villach, Kreisstadt, liegt in einem romantischen Bergkessel am Einflusse der Gail (Julium carnicum? Forum Vibii?). Herr= liche, gothische Kirche mit 150 Grabdenkmählern der Familien Dietrichstein, Khevenhüller u. s. w.; berühmte Bleyweißfabriken und Schrottgießereyen. Nordöstlich liegt der fischreiche See Ossiach; kaiserl. Gestütte. In der Nähe die Ruine der Stamm= burg Dietrichstein***). Das Thal heißt vom Dorfe Drau an, das

---

*) Es bildet mit fast allen seinen Nebenthälern das Herzogthum, und zwar bis zum Wörther=See den Villacher= und weiterhin den Klagenfurter=Kreis.

**) Nach vielen Ausgrabungen zu schließen, stand hier das römische Tiburnia oder Liburnia.

***) Ossiach wurde schon im J. 700 als Benedictiner=Abtey gegrün= det von Ozzi von Tibura (Ozzi aquae, Ossiach). Hier lebte

Rosenthal und ist sehr romantisch. Ober= und Unter=
Ferlach sind der Hauptsitz der kärnthnerischen Eisenindustrie,
nahmentlich auch für Gewehrläufe (an 300 Meister).

Bey Möchling ist die Tropfsteinhöhle, steinerne Mölk.
Stein mit einer Kirche im J. 900 von Gräfin Hilde=
garde gegründet. Lippitzbach, berühmte Eisenwerke des
Grafen Egger, schöner Park. Bey Unterdrauburg
betritt der Fluß am linken Ufer die Steyermark.

Das Möllthal ist das berühmteste aller österreichischen
Alpenthäler durch den Groß=Glockner, welcher dasselbe
schließt, dessen Besteigung von h. Blut aus unternommen wird.

Das Gurk=Thal. Die Gurk fließt in ihrem oberen
Laufe fortwährend in einem Engthale, und oberhalb Wei=
tensfeld durch den merkwürdigen Paß die enge Gurk,
von den 2 Ruinen Albeck beherrscht. Der Markt Gurk
hat eine merkwürdige Kirche mit der Gruft der h. Hemma,
† 1045. Straßburg, ein romantisches Städtchen mit
einem bischöflichen Schlosse. — Nördlich liegt an der Met=
nitz das alte ineressante
Städtchen Friesach (frische Ache), Comthurey des deutschen
Ordens, uralte Kapelle, schöner Brunnen vom J. 1563; drey
Burgruinen. Hier kömmt die Hauptstraße aus Obersteyermark
herüber.

Zwischenwässern, Sommer=Residenz des Fürstbi=
schofs von Gurk. Bey Treibach sind großartige Eisen=
werke. Das Thal erweitert sich hier zu dem fruchtbaren
Kraftfelde (Krappfelde).

Südwestlich liegt die berühmte Burg der Grafen Kheven=
hüller:

Hohen=Osterwitz auf einem 900' hohen Felsen; durch
14 Thorthürme und über 3 Brücken gelangt man in das Innere;
300' tiefer Brunnen*) In dem Görtschitz=Thale sind die
unerschöpflichen Eisengruben von Hüttenberg. Fast parallel

---

8 Jahre lang unerkannt König Boleslaus von Polen, † 1082, als
Laienbruder, sich stumm stellend, um den Mord des Krakauer
Bischofs Koska zu sühnen.

*) Karlstein in Böhmen, Arva in Ungarn, Riegersburg in Steiermark
und Osterwitz sind die merkwürdigsten Burgen der Monarchie.

mit der Gurk, fließt die Glan, an welcher St. Veit liegt, bis 1518 Hauptstadt des Landes; Haupt-Eisenniederlage; prachtvoller, römischer Marmorbrunnen, Heilquelle St. Vitusbrunnen. Hier beginnt das Saalfeld (Zollfeld), Kärnthens classischer Boden, wo zahlreiche römische, alte deutsche und slavische Alterthümer sich vorfinden. Der berühmte Herzogsstuhl ist eine 6' hohe Steinwand, beyderseits mit Steinbänken, wo die kärnthnischen Herzoge die Huldigung empfingen*). Am rechten Ufer der Glan liegt die offene Hauptstadt von Kärnthen.

Klagenfurt (Selanz) regelmäßig gebaut, mit 19.000 Einwohnern. Bisthum (des Fürstbischofs von Gurk), Kreisamt, Lyceum, Ackerbau-Gesellschaft, historischer Verein. Auf dem großen Platze steht ein Brunnen, mit einem kolossalen Lindwurm aus Erz und die Standbilder Kaiser Leopolds und Maria Theresia's. Im Landhause enthält ein Saal die Abbildungen der Wappen der meisten kärnthnerischen Adelsfamilien. Das nahe Viktring enthält 2 der berühmtesten Fabriken der Monarchie, Moro's Tuchfabrik und Herbert's Bleyweißfabrik. Eine Stunde entfernt ist der schöne Werthersee, wohin ein schiffbarer Canal führt. —

Das Lavantthal enthält 3 Sauerbrunnen (der Preblauer) und ausgezeichnete Eisenwerke in Wolfsberg und Prävali (von Resthorn). Das Städtchen St. Andrä ist Sitz des Bischofs von Lavant; theologische Lehranstalt und Alumnat. — St. Paul,

---

*) Das Zollfeld ist die Stätte des römischen Virunum (Flavium solvense), nachmahls Carenta, die Hauptstadt des Landes bis in's 11. Jahrhundert. Auf dem Helenenberge stand wahrscheinlich das Castell; 1502 wurde hier die größte bekannte Broncestatue ausgegraben (Antinous, im Wiener-Antikencabinet). Die Wallfahrtskirche Maria-Saal, steht auf der Stelle der ältesten slavischen Kirche Innerösterreichs; die Inschrift des Herzogsstuhles ist das älteste Schriftdenkmahl der illyrischen Slaven. In der Burg Tänzenberg wurde 1459 Kaiser Max I. geboren. Die Kirche auf dem Helenenberge ist ein ausgezeichneter gothischer Bau. — Bey St. Michael stand ein Mithrastempel. Die Kapellen und Schlößer der Gegend enthalten zahlreiche Römersteine. Ausgrabungen werden jetzt durch den historischen Verein in Klagenfurt betrieben.

Benedictiner-Abtey, 1300 gestiftet, 1786 aufgehoben, 1809 durch Priester aus St. Blasien im Schwarzwalde neu besetzt. In der Gruft die Leichname von 12 Mitgliedern von Kaiser Rudolph's Familie, von St. Blasien hieher übertragen; theologische und philosophische Lehranstalt.

Das Gailthal, nach dem Drauthale das bedeutendste in Kärnthen, läuft mit diesem südlich parallel. Hauptort ist St. Hermagor. Am Ausgange des Thales steht der Dobratsch (Villacher Alpe, siehe Gebirge), dessen Gipfel 2 Wallfahrtskirchen trägt, eine deutsche und eine slavische. An seinem nördlichen Fuße liegt Bleiberg mit seinen berühmten reichen Bleygruben. — Den südwestlichen Winkel des Landes bildet das Canal= (oder Gailitz=) Thal, durch welches die Straße nach Friaul führt. Am Berge Predil liegt Raibl mit Bleygruben. Maria Luschari ist ein berühmter Wallfahrtsort. Bey Malborgetto steht ein Denkmahl der heldenmüthigen Vertheidigung des Passes 1809 gegen die Franzosen*). Der Gränzort Pontafel wird nur durch die Brücke über die Fella von dem italienischen Ponteba getrennt.

Das Fellathal (in den Karavanken). Der Markt Kappel hat Quecksilbergruben. Fella (oder Sauerbrunn) ist ein besuchter Gesundbrunnen.

§. 48.
Südwestliche Thäler. Krain.

Das Thal der Save bildet mit seinen meisten Nebenthälern den Laibacher Kreis.

Bey dem Städtchen Radmannsdorf (Rádoliza) ver-

---

*) Am Predil und bey Malborgetto war die Straße durch 2 Blockhäuser vertheidigt, welche, um den Rückzug zu decken, die französische Armee aufhalten sollten. Die beyden Genie-Offiziere Hermann und Hensel vertheidigten sich bis auf den letzten Mann so heldenmüthig gegen die übermacht, daß 6000 Feinde bey den Stürmen blieben. Zu ihrem Gedächtnisse ist ein Denkmahl in der Ingenieur-Akademie in Wien aufgestellt, und sind 2 Stiftungsplätze daselbst auf ihren Namen gegründet.

Neue Geographie. I. Thl.   G

einigen ſich die beyden Arme, die Wurzner= und Wochei=
ner=Save. An erſterer liegt Sava mit der erſten Ketten=
brücke in der Monarchie.

Das Thal der Wochein wird die kraineriſche Schweiz
genannt. Durch den Engpaß „an der Stiege“ — betritt man
das Innere, wo der liebliche Veldeſſer See liegt, mit der Fel=
ſeninſel Maria im See, die eine Wallfahrtskirche trägt. Haupt=
ort iſt Feiſtritz mit Eiſenwerken. Im Hintergrunde ſteigt der
Terglou empor. Das Feiſtritzthal (ein anderes) zieht ſich vom
Loibl herab, über welchen die Straße aus Kärnthen führt.

An ſeinem Fuße liegt der anſehnliche Markt Neumarktl
(Tershizh) mit bedeutenden Eiſenwerken. — An der Save
folgt weiterhin Krainburg (Kranj, Santicum) ein Städt=
chen auf ſenkrechtem Felſen, an der Mündung des Kanker=
fluße. Der St. Jodocus=Berg iſt ein beſuchter Wall=
fahrtsort, das Städtchen Gurkfeld (Kershko) hat etwas
Weinbau, ein warmes Bad und Ausgrabungen des römiſchen
Novidunum.

Das bedeutendſte Nebenthal der Save am linken Ufer iſt
(abermahls ein anderes) Feiſtritzthal. Waſſerfall der Feiſtritz,
bey ihrem Urſprunge am Grintouz; die Fürſtentafel, Denk=
ſtein des Erzherzogs Carl von 1564. Von dem Städtchen Stein
(Kámnik) haben auch die Karawanken den Nahmen Steiner=Alpen;
Gerberey und bedeutende Zwirnſpitzen=Klöppeley. Durch dieſes
Thal kömmt die ſteyriſche Straße über den Trojanerberg herab.
Ein Obelisk bezeichnet die Landesgränze.

Am rechten Ufer der Save liegt an der Zeier das alte
Städtchen Laak (Praetorium Latoficarum? Biſchoflak,
(Shkoſſaloka) mit Pferdehandel. Nordweſtlich liegt das große
Dorf Eißnern (Shelesnike) mit vielen Eiſenarbeitern.

Zu beyden Seiten des Fluße Laibach, über den 5 Brücken
führen, liegt die offene Hauptſtadt von Krain und der nördlichen Pro=
vinz des Königreichs. Laibach (Ljubljána, das römiſche Aemona)
8 Vorſtädte, 15,800 Einwohner. Die Stadt iſt uneben, mit kleinen
Plätzen, unregelmäßigen Straßen, aber hübſch gebaut. An der
Stelle der Vorſtadt Hradiſcha ſtand wahrſcheinlich die römiſche Co=
lonie; zahlreiche Ausgrabungen, und noch iſt eine Waſſerleitung im
Gebrauche. Anſehnliche Gebäude ſind die Domkirche, die alte Burg,
das gothiſche Rathhaus, das Auersperg’ſche Pallais, das Caſino,

das Coloſſeum (Beluſtigungsort). Mitten in der Stadt iſt der Schloßberg mit Parkanlagen und dem Uhrthurm*). Gubernium, Kreisamt, Biſthum, Comthurey des deutſchen Ordens, Lyceum, Landwirthſchafts=Geſellſchaft, hiſtoriſcher Verein, Landesmuſeum, Taubſtummen=Inſtitut. Die Umgebungen ſind reizend, und ſeit Austrocknung der Sümpfe an der Laibach, iſt die Lage auch ziemlich geſund; läſtig ſind die häufigen Nebel. Am Urſprunge der gleich ſchiffbaren Laibach, liegt der große nette Markt Ober=laibach (Verhnika) mit Leinweberey und Holzhandel.

An der Mündung des Fluſſes liegt das ſchöne Schloß Luſt=thal (Tußl) mit einem Park; Denkmahl der Anweſenheit des Kaiſers Franz; Strohhutfabriken. In der Umgegend von Laibach liegen die Ruinen der Stammburgen der Familien Kolowrat und Oſterberg. Das Flußgebieth der füd=lichen Gurk bildet den größten Theil des Neuſtädtler=Krei=ſes. Das Städtchen Weichſelburg (Vishnjaora) lie=fert Schafwoll=Arbeiten und geſtrickte Strümpfe. Im Hungerberge iſt eine Eishöhle. In Hof ſind die großen Auersperg'ſchen Eiſenwerke. Teplitz (Toplize) iſt ein ſehr beſuchter Badeort. Eishöhle im Hornwalde.

Neuſtadtl (Nowomeſto) Kreisſtadt, regelmäßig gebaut. Gymnaſium. In der Nähe das Heilbad Neuſtädter=Teplitz.

Die windiſche Mark iſt der ſüdöſtliche Theil des Lan=des zwiſchen der Kulpa und der Gurk.

Das Reifnitzthal iſt Hauptſitz der illyriſchen Holz=arbeiten, die auf Saumpferden in die Seehäfen und nach Croatien gebracht werden. Reifnitz (Ribenza) iſt der Haupt=ort. Nordweſtlich liegt das Stammſchloß Auersperg (Triak) 1570 in ſeiner jetzigen Geſtalt erbaut; prachtvoller Saal. Bey St. Canzian iſt eine periodiſche Quelle.

Gottſchee (Koshéje) iſt Hauptſtadt eines fürſtl. Auers=perg'ſchen Herzogthums.

Möttling (Metlika) iſt eine Comthurey des deut=ſchen Ordens, Wallfahrtsort.

Die Teraſſen des Karſtgebirges bilden Innerkrain (Adels=berger=Kreis). Adelsberg, Markt, Sitz des Kreisamtes, Denk=mahl des Dichters Fellinger in der Kirche. Eine Stunde entfernt

---

*) Das Caſtell demolirten die Franzoſen 1803.

G 2

ist die berühmte Adelsberger-Grotte, durch ihre Tropfsteingebilde
ausgezeichnet, die merkwürdigste auf dem Continente, von der
Poik durchströmt; Grottenfest am Pfingstmontage. Die Höhle
ist 1450° lang, enthält einen 144' breiten und 90' hohen Saal,
prachtvolle Tropfsteingebilde und einen kleinen See.

Merkwürdig ist das Schloß Lueg (Pred Jama). Eine Fels=
wand enthält 3 Höhlen übereinander; in die unterste stürzt
der Lokva=Bach, vor der mittleren steht das Schloß, in der
obersten die Ruine der alten Stammburg Lueg. Im Mühl=
thale, wo die Poik aus der Adelsberger-Grotte wieder als
Unz zu Tage bricht, liegt Planina (Alpes Juliae), wohl=
habender Markt mit dem prachtvollen Schloße des Gra=
fen Coronini; Haasberg und die Burgruine Klein=
häufel über der großen Unz-Grotte. In der Nähe ist
auch bey Sliwiß die Grotte von St. Canziano; drey
Stunden südwestlich liegt der Markt Zirknitz (Zirkniza)
an dem berühmten gleichnahmigen See.

§. 49.
Südwestliche Thäler. Das Küstenland (Litorale).

Das Thal des Isonzo:
(zum Görzer-Kreise gehörend). Am Predilberge liegt der
Markt Flitsch mit der gleichnahmigen Klause (Chiusa di
Pless) einst befestigter Gränzpaß. Canale ist ein ansehn=
licher Flecken mit Leinwand = Manufacturen.

Görz (Gorizia) die Kreisstadt, mit 8000 Einwohnern, liegt
sehr anmuthig in einem fruchtbaren Thale. Sprache und Sitte
ist fast ganz italienisch. Kreisamt, Erzbisthum, General=Semina=
rium, Lyceum, Damenstift, Landwirthschafts=Gesellschaft, Zucker=
raffinerien, Fabriken von Rosoglio, Confituren, Leder und Steingut.

Auf einem Hügel liegt das Franziskauerkloster Castagna=
vizza mit einer Hausstudien=Anstalt*). Gradiska ist
eine alte, kleine Festung. Nordwestlich liegt der Flecken
Cormons mit der besten Seidenzucht in Friaul.

Westlich vom Flusse liegt Aquileja (Aglar) ein ärmliches
Städtchen von Sümpfen umgeben. Merkwürdiger Dom von
1042; Museum für die zahlreichen Ausgrabungen**).

---

*) In der Gruft ruht Karl X. von Frankreich, der 1836 zu Görz starb.
**) Aquileja, einst das zweite Rom genannt, unter Marc. Aurel
die wichtigste Festung des Reiches, 452 von Attila zerstört, ist
Venedigs Mutter. Die Sümpfe werden jetzt ausgetrocknet und

Im Idriathale liegt in einem tiefen Kessel die Berg=
stadt Idria, mit dem reichsten Quecksilberbergwerke Europa's,
Spitzenklöppeley, Leinwandweberey.

Das Wippacherthal gilt als das Paradies von
Krain, weil es gegen die Bora geschützt ist. Wippach
(Aqua frigida, Viparschitza) ist der Hauptort.

An der Meeresküste liegen: *Grado*, Städtchen mit Thunfisch=
fang. *Monfalcone* mit warmen Bädern, schon von den Römern
besucht. *S. Giovanni* mit den merkwürdigen 7 Quellen des *Timavo*.

Istrien.

An der Küste, von der Triester Seite an liegen: *Capo d' Istria*,
(Aegida Justinopolis), die Hauptstadt des ehemahligen venetischen
Istrien, auf einer Felseninsel, durch eine 2800' lange Steinbrücke mit
dem festen Lande verbunden, 6700 Einwohner. Die Domkirche und
das gothische Rathhaus sind merkwürdige Gebäude; Bisthum (mit
Triest vereinigt, nur das Domkapitel residirt hier) Salinen, Fisch=
fang. Isola liefert den Ribolla=Wein; Mineralquelle. *Pira-
no*, der bedeutendste Ort, 8500 Einw., liegt malerisch auf einer
Landzunge. Auf einem hohen Fels, der in das Meer abstürzt, steht
der ehrwürdige gothische Dom und das alte Kastell. Drey Häfen
(*Porto Rosa*), 2 Werften. Außer der Stadt ist das Kloster
S. Bernardo, dessen Vorplatz auf Bögen und Pfeilern in das
Meer hinausgebaut ist. Im *Valle di Siccole* sind die bedeutend=
sten Salinen. Auf der Westspitze von Istrien, *Punta della
Marcha*, steht der Leuchtthurm (*Fanale*) von *Salvore*, 1818
durch den Triester=Handelsstand erbaut, eine 110' hohe Säule
mit 35 Lampen; der Lichtkegel ist 6 Miglien weit sichtbar*).

Città nuova (Aemonia) hat den trefflichen Hafen *Porto
Quieto* (an der Mündung des *Quieto*), bedeutenden Fisch=
fang und Handel mit Wein, Holz und Bausteinen, aber
schlechte Luft. Auf einer Erdzunge liegt das Städtchen Pa=
renzo (Parentium), Bisthum *Parenzo Pola*; uralter,
sehr merkwürdiger Dom mit Mosaiken**).

1847 versuchte ein Dampfboot von Triest bis zur Stadt auf den
Canälen vorzudringen.

*) An diesem gefährlichen Vorgebirge verlor Friedrich Rothbart 30
Galleren, woran eine Inschrift in der Kirche zu *Salvore* erinnert.

**) Gegründet von Otto dem Großen, in Folge eines Gelübdes in
dem Sturm, der ihn an diese Küste verschlug.

Rovigno (Rovinum) die größte Stadt mit 10,800 Einwohnern, auf einer Erdzunge, ist gut gebaut, treibt Schiffbau, starken Fischfang, Wein- und Ohlhandel; schöne Domkirche.

Pola (Pietas Julia) reizend gelegene Stadt mit Mauern und Maximilianischen Festungs-Thürmen, hat (nebst Spalato) die herrlichsten Denkmähler der Römerwelt in der Monarchie. Ein Tempel des Augustus und der Roma, ein Tempel der Diana. Die prachtvolle *Porta Aurea* ist ein Triumphbogen den Salvia Posthuma, ihrem Gatten, dem Tribun Sergius Lepidus erbauen ließ. Außer der Stadt steht das berühmte Amphitheater, im Äußeren vortrefflich erhalten, 366' lang, 292' breit, 75' hoch mit 144 Bogen. Herrlicher Hafen aber ungesunde Luft *).

Die Ostküste ist weniger bebaut, *Albona* ist der wichtigste Ort mit dem trefflichen Hafen Rabacz. Tovrana hat eine vorzügliche Werfte; *Velosca* der nördlichste Ort hat 2 Haupthäfen des Meerbusens *Quarnero*. Thunfischfang und Handel mit Südfrüchten.

Im Inneren sind die bedeutendsten Orte *Montona* mit ausgedehnten Waldungen, welche Schiffsholz für die k. k. Marine liefern. In der Mitte der Halbinsel liegt die Kreisstadt Mitterburg (*Pisino*, Pasen) Hauptort einer gräflich Montecuculi'schen Herrschaft. Der nördlichste Theil der Halbinsel ist der unfruchtbare Tschitscher Boden.

Die Inseln.

An der Westküste liegen nur einzelne Klippen, darunter die *Brioni* bey Rovigno, mit den berühmten Marmorbrüchen, welche nahmentlich für die venetianischen Palläste das Material lieferten. Im *Quarnero* liegen von Nord nach Süd *Veglia* (Curicta) mit der gleichnahmigen Hauptstadt, Bisthum. Cherso, die längste Insel, aber an einer Stelle nur ¼ Stunde breit. Die gleichnahmige Hauptstadt hat einen guten Hafen und Schiffswerften. Eine nur 24' breite Meerenge (*Cavanella*) trennt Cherso von der Insel Lussin; von dem Städtchen Ossero führt eine Zugbrücke hinüber. *Lussin piccolo* hat einen vortrefflichen Hafen, Hauptzuflucht bey Unwetter.

---

*) *Pola* ist die älteste Stadt von Istrien, von Cäsar um ihrer Treue gegen Pompejus zerstört, von August, auf die Bitte seiner Tochter Julia, wieder hergestellt.

Statistische Übersicht von Illyrien.

Flächeninhalt, Wohnorte und Bevölkerung.

Kreise	Flächeninhalt in Meilen □	Wohnorte				Häuser	Familien	Bevölkerung	Einwohner auf eine □ Mle.
		Städte	Märkte	Dörfer	Zusammen				
1. Gubernium Laibach.									
a. Krain.									
Laibach { Hauptstadt	59·1	1	—	—	1	953	3.177	15.794	} 2.866
Der übrige Kreis		4	5	918	927	23.634	33.828	153.605	
Neustädter	72·0	7	6	1.833	1.846	31.094	45.177	190.832	2.650
Adelsberger	42·4	2	6	421	429	12.827	20.675	92.948	2.192
Summe mit Militär	173·5	14	17	3.172	3.203	68.463	102.857	458.541	2.643
b. Kärnten.									
Klagenfurt { Stadt	85·4	1	—	—	1	747	2.008	12.002	} 2.207
Der übrige Kreis		8	14	1.616	1.638	26.564	29.971	176.536	
Villacher	94·9	2	11	1.138	1.151	20.089	25.507	124.800	1.315
Summe mit Militär	180·3	11	25	2.754	2.790	47.400	57.486	318.308	1.765
2. Gubernium in Triest.									
Triest sammt Gebieth	1·6	1	—	24	25	4.402	19.510	77.821	—
Istrianer	86·5	24	9	479	512	37.352	52.302	220.667	2.551
Görzer	51·0	5	5	441	451	25.535	42.302	187.052	3.668
Summe mit Militär	139·1	30	14	944	988	67.289	114.114	492.628	3.542
Hauptsumme	492·9	55	56	6.870	6.981	183.152	274.457	1,269.477	2.869

Sechster Abschnitt.

Das lombardisch = venetianische Königreich.

(Regnum Lombardiae et Venetiae.)

(790 ☐ Meilen, 4,865.000 Einwohner, 6156 auf 1 ☐ Meile.)

§. 50.

Grenzen, Eintheilung.

Dieses Königreich wird begrenzt westlich durch den Fluß Tessin und den Langensee gegen das sardinische Königreich; nördlich durch die Central = Alpen gegen die Schweiz, dann die Kalkalpen gegen Tyrol und Illyrien; östlich durch dieselben und den Fluß Isonzo gegen Illyrien, südlich durch den Po gegen den Kirchenstaat, Modena und Parma.

Das Königreich wird in zwey Regierungsbezirke eingetheilt, den westlichen von Mailand (Lombardie), den östlichen von Venedig. Das Gouvernement von Mailand begreift folgende 9 Kreise, welche hier „Provinzen“ heißen, und in folgender Reihe von West nach Ost liegen: Como, Bergamo, Brescia; nördlich von diesen Sondrio (Valtelin und Cläven), südlich von denselben Mailand, Pavia, Crema, Cremona, Mantua. Das Gouvernement von Venedig enthält deren 8, Verona, Vicenza, Treviso, Udine (Friaul); nördlich von den beyden letzteren Belluno; südlich von den 3 ersteren Padua und Venedig, südlich von diesen Rovigo (Polesine). Das ganze Königreich begreift also 17 Kreise.

§. 51.

Gebirge.

Die Alpen erfüllen das Land ausschließend und zwar:
1. Die rhätischen Alpen, Centralalpen *). Sie rei=

---

*) Vergleiche die Beschreibung von Tyrol.

chen aus Graubündten herüber, treten mit dem *Pizzo Ferro*
9843' ein, und mit dem *Monte Zebru* aus, dem Nachbarn des
Tyroler Ortels, 12.246 Fuß hoch, dem höchsten Berge der Lombardie.

Dieser Alpenzug senkt vom *Pizzo Ferro* eine Widerlage
südlich, welche die Grenze gegen die Schweiz macht.

Von dem mächtigen Stocke des Zebru und Orteles trennt
sich ein Arm

die lombardischen Alpen, welche südwestlich laufen
und am Comer = See mit dem *Monte Legnone* enden, von
8260 Fuß.

Dieser Arm senkt eine Widerlage südlich gegen Tyrol,
mit dem *Monte Adamello*, und schließt sich weiterhin an
die Kalkalpen an.

2. Die südlichen Kalkalpen laufen parallel mit den
Central=Alpen vom Langensee bis zur Ostgrenze des Landes. Im
lombardischen Gebiethe bilden sie keine zusammenhängende Kette,
sondern sind vielfach von Flüssen durchbrochen und die einzelnen
Gruppen zerrissen, nach Art von Widerlagen an die Centralkette
sich anlehnend.(Der *Pizzo del Diavolo* bey *Biondone* erreicht
9200 Fuß. Am bedeutendsten ist der Bergzug, der sich vom *Adamello* südlich als Grenze gegen Tyrol herabzieht ;(*Monte Fre-
rone* hat hier 8450') Sie verbinden sich beym *M. Adamello* mit
den lombardischen Alpen, treten nach Tyrol aus und erst wieder
bey Belluno mit der *Croda Malcora* in das Land, wo sie den
Nahmen venetianische Alpen erhalten, und größtentheils die
Grenze gegen Illyrien bilden. Die Gebirge des *Monte Cristallo*, welche den Kessel von *Auronzo* umschließen, sind eine
der großartigsten Alpen=Gruppen. Der höchste Berg des venetianischen Gebiethes ist der *Monte Antelao* mit 10.300', südlich von
Croda Malcora.

b) Ein Arm der venetianischen Alpen beginnt am Garda=See
mit dem *Monte Baldo*, einem 8 Meilen langen, 3 Meilen
breiten, schroffen Rückengebirge, auf welchem sich eine Reihe kah-
ler Felskuppen erheben,(von denen *Monte Maggiore* 6960' er=

reicht. An diefem Zuge liegen füdlich merkwürdige Terraffen, die von *Asiago* 3100' und jene des Waldes *del Consiglio*.

Die berichifchen Hügel (*Monti Berici*) und die Euganeen (*Monti Euganei*) find zwey ifolirte vulkanifche Hügel= gruppen, jene bey Vicenza, diefe bey Padua, welche frey aus dem Tieflande auffteigen und eigentlich nicht mehr dem Alpen=Gebirge angehören. Die Euganeen find 2 Meilen lang und breit; *Monte Venda* ift der höchfte Gipfel.

Gletfcher hat die Lombardie mehr als Venedig, meiftens liegt aber die größte Maffe derfelben jenfeits der Grenze. Am be= deutendften find jene am Zebru und *M. Cristallo*, welche 8 Stun= den lang, auf 1½ Stunde Breite fich erftrecken, worunter die *Ve- dretta di Forno* allein 4 Stunden lang ift. — Die Lawinen find an der Südfeite der Alpen noch verheerender als an der Nord= feite, weil das Gebirge fteil abfällt.

§. 52.

Alpenpäffe, Thäler, Engpäffe, Höhlen, Bergftürze, Ebenen.

Alpenpäffe. Außer den in der Einleitung genannten find noch bemerkenswerth: *Passo di Baldizza*, aus dem Meranthale in jenes von *Misocco* und gerade zum Ho= fpiz auf dem St. Bernhard; *Passo Cevedale* führt aus *Val Forno* in das *Val Martello* von Tyrol über die gro= ßen Gletfcher am Zebru. *Passo Tonale*, einer der wich= tigften Seitenpäffe, führt aus der Lombardie nach Judi= karien in Tyrol. Aus dem venetianifchen Piavethale führt der Paß *M. Croce* in das Sertenthal nach Tyrol *).

Thäler. Das größte ift das Valtelin (Addathal, *Vallis Tellina*) bis zum Comer=See, 11 Meilen lang, ¼ breit. Das Thal der Piave ift 15 Meilen lang bis zum Eintritte des Fluf= fes in die Ebene.

---

*) Der in der Einleitung erwähnte Wormfer=Paß befteht aus zwey Jochen, welche aber neben einander liegen. Weftlich liegt das niedrigere *Gioggio di Bormio*, eigentlich der Übergang nach *Sta. Maria* im *Valle Alpina* der Schweiz, von diefem erhebt fich die Straße auf das höhere öftlichere *Gioggio di Stelvi*.

Engpäffe. Die meiſten Flüſſe brechen in Engpäſſen (*Chiusa*) aus dem Gebirge in die Ebene. — Die berühmte Etſch=Klauſe (Veroneſer=Klauſe (*Chiusa di Verona*) iſt ¼ Stunde lang, höchſtens 80 Schritte breit. Die Vegabrücke im Ponteva=Thale bey Verona *) beſteht aus einer natürlichen Brücke, 186′ lang, über eine 94′ tiefe Kluft.

Höhlen. Die Fuchshöhle bey Ravena (*Pertuggio della Volpe*, *Grotta di Custoggia*) (bey Vicenza) iſt künſtlich aus alten Steinbrüchen entſtanden, deren Höhlungen durch mehr als 600 Pfeiler geſtützt werden.

Bergſtürze ſind an der Südſeite der Alpen am häufigſten und furchtbarſten, insbeſondere in den venetianiſchen Alpen. (Siehe Ortsbeſchreibung.)

Ebenen. Die große lombardiſche Ebene vom langen See bis zur Po-Mündung iſt ein Tiefland von 42 Meilen Länge, 3½ bis 4 Meilen Breite. Die Euganeen ſcheiden dieſelbe von der venetianiſchen oder Frianler=Ebene, welche 19 Meilen lang, 4—7 Meilen breit iſt.

§. 53.
Gewäſſer.

An der Südſeite der Alpen haben die Flüſſe einen außerordentlichen Fall, den ſie aber in der Ebene plötzlich verlieren **). In Folge deſſen reißen ſie bey jedem Hochwaſſer eine ungeheure Menge Schutt und Gerölle aus den Gebirgen herab, der dann in der Ebene im Flußbette liegen bleibt. Dadurch wurde bey allen oberitalieniſchen Flüſſen das Flußbett nach und nach ſo erhöht, daß ſie ein außerordentlich breites aber ſeichtes Rinnſal haben (das Flußbeet der Piave iſt bey Lovadine 4 Meilen breit), bey dem geringſten Regen austraten und Alles überſchwemmten. Man führte daher am Ufer Dämme auf, welche nach und nach erhöhet werden mußten, ſo zwar, daß jetzt faſt alle Flüſſe großentheils künſt-

*) Von Dante beſungen, *Divina comedia*. 18. Geſ. 106. Vers.
**) Die Brenta z. B. bey Baſſano noch 68′, 10 Meilen weiter nur 1 Fuß. Die Flüſſe heißen deßhalb auch im Gebirge allgemein *torrenti*, d. i. Wildbäche, und erſt in der Ebene *Fiumi*, Flüſſe.

liche Ufer in der Ebene haben und diese Dämme des Po z. B.
bey Cremona 29', bey kleineren Flüssen, näher dem Gebirge sogar
36' Höhe betragen. — Die Dämme werden sorgfältig erhalten
und bewacht, denn ein Dammbruch bringt ganze Provinzen in
Gefahr.

1. Der Po ist Hauptfluß des Königreiches, entspringt am
Monte Viso in Piemont, betritt nach 40 Meilen bey Pavia das
Land, welches er 52 Meilen lang durchströmt und sich in 4 Armen ins Meer ergießt, ein Delta bildend, 5 Meilen lang, 2 Meilen breit;

größte Breite 1050 Klafter, mittlere Tiefe 25', Gefäll
im oberen Laufe 38' auf die Meile, am unteren 1 Fuß;
vor der Mündung 0,1. Die Dämme an seinem linken (österreichischen) Ufer sind über 30 Meilen lang.

a) Der Tessin (*Ticino*) tritt bey *Sesto Calende* aus
dem Langensee und mündet unter Pavia.

b) Der Olona entspringt aus dem See von Ghirla bey
Varese, fließt durch Mailand und mündet bey St. Zeno.

c) Der wichtigste Nebenfluß ist die reißende Adda. Sie entspringt am Berge Umbrail aus der Höhle einer Felswand mit einem 50' hohen Wasserfall, durchströmt das Valtelin, bildet nach
15 Meilen den Comer-See, verläßt ihn bey *Lecco* nach 6½ Meilen
und mündet nach 34½ Meilen des ganzen Laufes bey *Castel nuo-
vo*. Sie ist sehr fischreich und das Gerölle (Geschiebe) welches sie
mitführt, wird theils als Straßenschotter, theils zum Kalkbren-
nen weit verführt. Unter ihren Zuflüssen ist der Mallero im Valtelin durch seine Verheerungen furchtbar.

d) Der *Oglio* entspringt in den lombardischen Alpen,
bildet den See Iseo und mündet nach 28 Meilen bey
Torre d'Oglio.

e) Der *Mincio* ist der Abfluß des Garda-Sees, bildet
den See von Mantua und mündet nach 7½ Meilen bey *Governolo*.

3. Die Etsch (*Adige*) entspringt auf der Malser-Heide
in Tyrol, betritt nach 24 Meilen als schiffbarer Fluß das venetianische Gebieth bey *Ossegno*, und nach weiteren 26 Meilen mündet
sie bei *Chioggia*.

4. Der *Bacchiglione* bey *Vicenza* entspringend, bey

Chioggia nach 2 Meilen mündend, führt einen äußerst frucht=
baren Schlamm, so daß seine Überschwemmungen den Pa=
duaner Wiesen sehr nützen.

5. Die Brenta entspringt im Tyroler *Val Sugana*, be=
tritt nach 6 Meilen bey *Primolano* das venetianische Gebieth und
mündet nach 23 Meilen bey *Chioggia.*

6. Der Piave entspringt am *M. Paralba* an der Grenze
von Tyrol, Venedig und Illyrien, und mündet nach 25 Meilen
bey *Jesolo.*

7. Der *Tagliamento*, Hauptfluß von Friaul, entspringt
am *M. Duana* und fällt nach 25 Meilen in das Meer. Die ganze
fruchtbare Ebene Friaul's ist durch seine Aufschwemmungen ent=
standen, aber jetzt liegt sein linkes Uferland bey *Codroipo* 28'
tiefer als das Flußbette. ·

Wasserfälle. Der schönste Sturz in Italien nach jenen
zu Terni und Tivoli ist die *Cascata del Barbellino*, welche der
Serio bildet, in 3 Absätzen, deren oberster vollkommen senkrecht
200' hoch ist.

Seen. Von mehr als 40 sind die größten von West
nach Ost:

1. Der Langensee (Lacus verbanus, daher *Verbano**),
Lago Maggiore) 8 Meilen lang, 14 ☐ Meilen groß, gehört
nur in östlicher Hälfte des unteren schmäleren Beckens zur Lom=
bardie, mit 7 ☐ Meilen. Er schwillt bis über 12'.

2. Der Vareser=See (*Bodio*, *Lago di Varese*) fließt
in den vorigen ab.

3. Der Luganer=See, (*Cenesio*, *Lago di Lugano*)
gehört nur in 3 kleinen Abtheilungen zur Lombardie.

4. Der Comer=See (Lacus Larius, daher *Lario*,
Lago di Como), der längste aus allen, ist 10 Meilen lang, bis
1858 Fuß tief, 11 ☐ Meilen groß. In halber Länge spaltet ihn
das Vorgebirge von *Bellagio* in 2 Arme, den westlichen See von
Como, den östlichen von *Lecco*. Er ist sehr fischreich.

------

*) In neuerer Zeit sind in Italien die kürzeren Namen „*Verbano,
Lario*" etc. gebräuchlicher geworden, statt „*Lago di*" etc.

5. Der See von Iseo (*Lago d'Iseo*) hat die Gestalt eines S. 4 ☐ Meilen Größe.

6. Der Garda-See (Lacus Benacus, daher *Benaco, Lago di Garda*) der größte italienische See, von 26 ☐ Meilen, hat die Gestalt eines nach Osten gekehrten Beiles, ist 6¾ Meilen lang, bis 2 Meilen breit und 916' tief. — Er friert nie zu und ist vielen Stürmen ausgesetzt. Man hat mehrmahls die Luftspiegelung auf ihm beobachtet (*Fata Morgana*).

7. Der See von Mantua ist zum Theil künstlich, indem das Wasser des *Mincio* durch eine starke Schleuße aufgestaut wird.

8. Der kleine See von Abano in den Euganeen ist merkwürdig durch sein salziges Wasser, welches er einer unterirdischen Quelle verdankt. — Von den vielen hochgelegenen Alpenseen sind bemerkenswerth die sechs in einander abfließenden auf dem Joche *Barbellino*, welche den Fluß Serio bilden.

Canäle hat das Land die meisten in der Monarchie; die schiffbaren sind zusammen an 100 Meilen lang. Die wichtigsten sind:

1. Der *Naviglio grande*, der große Canal, von Tornavento aus dem Tessin abgeleitet nach Mailand, 6 Meilen lang, ohne alle Schleußen. Er wird fortgesetzt

2. durch den *Naviglio di Pavia*, der bey dieser Stadt in den Tessin mündet.

3. Der *Canale Bianco*, durch den Fluß Tartaro gebildet, verbindet die Etsch und den Po.

4. Der *Naviglio di Brenta*, das alte Flußbett der Brenta selbst.

Das Meer (siehe Einleitung) bespült die venetianischen Küsten von der Mündung des Flüßchens *Aussa* bis zur Mündung Goro des Po, 20 Meilen lang, und heißt auch Meerbusen von Venedig. Es bildet die eigenthümlichen Buchten, Lagunen genannt, deren berühmteste jene von Venedig. Die Lagunen werden durch eine Reihe von schmalen Dünen vom offenen Meere getrennt, und werden in lebendige und todte Lagunen unterschieden — (*Laguna viva, Laguna morta*) je nachdem sie auch zur Ebbe unter Wasser sind oder nicht. Tiefere Kanäle durchschneiden sie, welche für die Schifffahrt sorgfältig offen erhalten, und durch hervorragende Pfähle den Schiffern bezeichnet werden. Die Lagune wäre längst verschlemmt worden durch die einmündenden Flüsse, daher die Venetianer mit den ungeheuersten Kosten alle Flüsse ableiteten, indem sie dieselben in künstlichen Kanälen außerhalb der Lagune herumführten. — Gegen das Ufer gehen die Lagunen vollständig in Sümpfe über.

Von den Landseen hat der Comersee bedeutende Ufer=sümpfe, dann der See von Iseo. Alle Flüsse, welche in das Meer münden, bilden Sümpfe an der Mündung. Sehr bedeutend sind die Sümpfe der Adda vor ihrem Eintritte in den Comersee.

Das Klima des Königreichs ist sehr verschieden, äußerst rauh in den Thälern der Hochalpen, in Padua aber z. B. von + 12 ° R. mittlerer Temperatur, daher äußerst mild *).

§. 54.
Das Volk.

Das Königreich wird vorzugsweise von Italienern bewohnt, 4½ Millionen, außerdem finden sich noch an 100.000 Deutsche, 8000 Juden u. s. w. — Der Italiener spricht 2 Hauptdialekte, den mailänder und den weicheren venetianischen. Der Furlaner=Dialekt (Friaul) enthält noch viele slavische Wörter. Deutsche leben fast nur in den Städten. Merkwürdig sind die 7 Gemeinden (sette comuni) in der Provinz Vicenza, und die 13 im Gebiethe von Verona, mit etwa 50.000 Bewohnern, worunter aber nur 12.000 Deutsche, angeblich Abkömmlinge der Kimbern, wahrscheinlich aber von allemanischen Bergknappen der Tridentiner Bischöfe.

Der Italiener ist ein wohlgebildeter Menschenschlag, in der Regel groß und hager, von regelmäßigen Gesichtszügen, dunklen, lebhaften Augen und Haaren. In den Hochthälern

---

*) Der Nordländer findet den Winter in Italien auffallend rauh, obwohl nur selten 6° Kälte sind, weil die Häuser leicht gebaut und schlecht verwahrt sind; Öfen sind auf dem flachen Lande fast gar nicht gekannt.

ist das Äußere nicht so vortheilhaft; Cretins sind aber an der Südseite der Alpen seltener. Der Italiener ist sehr mäßig, und Pflanzen= und Mehl=Speisen machen die Hauptnahrung aus, insbesondere die Polenta, ein Teig aus Maismehl, und die Maccaroni. — Das Klima der Ebene fordert leichte Kleidung: kurze Jacken, weite Beinkleider, Schuhe, Strohhüte. — Die Häuser sind in der Regel von Stein, massiv erbaut, aber nicht getüncht, mit flachen Dächern. — Der Italiener ist sehr industriös, einfach in seiner Lebensweise, sparsam, von lebhaftem Temperamente, sehr empfänglich für geistige Bildung und von bekanntem Talente für Musik und bildende Kunst.

§. 55.

Nahrungsquellen.

Die Lombardie wird „der Garten der Monarchie" genannt wegen der großen Fruchtbarkeit, dem zum Theile sehr fleißigen Landbau und der Methode, die Felder mit Baumreihen zu umgeben, an welchen Weinstöcke gezogen werden, die von Baum zu Baum sich schlingen. — Hauptprodukt sind Mais und Reis, letzterer hauptsächlich in den Niederungen der Flüsse *). Außerordentlich ist der Wiesenbau in der Lombardie, durch den vollkommen ebenen Boden und die vielen Flüsse begünstigt, aus denen zahllose Bewässerungskanäle abgeleitet sind, um die Wiesen überrieseln lassen zu können; die meisten werden vom Februar bis September sechsmahl gemäht. Die Obstzucht liefert vorzüglich Kastanien, Nüsse, Pfirsiche, Feigen und Agrumen (Pomeranzen und Zitronen) *). Öhl=, Wein=, Lein= und Hanfbau sind sehr bedeutend.

In der Provinz Lodi gibt es die meisten Kühe, um der

---

*) Reis, als eine Sumpfpflanze, muß stark bewässert werden, daher die Reisfelder nur in einer gewissen Entfernung von Ortschaften angelegt werden dürfen, der schädlichen Ausdünstung wegen.

**) Letztere werden aber nicht vollkommen im Freyen gezogen, sondern über Winter mit Schutzdächern versehen.

Verfertigung des berühmten Parmesankäses willen *). Unter dem Federvieh ist das Paduanische Huhn merkwürdig, zweymahl so groß, als das gemeine.

Seide ist Hauptproduct (70.000 Zentner) und von vorzüglicher Güte, nahmentlich in der Landschaft *Brianza*, dann in Friaul.

Die Jagd ist wenig ergiebig in der Ebene; in den Alpen gibt es noch Bären, Wölfe, Gemsen und Hochwild. Die Lagunen sind eine Hauptstation der wilden Gänse, Enten und Schnepfen auf ihren Wanderungen. — Die Fischerey liefert aus dem Meere Skombern, Sardellen, Thunfische, Muränen u. s. w., aus dem Po Störe, aus dem GardaSee Aale, Lachsforellen und vortreffliche Karpfen. Die Lagunen liefern vorzügliche Austern und Krabben. — (Von giftigen Thieren sind: Vipern, Skorpione, und unter den Fischen der elektrische Tremolo u. s. w. bemerkenswerth.)

Der Bergbau liefert Eisen, Kupfer, Bley. — Sehr reich ist das Land an trefflichen Bausteinen, nahmentlich Marmor. — SteinSalz fehlt, und wird durch Seesalz ersetzt.

Die Industrie erzeugt hauptsächlich Seidenwaaren, Waffen, Bronzewaaren, Strohhüte, Glas, Papier u. s. w.

Die wichtigsten Straßen des Landes sind:

1. Die große Eisenbahn von Mailand über Bergamo, Brescia, Vicenza, Padua nach Venedig; eine Seitenbahn führt von Mailand nach Como.

2. Die Straße von Mailand über Buffalore nach Turin, über Chiavenna und den Splügen in die Schweiz, über Bormio und das WormserJoch nach Tyrol.

3. Die Hauptstraße aus Deutschland nach Italien durch Tyrol über den Brenner nach Verona und über Lagoscuro am Po nach Ferrara in den Kirchenstaat.

4. Die österreichische Hauptstraße aus Illyrien über Ponteba, Udine nach Vicenza.

---

*) Er wurde zwar in Parma erfunden (?), aber jetzt liefert Lodi den meisten und besten, über 30.000 Zentner allein für das Ausland.

Neue Geographie. I. Thl.   H

5. Die Ampezzaner = Straße (*Strada d'Allmagna*), die kürzeste Verbindung Venedigs mit Deutschland; über Belluno in das tyroler Pusterthal. — Über die Alpen führen mehrere Saumwege zur Verbindung der beyderseitigen Hochthäler.

Dampfschiffe befahren das Meer zwischen Triest und Venedig, den Po und die 3 großen Seen, Langen=, Comer= und Garda = See.

§. 56.

Topographie.

Ortsbeschreibung. Mailand, Venedig.

Mailand (Mediolanum, *Milano*, mit dem Beynahmen *la grande*) liegt in der nach ihr benannten Ebene, an dem Flüßchen Olona,

> von den Armen der Canále *Naviglio grande* und *Martesana* durchschnitten, die innere Stadt von dem Canale *Naviglio interno* umgeben.

152.000 Einwohner, 6000 Häuser, 66 Kirchen, 13 Thore (Barrieren). Mailand hat massive Häuser, breite, reinliche Straßen, aber keine großen Plätze, zahlreiche Palläste, vortreffliches Pflaster und Gasbeleuchtung. Mailand ist die Residenz des Erzherzogs Vice = Königs und eines Erzbischofs. Akademie der Wissenschaften und Künste (*Brera*) mit reichen Sammlungen, 2 Lyceen, 7 Gymnasien, Thierarzneyschule, Taubstummen = Institut, die Ambrosianische Bibliothek, ein Musik = Conservatorium, 11 Theater (2 Tagstheater), worunter die *Scala*, das schönste in Italien, 4000 Menschen fassend. Der Mailänder = Dom (nach St. Peter in Rom und St. Paul in London die größte Kirche Europa's), 1386 durch einen deutschen Baumeister Gamodia begonnen, ist noch jetzt in der Vollendung begriffen. Er ist 454' lang und 270' breit, mit einer 232' hohen Kuppel, welche eine bronzene Marienstatue trägt, ist ganz mit weißem Marmor bekleidet und enthält über 4000 Statuen. Mitten im Schiffe ist die Gruft des heiligen Karl Boromeo, 1584 gestorben. In der merkwürdigen Kirche des heil. Ambrosius (*St. Ambrogio*), (an der Stelle eines Minervatempels aus dem 9. Jahrh.) wurden die deutschen Kaiser mit der eisernen Krone gekrönt.

Tausendjährige Mosaiken, die Pforte, an welcher der heil. Ambrosius dem Kaiser Theodosius den Eintritt verweigerte nach dem Blutbade von Thessalonich *).

Im Refectorium des ehemahligen Dominikanerklosters *Leonardo's da Vinci* berühmtes heiliges Abendmahl in Fresko. St. Carlo Boromeo, 1847 vollendet mit Marchesi's Gruppe der schmerzhaften Mutter Gottes, das größte plastische Werk der neueren Zeit. Das ehemahlige Kastell ist jetzt Kaserne, auf dem großen Platze dabey steht der berühmte Friedensbogen *Arco della Pace*, unter Napoleon 1812 von Cagnola begonnen, unter Kaiser Franz I. vollendet.

Das prachtvolle östliche Thor, *Porta orientale*. Die *Galleria de Cristoforis* ist ein mit Glas gedeckter Durchgang zwischen 2 Straßen, die elegantesten Läden enthaltend.

In der Nähe von Mailand ist die *Villa Simonetta*, 1552 erbaut, mit dem berühmten dreyßigsilbigen Echo.

Venedig (Civitas Venetorum, *Venezia*, mit dem Beynahmen *la dominante*) liegt auf 136 Inseln der Lagunen, ist von 135 Kanälen durchschnitten, über welche 306 Brücken führen. — Die Kanäle vertreten die Stelle der Straßen, doch kann man auf schmalen Steigen fast überall auch zu Fuß hingelangen. Der *S* förmige große Kanal, *Canal grande*, scheidet die Stadt in 2 Theile. 27.900 Häuser, 127.000 Einwohner, 102 Kirchen, überaus viele und prächtige Palläste, besonders am *Canal grande*. Pferde und Wagen gibt es in Venedig fast gar nicht, und nur eine einzige breite Straße am Hafen; viele Gäßchen sind nur 3' breit, die meisten nicht über 6'. Alle Gebäude stehen auf Rosten von Holz, einige sogar auf Zederstämmen; 4 artesische Brunnen, 160 öffentliche Zisternen. Venedig ist der Sitz eines Patriarchen, Lyceum, 3 Gymnasien, Seminär, Akademie der

---

*) Von der alten Römerstadt stehen noch 16 weißmarmorne Säulen, Reste der Herkulesbäder, die Kaiser Maximin erbaute. Mehrere Kirchen sind auf Tempelruinen erbaut.

H 2

schönen Künste, Marine = Kadeten = Institut, 1 gelehrte Gesell=
schaft (*Ateneo*), 7 Theater.

Die St. Marcuskirche (*Basilica di S. Marco*) im 12.
Jahrh. vollendet, ist durch ihre Pracht berühmt; 5 Portale mit
den ehernen Pferden des Lysippus, welche auf August's Triumph=
bogen in Byzanz standen, prachtvolle Mosaiken in Goldgrund und
überaus reiche, alte Kunstwerke. Neben der Kirche steht der 322'
hohe Glockenthurm.

In der Kirche St. Johann und Paul (*S. Giovanni e
Paolo*) sind 70 prachtvolle Monumente der Dogen. Die
herrliche Kirche des Heils (*la Salute*), 1630 zum Danke
für die Befreyung von der Pest erbaut, steht auf einer
Million Pfähle und enthält Titian's berühmtestes Werk,
Christi Himmelfahrt. Die Kirche *J. Frari* enthält die
Grabmähler Canova's und Titian's.

Der weltberühmte Marcus = Platz wird gebildet durch die
Marcus = Kirche, dem ehemahligen Dogenpallast und die Palläste
der Procuration (Kanzleygebäude); er ist nur 553' lang, mit weiß
und schwarzen Marmorplatten gepflastert. Vor der Kirche stehen
3 große Zedermastbäume *) mit den kaiserlichen Flaggen. An die=
sen Platz stößt ein kleinerer (*Piazzetta*), welcher an den Hafen
führt, wo 2 antike Granitsäulen stehen, mit der Bildsäule des h.
Theodor und dem Löwen des h. Marcus. Der kaiserliche (Dogen=)
Pallast, 1300 durch Calendario erbaut, ist ein prachtvoller Bau,
ganz erfüllt mit Kunstwerken, und enthält jetzt die Bibliothek.

Die berüchtigte Seufzerbrücke führt in die Kerker hin=
über. Die k. Residenz (*Palazzo reale*) wurde 1810 von
Napoleon erbaut. — Die Münze **) ist ganz aus Stein
und Eisen erbaut, ohne alles Holzwerk.

Das Marine=Arsenal enthält Schiffswerften für 86 Schiffe
und eine Riesenhalle von 910 Fuß Länge zur Verfertigung der
Taue (*Tana*). — Venedig ist Freyhafen, hat Fabriken für Glas=
waaren, Seife, künstliche Blumen, und liefert schönes Geschmeide

---

*) Es sind ursprünglich Trophäen, bedeutend die ehemahligen drey ve=
netianischen Königreiche: Candia, Cypern und Morea.

**) Zecca, daher der Nahme der Goldmünzen Zechinen.

(Venetianer = Goldketten). 1846 wurde eine Brücke über die Lagunen nach Mestre gebaut, ein Meisterwerk der Baukunst, über welche die Eisenbahn und eine Wasserleitung führt. Venedig hat an der Lagune den größten Hafen der Welt, zu welchem 5 Zugänge vom Meere führen, durch Forts vertheidigt, deren aber nur einer für große Schiffe dient. Das Fort *Malghera* vertheidigt den Zugang vom Lande. Die Dünen (*Lidi*), welche die Lagune von der offenen See trennen, und Venedig dadurch schützen, sind durch die Riesenmauern (*Murazzi*) gegen die Meereswogen geschützt. Diese Mauern sind 14' hoch, 71' dick, ganz aus Quadern, fest verkittet, 30.917 Klafter lang. Von den Inseln bey Venedig sind bemerkenswerth:

St. Lazzaro, mit dem berühmten Kloster der armenischen Mechitaristen, mit einer vortrefflichen Druckerey; Murano ist Hauptsitz der Glasarbeiten. Auf dem südlichsten Lido liegt die Stadt *Chioggia* von 27.000 Einwohnern, welche bedeutende Schifffahrt treibt.

§. 57.

Westliche Thäler bis zum Mincio. Lombardey.

Thal des Tessin. Am Austritte des Flusses aus dem Langensee liegt der Flecken *Sesto Calende*, mit einer Fähre, Hauptübergang nach Piemont. Bey Somma schlug Hannibal den Scipio. Buffalora, mit der berühmten Brücke über den Tessin, 11 Granitbogen, 1260' lang (nur von der Waterloo-Brücke in London und der in Bordeaux über die Garonne übertroffen), 1828 vollendet. *Pavia* (Ticinum), Hauptstadt der gleichnahmigen Provinz, einst Residenz der longobardischen Könige, hat mit der Vorstadt 24.000 Einwohner, alte Mauern mit 12 Thürmen. An den alten Häusern sind die gothischen Spitzthürmchen bemerkenswerth, welche man zum Gedächtnisse erbaute, wenn ein Sohn den Doctorhut erhielt. — Bisthum, Universität, 1361 von Carl IV. gestiftet, Mahlerakademie *Malaspina*. Im Dome St. Augustins Alabaster = Grabmahl. — Durch eine berühmte, vierfache, schwarzmarmorne Schleuße mündet der Canal von Pavia (*Naviglio di Pavia*) in den Fluß. — 2 Stunden nördlich steht die berühmte Karthause (*Certosa*) von Sal. *Visconti* 1396 gegründet, 1841 wieder vom Orden besetzt. Es ist die prachtvollste aller Karthausen, und das Mausoleum des Erbauers ist das großartigste in Italien *).

Thal des Olona. Varese, reizend gelegene Stadt, mit zahlreichen, prächtigen Villen der Mailänder. In der Nähe die berühmte Wallfahrtskirche *Madonna del Monte*. Zwischen den Flüssen Lambro und Abba ist das reizende Hügelland Brianza, das lombardische Paradies, mit der dichtesten Bevölkerung in Europa, 13.100 Einwohner auf 1 ☐ Meile. — Am Lambro liegt weiterhin Monza (*Mogonlia*) mit 17.000 Einwohnern, einem berühmten Dome, schon im siebenten Jahrhunderte durch die Königin Theodolinda gegründet. In der Schatzkammer die eiserne Krone **). K. Sommer = Residenz und großer Park. Bedeutende Fabriken für Baumwoll = Waaren.

Das Thal der Abda heißt in seinem oberen Theile Valtellin, welches die Provinz Sondrio bildet (mit dem Thale von Chiavenna). Es ist eines der bedeutendsten südlichen Alpenthäler, reich an Viehzucht und rothem Weine. Aus Tyrol führt die berühmte Wormser = Straße herüber nach Worms (*Bormio*) mit sehr besuchten, heißen Bädern, und dem trefflichen Sauerbrunnen S. Catterina, beyde schon den Römern bekannt. Sondrio ist Hauptort der Provinz. Im untern Thale bildet die Abba ausgedehnte Sümpfe, und mündet bey Colico in den Comersee, wo die beyden Alpenstraßen über das Wormser = Joch und den Splügen zusammentreffen. Letztere kömmt durch das Merathal herab ***) (*Valle di mera*). Bey Plürs

---

*) Franz I. von Frankreich wurde in der Schlacht 1525 hier gefangen genommen.

**) So genannt von dem Nagel aus dem h. Kreuze, welcher in den Goldreif eingefügt ist, vom h. Gregor der Königin Theodolinde geschenkt.

***) Zweyter Haupttheil des Valtellins, einst eine eigene Grafschaft Cläven bildend.

(*Plurio*) fand 1618 der furchtbare Sturz des Berges Conto statt, wobei 1000 Menschen umkamen. Cläven (Claveuna, *Chiavenna*) ist der stattliche Hauptort. — Am Ende des westlichen Hornes liegt Como (Comum), Hauptstadt der gleichnahmigen Provinz, 4 Vorstädte, 17.000 Einwohner, Bisthum, Lyceum. Prachtvoller Dom von 1396, Monument des Physikers Volta, auf dem nach ihm benannten Platze.

Die Ufer des Sees sind mit reizenden Villen besetzt, darunter nordöstlich von Como die berühmte Pliniana mit einer intermittirenden Quelle und einem Wasserfalle *). Auf der Spitze der Halbinsel zwischen den beyden Seehörnern liegt Belaggio mit der berühmten *Villa Melzi*. Am Ende des östlichen Hornes liegt der Flecken *L e c c o*, wo die Adda den See verläßt.

Am Ostufer mündet bey Belluno (Kaskade des Orrido) das *Val Sassino*.

An der Adda weiterhin: *C a s s a n o*, Hauptübergang über den Fluß **). *G o r g o n z o l a* mit berühmten Käsefabriken. Lodi, Hauptstadt der gleichen Provinz, mit 18.000 Einwohnern, Bisthum, Lyceum, Steingut=Fabriken, berühmter Käse ***). *P i z z i g h e t o n e* ist eine kleine Festung.

Nebenthäler. *Val Brembana* das bedeutendste mit Eisenwerken, Heilquellen bey St. Pellegrino. — *Val Seriana* liefert ausgezeichnete Messerschmied=Waaren und ist höchst romantisch von 6 Gletschern geschlossen. Clusone ist der Hauptort. *Val Gundino* liefert viele Wollwaaren.

Am Serio liegt Crema, Hauptort der gleichen Provinz,

---

*) Plinius hatte in dieser Gegend 2 Villen, die höher gelegene *Tragoedia*, die freundlichere *Comoedia*, an deren Stelle steht die jetzige.

**) Hier erlitt Prinz Eugen seine einzige Niederlage, und hier vernichtete Suwarow's Sieg 1799 die cisalpinische Republik.

***) Brücke über die Adda, denkwürdig durch die mörderische Schlacht, in der die Franzosen 1796 siegten. *Lodi Vecchio* ist das alte Laus Pompeji; Lodi selbst gründete im J. 1158 Barbarossa.

einſt eine Feſtung, 8500 Einwohner, Bisthum, ausgezeichnete Leinenweberey *).

Das Thal des Oglio heißt zuoberſt *Val Camonica*, Haupt= ort Breno; zahlreiche Eiſenwerke. Am See gleiches Nahmens Iſeo mit vorzüglichen Färbereyen.

Das Seitenthal *Val cavallina* iſt eine der reizendſten Landſchaften. Trescorre hat ſehr beſuchte Schwefelbäder. Unweit der Vereinigung des Ollio und Cherio liegt *Chia-ri* mit mehr als 500 Seidenmühlen (*Filande*). Eugen's Sieg über Catinat 1701. Das Seitenthal des *Chiese Val Sabbia* treibt Tuchmacherey. *Rocca d'Anfo* am See von Idro iſt ein merkwürdiges Felſenkaſtell, der Graben iſt ganz aus Felſen geſprengt.

Bergamo (Bergomum), Hauptſtadt der gleichnahmigen Provinz, terraſſenartig anſteigend, mit 2 hochgelegenen Kaſtellen, 7 Vorſtädten, 65 Kirchen und 31.000 Einwohnern. Bisthum, Lyceum, gelehrte Geſellſchaft (*Cataneo*), Mahler=Akademie *Carrara*. Prachtvolle Kirchen, nahmentlich *Sta. Maria Maggiore*. Auf dem Berge liegt die Altſtadt mit ungewöhnlich hohen und ſtarken Mauern. Bedeutende Induſtrie und Handel, im Au= guſt eine berühmte Meſſe.

Brescia (ſprich Breſchia, Brixia) Hauptort der gleichna= migen Provinz, von Weinbergen umgeben, liegt an einem Canale, der in den Mella führt, iſt mit Mauern umgeben, hat 35.000 Ein= wohner. Ausgezeichnetes Trinkwaſſer von 72 Springbrunnen (nur Rom hat deren noch mehr). Bisthum, Lyceum, gelehrte Ge= ſellſchaft (*Ateneo*). — Eine der ſchönſten Domkirchen von 1604, ganz mit Marmor bekleidet; 264' hohe Kuppel. — Der merk= würdige alte Dom aus dem ſiebenten Jahrhunderte. Prachtvolles Stadthaus, zahlreiche Palläſte, Muſeum von römiſchen Alter=

---

*) Crema entſtand ähnlich wie Venedig, indem vor Alboin's Grau= ſamkeit die Anwohner auf die ſumpfige Inſel Fulcheria flüchte= ten, wo 570 eine Stadt entſtand, nach ihrem Oberhaupte *Cre-mete* benannt.

thümern *). Prachtvoller neuer Friedhof. Auf einem Hügel das Castell *Falcone di Lombardia*. Bedeutende Industrie, namentlich von Eisenwaaren, Waffen, (*Valtrompia* enthält die vortrefflichen Erzgruben). Stroh= und Filzhüte, Leder u. s. w.

Am Garda=See und Mincio:

Am westlichen lombardischen Ufer des Sees: Toscolano mit 34 Papiermühlen, ehemahliger Hauptort der Benacier. Campione mit Feuersteinbrüchen und Eisenhütten. Salò, reizend gelegenes Städtchen mit einer gelehrten Gesellschaft; römische Alterthümer.

Am südlichen Ende der Haupthafen *Desenzano*. Auf der Halbinsel Sermione Ruinen des vorgeblichen Landhauses des römischen Dichters Catullus. Am Austritte des Mincio aus dem See liegt die kleine Festung *Peschiera* (sprich Peskiera). Am östlichen venetianischen Ufer: Garda, das alte Benaco, welches dem See die Nahmen gab. —

Mantua (*Mantova*) Hauptstadt der gleichen Provinz, eine der stärksten Festungen, liegt auf 2 Inseln, in einem durch den Mincio gebildeten See, über welchen 4 Dämme führen; 5 Vorstädte, sämmtlich befestigt, 26.000 Einwohner, schöne Straßen, große Plätze. Bisthum, Lyceum, Virgilianische Akademie der Künste, deren Kunstgallerie in Italien die vierte im Range ist. 4 Theater; schöner Dom.

Im Pallaste *del Té* der berühmte Gigantensaal mit G. Romano's Fresken, Virgil's Denkmahl *). Am Westende des Sees steht die berühmte Wallfahrtskirche *Sta. Maria*

---

*) Brescia, römische Colonie, wurde von den Longobarden neu erbaut. Mitten in der Stadt steht der zum Theil noch erhaltene Tempel des Hercules, in welchem die Alterthümer aufgestellt sind, darunter die 1826 gefundene Statue der Victoria, die schönste aller antiken Bronzefiguren.

**) Mantua war 300 Jahre früher als Rom von den Etruskern erbaut (?). In dem nahen Pistola (Andes) wurde Virgil geboren „Mantua me genuit". — Belagerungen Mantua's 1630 durch Collalto; 1796 durch die Franzosen; 1797 durch Krai. Auf dem Petersplatze wurde Andreas Hofer erschossen.

delle grazie, 1399 gegründet. An der Mündung des Flusses in den Po liegt Governolo, wo 452 Papst Leo den Attila zum Frieden bewog.

Am linken Ufer des Po, von West nach Ost:

Beigiojoso (sprich Beldschiojoso) mit prachtvollem Schloße. Hier schlug Hannibal den Scipio.

Cremona, Hauptstadt der gleichnahmigen Provinz mit 28.000 Einwohnern, Festungswerken, 45 Kirchen, schönen Plätzen und breiten Straßen, Bisthum, Lyceum, Antiken-Museum *Vidoni*. Prachtvoller Dom aus dem 12. Jahrhunderte mit 40 Marmorsäulen. *Ostiglia* (Hostilia) ist Geburtsort des Cornelius Nepos. Adria, uralte Stadt von 11.000 Einwohnern, (von den Pelasgern gestiftet) gab dem Meere den Nahmen, das aber jetzt 2½ Meilen sich zurückgezogen hat, durch Erhöhung des Bodens. Bisthum. —

§. 58.

Östliche Theile. Venetianische Provinzen.

Das Thal der Etsch. Der Engpaß Klausen (*Chiusa*) ist die Pforte von Italien, einst stark befestigt.

Am jenseitigen Ufer das Schlachtfeld von Rivoli mit einem Monumente. Massena's Sieg über Alvinzi, wodurch Mantua kapituliren mußte. Napoleon erhob den Sieger zum Herzoge von Rivoli. Im *Val caprino* der berühmte Wallfahrtsort Corona.

Verona (Colonia Augusta, Verona nova Gallieniana), Hauptstadt der gleichnahmigen Provinz, beyderseits des Flusses, mit 52.000 Einwohnern, festen Mauern und 3 Kastellen. — Bisthum, Lyceum, Akademie der Künste, Antiken-Museum. Von den 5 Brücken hat *Ponte del Castel vecchio* einen der größten Bogen, 137' weit. Ehrwürdiger gothischer Dom. In der Kirche St. Zeno Pipin's Grab. Im Garten der Franziskaner-Kirche der Sarg von Romeo und Julie. (?) Die berühmten Mausoleen der Scaliger. Der prachtvolle Pallast Canossa. Überaus prächtiger neuer Friedhof mit einem Pantheon berühmter Veroneser; zahlreiche römische Alterthümer; die berühmte Arena aus Granitblöcken mit weißem Marmor belegt, innen gut erhalten. Industrie in Seide, Tuch ꝛc. *).

Weiterhin an der Etsch die Schlachtfelder von Caldiero und Arcole **). Die Festung L e g n a g o und R o v i g o, befestigte Hauptstadt der gleichen Provinz (*Polesine*) 9500 Einwohner, Residenz des Bischofs von Adria, gelehrte Gesellschaft.

/ T h a l d e s A g n o (*Val d'Agno*). Der berühmte Kurort *Reccoaro* und der durch seine Fischversteinerungen merkwürdige *Monte Bolca*; V a l d a g n o ist der Hauptort. ⸗

Am *B a c h i g l i o n e*: *V i c e n z a*, Hauptstadt der gleich=nahmigen Provinz, sehr mahlerisch an den Abhängen der Berici gelegen. Doppelte Mauern, 31.000 Einwohner, Bisthum, Ly=ceum, gelehrte Gesellschaft, Antiken = Museum, Prachtvolle Palläste von Palladio (hier geboren), berühmtes olympisches Thea-ter, römische Ruinen. Industrie in Seide, Leder und Geschirr. Berühmte Wallfahrtskirche *Madonna del Monte Berico*.

P a d u a (Patavium, *Padova*) in reizender gartenähnlicher Ebene, vom Fluße und mehreren Canälen durchschnitten. 53.000 Einwohner, breiten Graben, alte Mauern mit 7 Thoren, enge, düstre Straßen, große Plätze, darunter der schöne Prato mit vierfachen Alleen und 80 Statuen berühmter Paduaner. Bisthum, Universität seit 1223, mehrere große Bibliotheken. Prachtvolle Kirche des Schutzheiligen St. Antonius, mit dessen Grab. Die *Sta. Giusta*, Benedictinerkirche, eine der prachtvollsten in Ita-lien, 1530 von Palladio erbaut, mit 232' hoher Kuppel. Das Rathhaus von 1172 mit Gallerien auf 600 Säulen, und dem

---

*) Verona ist Vaterstadt der römischen Schriftsteller Catullus, X. Celsius, Vitruvius, Plinius sen., wurde 4 Jahrhunderte vor Christo gegründet, nachmahls Theodorich's und Pipin's Residenz; die Schlacht des Marius und der Cimbern, Otto und Vitellius, Decius und Philippus , Constantin und Marentius, Stilico und Alarich, Narses und Totila.

**) Sieg des Erzherzogs Carl bey Caldiero 1805. Sieg Napoleon's über Alvinzi bey Arcole (der berühmte Sturm auf die Brücke über den Alpone).

größten Saale in Europa, 256' lang, 86' breit, ohne Pfeiler. Berühmte Messe. Südlich liegen die vulkanischen Euganeen-Berge, mit den berühmten heißen Schwefelquellen von Abano (Aponum), Livius Geburtsort, dem Dörfchen *Arquà* mit Petrarca's Haus und Grab und dem prachtvollen Schlosse *Catajo*. Die Stadt Este, von 8500 Einwohnern, ist der Stammsitz der gleichnahmigen erzherzoglichen Dynastie.

Im Thale der Brenta ist der Engpaß Kofel (*Covolo*) der Eingang nach Italien. Zwischen der Brenta und dem Astico liegt das Gebiet der sieben deutschen Gemeinden (*Sette Comuni*), deren Hauptort Assiago.

Bassano, zu beyden Seiten des Flusses, mit sehr hohen, alten Mauern, 6 Thoren, gut gebaute ansehnliche Stadt von 12.000 Einwohnern. Im unteren Laufe sind die Ufer des Flusses mit reizenden Villen der Venezianer geziert, darunter die königliche in Stra. In Fusine schifft man sich ein nach Venedig.

Im Thale der Piave: Cadore (*Piave di Cadore*) des Mahlers Titian Geburtsort, ist Hauptort des oberen Thales, reich an Eisenwerken. — Belluno, Hauptstadt der gleichnahmigen Provinz. 12.000 Einwohner. Bisthum, prachtvoller Dom von Palladio. Im Seitenthale *Val imperina* liegt Agordo mit Kupfergruben. Die alte Stadt Feltre hat ein Lyceum, und das älteste Leihhaus in Europa, im fünfzehnten Jahrhunderte gestiftet.

Am Flusse Sile liegt Treviso (Tarvesium), Hauptstadt der gleichnahmigen Provinz mit 20.000 Einwohnern, gelehrte Gesellschaft.

Bey Asolo liegt Possagno, Geburtsort des Bildhauers Canova, der hier eine prachtvolle Kirche bauen ließ. — Bey Mestre schifft man sich nach Venedig ein und hier beginnt auch die Lagunenbrücke.

An der Livenza liegt Sacile (Sieg des Erzherzogs Johann 1809). Caorle mit einem Hafen, die erste Residenz der Dogen.

Am Tagliamento:

Venzone mit einer Gruft, in welcher die Leichen zu natürlichen Mumien vertrocknen. Hier mündet das Thal der Fella, durch welches die Hauptstraße von Kärnthen herabkommt; Grenzort ist Ponteba. —

St. Daniele am Tagliamento treibt bedeutenden Handel mit Schinken.

Udine, Hauptstadt der gleichnahmigen Provinz, 23.000 Einwohner (von Friaul), liegt in fruchtbarer Ebene an 2 Kanälen, um den Schloßberg herum, mit den Ruinen des Kastells. Prachtvolle Hauptwache, Denkmal des Friedens von *Campo formio* und Kaisers Franz I. Bisthum, Lyceum, gelehrte Gesellschaft, philharmonisches Institut, großartiger Friedhof.

Südöstlich liegt die kleine Festung *Palma nuova*. Westlich Cividale (Forum Julii) mit einer schönen Brücke über den Natisone und herrlichen gothischen Domkirche. Museum für Alterthümer.

Statiſtiſche Überſicht von der

Flächeninhalt, Wohnorte

Delegationen	Flächeninhalt in öſterreich. in ☐ Meilen	Wohn:	
		Städte	Märkte
Lombardei.			
Mailand — Hauptſtadt	33·7	1	—
Die übrige Delegation .		1	19
Brescia	59·0	1	15
Cremona	23.6	2	8
Mantua	40·8	1	24
Bergamo	73·1	1	5
Como	49·3	2	24
Pavia	18·2	1	6
Lodi	20·8	2	9
Sondrio	56·6	1	8
Summe mit Militär	375·1	13	118
Venedig.			
Venedig — Hauptſtadt	47·7	1	—
Die übrige Delegation .		2	15
Verona	49·5	2	41
Udine	113·9	2	31
Padua	37·6	3	41
Vicenza	49·0	4	28
Treviſo	42·0	6	37
Rovigo	19·3	4	23
Belluno	56·0	2	19
Summe mit Militär	415·0	26	235
Hauptſumme .	790·1	39	353

Lombardie und Venedig.

und Bevölkerung.

orte		Häuser	Familien	Bevölkerung	Ein= wohner auf eine □ Meile
Dörfer	Zu= sammen				
—	1	4.735	40.100	151.438	16.516
370	390	24.608	65.084	405.145	
221	237	57.625	74.954	346.001	5.865
172	182	23.771	38.792	199.007	8.432
50	75	36.731	57.364	259.227	6.354
354	360	50.179	71.893	360.896	4.937
501	527	44.128	68.094	394.869	8.010
187	194	19.883	34.199	163.677	8.993
185	196	21.082	46.063	214.327	10.304
70	79	21.209	19.872	93.939	1.660
2.110	2.241	303.951	516.415	2.621.680	6.989
—	1	15.371	22.920	126.768	6.256
38	55	26.706	32.275	171.652	
72	115	56.751	65.740	296.546	5.990
150	183	63.587	69.406	410.589	3.604
59	103	54.907	63.334	303.456	8.070
99	131	59.032	68.624	332.137	6.778
60	103	42.743	48.121	277.612	6.610
30	57	25.430	29.049	144.440	7.484
45	66	20.411	25.031	144.796	2.585
553	814	364.938	424.500	2,242.927	5.405
2.663	3.055	668.889	940.915	4,864.607	5.687

Siebenter Abschnitt.

Das Königreich Dalmatien.

(Regnum Dalmatiae).

(222 ☐ Meilen, 406,000 Einwohner, 1826 auf 1 ☐ Meile.)

§. 59.

Gränzen, Eintheilung.

Dalmatien hat fast durchgehends natürliche Gränzen; an der Westseite das adriatische Meer, im Norden das Vellebich=gebirge gegen Croatien (Karlstädter=Militärgränze); im Osten die dinarischen Alpen gegen das türkische Paschalik Bosnien (türk. Croatien, Bosnien, Herzegowina und Montenegro). Der Ragusaner Kreis ist aber durch schmale Streifen türkischen Gebiethes, welche bis zum Meere reichen, nördlich vom Kreise von Spalato, südlich von jenem von Cattaro getrennt.

Politische Eintheilung.

Ein Gouvernement (in Zara) in 5 Kreisen, von Zara, Spalato Ragusa, Cattaro, welche in der angegebenen Reihe von Nord nach Süd, auf einander folgen.

§. 60.

Gebirge.

1. Die dinarischen Alpen.

Dalmatien ist eigentlich ein Bergland, eine Fortsetzung des

---

*) Diese Landstriche, der nördliche eine Meile, der südliche nur ½ Meile breit, trat einst die Republik Ragusa an die Türkey ab.

illyrischen Karstes (siehe Illyrien) deſſen Hochrand ſich als Fort=
ſetzung des Kalkgebirges der juliſchen Alpen vom Schneeberge bey
Laas, über das croatiſche Kapellogebirge herabzieht und mit dem
Vellebich als Gränzgebirge eintritt, in welchem der Swéti Brdo
5570' erreicht. Jenſeits des Durchbruches der *Zermagna* erhebt ſich
der Urlicza, die breyfache Gränze von Dalmatien, Croatien und
Bosnien. Der Hauptzug tritt nun nach Bosnien über, ein anſehlicher
Arm bildet aber weiterhin in ſüdöſtlicher Richtung die Landesgränze
mit dem *Monte Dinara* von 5730 Fuß, daher d i n a r i ſ c h e
A l p e n genannt, welche jenſeits der Narenta das Land verlaſſen.

2. D a s d a l m a t i n i ſ c h e K ü ſ t e n g e b i r g e, ein Arm der
vorigen, läuft vom Vellebich aus, enthält den botaniſch intereſſan=
ten *Bioccovo* von 5600 Fuß, und bildet jenſeit der Narenta die
Gränze. Dieſem gehört der höchſte Berg des Landes an, der *Orien*
im Kreiſe Cattaro, mit 6000'.

Dieſes Küſtengebirge bildet aber meiſtens nur einzelne
Berggruppen, und erſt jenſeits dem Narenta=Thale von
Trescovaz an, wieder eine förmliche Kette. Mit den di=
nariſchen Alpen ſchließt es in ſeinem Beginne das frucht=
bare Hügelland Zagorje ein. Vom *Bioccovo* zieht ſich zu
den Alpen die Hochebene Poglizza hinüber.

3. D a s K a r ſ t l a n d, liegt am Fuße dieſer Bergzüge, ein
Gewirre von Keſſel= und Muldenthälern, mit einzeln emporra=
genden Hügeln, tief eingeriſſenen Waſſerläufen, gegen das Meer
faſt überall eine Steilküſte bildend. Die zahlreichen Inſeln
tragen denſelben Character; es ſind Felſenplateau's, welche nach
allen Seiten Hochränder haben, die ſchroff in das Meer abſtür=
zen. *S. Vito* auf der Inſel *Brazza* erreicht 2500 Fuß.

Zahlreiche P ä ſ ſ e führen durch die ſchroffen, öden Kalkklip=
pen der dinariſchen Alpen, deren bedeutendſter jener von Popina, in
dem Thale von Zermagna, vor Erbauung der Straße über den Velle=
bich, die einzige Verbindung von Croatien und Dalmatien war.

Sehr betreten iſt der Paß *Vrillo* an der *Dinara* ſelbſt,
Torre di Prolog u. ſ. w.

T h ä l e r, im eigentlichen Sinne, gibt es in Dalmatien nicht.

Neue Geographie I. Thl. J

Die größte Thalmulde ist die der *Cettina*, ¾ Mln. breit, die sich aber gleich bey *Duare* wieder zur Schlucht verengt. Eben so wenig gibt es Ebenen, die größte Fläche zwischen Knin und Ostrovizza ist 2 Meilen lang, 1½ breit.

An Höhlen ist Dalmatien (als ein Karstland) vermuthlich sehr reich, es sind deren aber bisher nur einige unbedeutende bekannt geworden.

Am Berge *Snieκnizza* ist die ansehnlichste, die Äsculapsgrotte 90′ lang, einen kleinen Teich enthaltend *). Die Höhle von *Verlicca* enthält schöne Tropfsteine. Die Höhle bey *Bossoglino* enthält drey in Felsen gehauene Kapellen.

§. 61.
Gewässer.

Flüsse. Dalmatien ist ein wasserarmes Land und hat nur Küstenflüsse. Von Nord nach Süd sind bemerkenswerth: 1. Die Kerka, bey Knin am *Monte Hersovacz* entspringend, 10 Meilen lang, bey *Sebenico* mündend. Sie bildet fünf Wasserfälle, deren letzter bey *Scardona* einer der schönsten in der Monarchie ist. Über einen Halbkreis von Felsen, die mit üppiger Vegetation überzogen sind, stürzt der Fluß in großer Ausdehnung herab, zwar nur 25′ hoch, aber in zahllosen kleinen Fällen in eine Bucht, bis zu welcher kleinere Seeschiffe vordringen können.

2. Die *Cettina*, entspringt am *Monte Dinara* und fällt nach 12 Meilen bey *Almissa* in's Meer. Bey *Duare* bildet sie einen großartigen Sturz von 100′ Höhe, in einer engen Felsschlucht, *Vellika Gubavizza* genannt.

3. Die Narenta, ist der bedeutendste Fluß (Naro — Neretva) am *Sugliava* in der Herzegowina entspringend, nach 16 Meilen in das Land eintretend, aber schon nach 2½ Meilen in 10 Mündungen das Meer erreichend. In Dalmatien ist sie 12′ tief und bildet Sümpfe von 4½ ☐ Meilen.

4. Das Ombla = Flüßchen bey Ragusa ist zwar nur

---

*) Der Sage nach, soll sie Cadmus bewohnt haben, als er von den Argiern vertrieben, hier bey den Enchelern im Canal-Thale Zuflucht suchte.

¼ Meile lang, aber bis zum Ursprunge schiffbar, so stark ist die Quelle. Vermuthlich verliert sich die Trebenstizza in der Herzegowina in die Erde und bricht hier zu Tage. Die meisten kleinen Inseln haben gar kein Quellwasser, daher man sich mit Cisternen helfen muß.

Seen.

Der See von Brana ist der einzige eigentliche See, 2¼ ☐ Meile groß, durch 42 unterirdische Canäle mit dem Meere in Verbindung, von dem ihn nur eine schmale Landenge trennt.

Bey Vergoraz liegen die 3 kleinen Seen Rastoch, Jezeraz und Jezero *), welche ineinander ablaufen, und einige Ähnlichkeit mit dem Zirknitzer See in Krain haben, indem sie periodisch schwellen und austrocknen.

Mineralquellen sind nur 3 unbedeutende im Gebrauche. Bey *Verlicca*, Spalato und Ragusa.

Das adriatische Meer bespült die dalmatischen Küsten mehr als 60 Meilen lang, die zahllosen Buchten ungerechnet. Durch die vielen Halbinseln, Vorgebirge und Inseln werden eine Menge von Canälen, Buchten und Bayen gebildet, für die Schiff-Fahrt eine große Wohlthat, da die Küste fast durchaus sehr steil ist und an großen Strecken selbst das kleinste Fahrzeug nicht landen könnte.

Die Hauptcanäle sind *Canale della Morlacca*, 12 Meilen lang, zwischen der Küste und den Inseln *Arbe* und *Pago*; zwischen diesen und *Cherso* der *Quarnerolo*; zwischen der Küste und den Inseln *Ugliano* und *Pasman* der 7 Meilen lange *Canale di Zara.*

Die größten Meerbusen sind jene von Spalato und die *Bocca di Cattaro*, eine Sförmige, 4 Meilen landeinwärts reichende Bucht.

Das Klima von Dalmatien ist sehr verschieden im Innern und an der Küste, aber im Allgemeinen das wärmste aller österreichischen Länder. In Cattaro steigt die mittlere Tempe-

---

*) Jezero ist ein slavisches Wort, überhaupt stehendes Wasser bezeichnend.

J 2

ratur auf + 14. 8 Reaumur, wie in Sicilien. Auf den Al=
pen bleibt der Schnee bis zum Juny liegen, an der Küste hat
man nur an wenigen Tagen Schnee, und statt des Winters nur
eine Regenzeit. Diocletian zog das Clima von Dalmatien und
die herrliche Vegetation jener von Italien vor, aber seit dem
Aushauen der Wälder ist es zwar noch immer gesund, aber so
trocken geworden, daß man jährlich kaum 60 Regentage zählt.
Der Nordostwind, *Bora*, herrscht hier im Winter, so wie in Illy=
rien, und wird der Schifffahrt gefährlich, im Sommer der glü=
hend heiße Südost *Scirocco*. Die südlichen Gegenden erleiden
jährlich Erdbeben.

§. 62.
Das Volk.

Die Einwohner bestehen aus 320,000 Slaven, 40,000
Italienern, 1000 Deutschen und 500 Juden *). Die Damaltiner
Slaven, gehören überhaupt zum serbischen Stamme, so auch ins=
besondere die Morlachen (140,000), welche die Gebirgsgegenden
bis zur Narenta hinab bewohnen **). Der Dalmatiner ist ein schö=
ner, großer Menschenschlag, mit kräftigem Muskelbau, sehr abge=
härtet, Haar und Augen dunkel. Er lebt außerordentlich einfach,
meistens von Vegetabilien, nahmentlich Feigen und Melonen, an
der Küste von Fischen. Brod ist selten, dafür Maiskuchen (*Po=
gaccie*) in heißer Asche gebacken. Der Morlache liebt Milchspeisen.
Kein österreichisches Land hat so viele, oft höchst sonderbare Trach=
ten. Hosen nach ungarischem Schnitte und braune Tuchjacken sind
am allgemeinsten, so wie Sandalen von ungegerbter Ochsenhaut
(Opanken), welche mit vielen schmalen Riemen festgebunden wer=
den. Auf schöne Waffen hält der Dalmatiner sehr viel.

§. 63.
Nahrungsquellen.

Der Getreidebau beschränkt sich auf die Thäler und einzelne

---

*) 1502 aus Spanien vertrieben.
**) Den Slaven wies Kaiser Heraclius 620 das Land zum Wohnsitze an;
das Ragusanische gilt als die reinste Sprache. Die Morlachen sind
Serben, welche im 14. Jahrhunderte vor den Türken hieher flüch=

fruchtbare Gegenden der Küste, Gerste und Mais sind die Haupt=
früchte. Feigen, Melonen, Granatäpfel, Johannisbrod und die
Steinweichsel (Prunus Mahaleh) gedeihen vortrefflich. Der Erd=
beerbaum (Arbutus unedo) deſſen Früchte eßbar sind, iſt ſehr häufig.
Hauptproducte sind Öhl und Wein, welcher letztere in Schläuchen
aus Ziegenfellen aufbewahrt wird. Bemerkenswerthe Gewächse
sind auch der Maſtix und Terpentin=Strauch, die Myrthe, die
Marraſche, die Cypreſſen und die Dattelpalme in einigen Gär=
ten, deren Früchte in guten Jahren auch reifen. Schafzucht iſt
bedeutend, noch mehr aber die Ziegenzucht. Der Honig von der
Inſel Solta iſt ſehr berühmt. Die Seidenzucht kömmt erſt in
Aufnahme.

Die Jagd auf Zugvögel, nahmentlich Wachteln und wilde
Änten, iſt ſehr ergiebig. In der Narenta gibt es auch viele Rei=
her, welche ihrer Kopffedern wegen gejagt werden. Der Fiſch=
fang iſt eine Haupterwerbsquelle, nahmentlich in Liſſa auf Sar=
dellen und in der Narenta auf Aale. Die Auſtern von Novigrad
sind die größten in Europa. Merkwürdig iſt der Schakal (Canis
aureus), der sich in Europa allein auf der Inſel Curzola und ih=
ren Nachbarn findet. In den Gebirgen findet sich die giftige Sand=
viper (Vipera Ammodytes) und die Tarantel. In einer Höhle
bey *Verlicca* wurde auch der merkwürdige Proteus anguinus
gefunden.

An Mineralien iſt Dalmatien arm. Metalle hat es gar
keine, aber ſehr reiche Kohlen= (bey Dernis) und Erdharz= (As=
phalt)= Gruben. Der weiße Kalkſtein von Curzola, die Marmore
von Brazza u. ſ. w. Salinen gibt es zu Pago und Stagno.

Die Induſtrie iſt unbedeutend; die Fabrication von Liqueu=
ren*) und Schiffbau sind am wichtigſten. Der Dalmatiner iſt aber
vielleicht der tüchtigſte Seemann in Europa.

---

teten; ihr Nahme ſoll ſo viel bedeuten, als „Bewohner der Meeres=
küſte.“

*) Der berühmte Maraſchino wird aus der Steinweichsel (Prunus Ma-
rasco) erzeugt.

Kunststraßen erhielt Dalmatien erst durch die österrei=
chische Regierung und hat deren zwey. Die innere Hauptstraße
(*Strada maestra interna*) führt von Karlstadt über das Velle=
bich=Gebirge nach Zara und dann bis an die Marenta, 40 Mei=
len, ist aber von Sign südlich nur für Karren befahrbar. Die
Küstenstraße (*Strada maritima*) von Zara aus, dient auch der
Post, endet aber in Spalato, 14 Meilen; weiterhin besteht nur
Reitpost. Von Triest befährt ein Dampfboot wöchentlich die ganze
Küste bis Cattaro; außerdem bilden die *Traghetti*, einmastige
kleine Schiffe, eine Art Wasserpost.

§. 64.

Ortsbeschreibung. Zara, die Küste.

Zara (Jadar) die Hauptstadt des Königreichs und des gleich=
nahmigen Kreises, liegt auf einer Erdzunge, die von zwey Canä=
len durchschnitten ist. Die Stadt ist eine regelmäßige Festung mit
6600 Einwohnern. Nur die 2 Hauptstraßen haben Wagenbreite.

Gubernium, Erzbisthum, Lyceum, Gymnasium, Ackerbau=
Gesellschaft, Landesmuseum und *Museo Pellegrino* für Alterthü=
mer. Der Dom ist ein stattlicher Bau des Dogen Heinrich Dan=
dola von 1200.

An der Küste von Nord nach Süd, liegen folgende Orte:

Nona (Nin) das römische Aenona, 640 durch die Ava=
ren zerstört, durch 2 Brücken mit dem festen Lande verbun=
den. *Zara vecchia* (Alt=Zara, Zadera, Stari - Jadar)
auf der Stätte des alten Alba maris (Jadera?) Vrana
am gleichnahmigen See, mit Ruinen eines Templerschloßes.

Sebenico (Sibenik) Kreisstadt mit 2 Vorstädten, 5000 Ein=
wohnern, ist amphitheatralisch einen Berg hinargebaut, so, daß die
Straßen durch Stiegen mit einander verbunden sind. Drey Forts
vertheidigen die Stadt*). Prachtvolle Domkirche von 1536, mit
einem Dache aus Marmorplatten. Auch die *Loggia* ist ein merk=

---

*) Eines derselben heißt *Il Barone* zur Erinnerung an den tapfern
Vertheidiger gegen die Türken 1648, den Baron Degenfeld.

würdiger, alter Bau. Katholisches und griechisches Bisthum. Ausgezeichneter Weinbau, ergiebiger Fischfang.

Sebenico liegt an einem Meerbusen, der durch den 100 Schritt langen *Canale di San Antonio* mit der offenen See zusammenhängt, und durch ein Fort vertheidigt wird.—
Traù (Troghir, das alte Tragonium) liegt auf einer Halbinsel, die man durchstochen und dadurch zur Insel gemacht. Eine gemauerte Brücke führt auf die 350' entfernte Insel Bua. Trau hat die schönste gothische Domkirche des Landes. Fruchtbare Gegend. Weiterhin liegen die sieben Dörfer *Castelli*, sogenannt von den Ruinen der Burgen, welche zum Schutze gegen die Türken erbaut wurden.

Spalato (Split, das römische Spalatium) Kreisstadt von 9900 Einwohnern, reizend gelegen; der lebhafteste Ort im Lande*). Es liegt halbmondförmig in einer Bucht, ist schlecht gebaut, aber durch seine Alterthümer sehr merkwürdig. Bisthum, Gymnasium. Von dem Pallaste des Diocletian (eine Gruppe von Gebäuden, die 650' lang, 510' breit war) steht am Hafen noch zum Theil die Halle von 50 Säulen, das Vestibulum, die Bäder, der Tempel des Jupiters (jetzt die Domkirche) der kleine Tempel des Äsculap (die Taufkapelle *Giovanni*). In Spalato war der Palast des Kaisers, die eigentliche Stadt war *Salonae* und stand bey dem jetzigen Dörfchen *Salona*, wo zahlreiche Ausgrabungen veranstaltet werden, für welche ein eigenes Museum besteht. —

Eine Meile landeinwärts liegt die Bergveste Clissa (Klis) das Anderium der Alten, die Ruinen eines römischen Standlagers. Macarsca (Rotaneum, Makauka) ehemahls Hauptstadt des Landstrichs Primorje**) hat gutes Quell-

---

*) Kaiser Diocletian, selbst ein geborner Dalmate, baute sich im J. 304 hier einen Palast, von dem es hieß „daß kein Plan und keine Beschreibung ihn erreiche,“ den er 9 Jahre bewohnte. Als das benachbarte Salonae 640 zerstört wurde, flüchteten die Einwohner in die Ringmauern des Palastes, der ihnen als Festung diente und groß genug war, daß in ihm eine kleine Stadt entstehen konnte, deshalb Palatium, dann Spalatium genannt, die jetzige Altstadt.

**) Das alte Parathalassia. 1815 brach die Pest hier aus und raffte 8000 Menschen weg.

waſſer und eine ſchöne Kirche. Die 9 Meilen lange Halb=
inſel *Sabioncello* iſt bey ihrem Beginne nur ¼ Meile breit
und zwiſchen dem Dorfe *Stagno piccolo* und dem jenſeitigen
Städtchen Stagno (**Turris Stagni**, Stan) durch eine feſte
Mauer abgeſperrt, welche die Raguſaner 1133 erbauten.
Hier ſind Salinen.

Ragu ſa (**Racchiusa=Klauſe**, Dubrownik, Paprownik)
Hauptſtadt der ehemahligen Republik und des gleichnahmigen
Kreiſes, der bedeutendſte Handelsplatz im Lande, von 6000 Ein=
wohnern, liegt mahleriſch am ſteilen Abhange des Berges *Ser-
gio*, hat doppelte, ſtarke Mauern mit Thürmen, Baſteien und
4 Thoren, maſſive Häuſer aus Stein, (die Küchen unter dem
Dache) aber nur eine fahrbare Straße und gar keinen Platz.
Bisthum, Piariſten=Gymnaſium. Ausgezeichnete Gebäude ſind:
die Domkirche, der alte Regierungspalaſt, die Mauth (*Doga-
na*). Vier Forts vertheidigen die Stadt.

Außerhalb liegt der Bazar (Markt), wohin die türki=
ſchen Carawanen unter Bedeckung kommen. Raguſa hat
auch eine 6 Miglien lange Waſſerleitung, gutes Trink=
waſſer; Wein, Ohl und Seide gedeihen vortrefflich*).
Gravosa iſt der Hafen der Stadt, einer der größten und
beſten der Welt, an einer nahegelegenen romantiſchen
Bucht. Hier ſind Werften und die Landhäuſer der Patri=
zier**) Alt=Raguſa (*Ragusa vecchia*, Epidaurus)

---

*) Raguſa gründeten Flüchtlinge aus *Ragusa vecchia* (Alt=Ra=
guſa), als dieſes 626 durch die ſlaviſchen Treburier zerſtört wurde.
1358 begab ſich die kleine Republik unter ungariſchen Schutz und
zählte 1440 — 55,000 Einw. 1548 raffte die Peſt 7000, 1562
aber 20,000 Menſchen hin und beym Erdbeben 1667 kamen 5000
um. Dieſe Schläge erſchütterten den Wohlſtand, endlich brand=
ſchatzten die Franzoſen 1799 — 70,000 Ducaten. — 1814 kam
Raguſa durch Capitulation an Öſterreich.

**) Hier wurden die 100 Schiffe gebaut und bemannt, mit denen
Carl V. nach Tunis zog, hier ein großer Theil der „unüberwind=
lichen Armada.“ — An dem kleinen Felſenlande Lacroma, landete
1192 Richard Löwenherz und baute zum Danke für ſeine Rettung,
die Domkirche der Stadt, welche ſeit dem Erdbeben 1667 in Rui=
nen liegt. 1396 landete hier auch König Sigmund von Ungarn,
nach der unglücklichen Schlacht von Nicopolis. —

hat einige Alterthümer und eine Höhle in der Nähe. Die *Bocca di Cattaro* (schlechtweg die *Bocca* genannt und die Einwohner die Bocchesen) besteht aus 3 Baffins oder Buchten durch Meerengen getrennt. Am ersten liegt das alte Städtchen *Castelnuova* (Neocastrum, Kastel nowi) und der Hafenort *Porto Rose*. Um die Halbinsel Luftiza herum, gelangt man in das zweyte Baffin, an deffen Ufern ein ausgezeichneter Wein wächst, Marzemin. Durch die Meerenge *Le Cattene* (so genannt, weil sie einst durch eine Kette gesperrt wurde) nur 100 Schritte breit, betritt man das dritte höchst mahlerische Baffin, in welchem 3 kleine Inselchen liegen, am östlichen Ende das Dorf Dobrota mit den Landhäusern der Bocchesen, und am südlichen Ende

Cattaro (Kottar), Hauptstadt des ehemahligen venetianischen Albanien und jetzigen gleichnahmigen Kreises. Die Stadt ist stark befestigt, durch starke Mauern mit 3 Thoren und mehrere Forts aber schlecht gebaut. Bisthum, Bazar für die Montenegriner. Die südlichste Stadt des Kaiferreiches ist das kleine Budua und der südlichste Punct ein Befestigungsthurm *Torre Boscovich* *).

§. 65.
Das Innere, die Inseln.

Das Innere. Von Süd nach Nord. (Die nördlichen Kreise von Zara und Spalato).

An der Kerka liegt Knin (Arduba) an der alten Straße aus der Licca, mit einer alten Bergfestung, in einem fruchtbaren Thale. Am obersten Kerka = Fall, bey dem Dörfchen Kistagne, sieht man die Ruine des Triumphbogens Trajans. Unweit der Mündung der Kerka, liegt der ansehnliche Markt Scardona nächst dem großen Wasserfalle. An der *Ciccola* liegt der Flecken Dernis, in deffen Nähe das alte Promona stand, wo man noch Reste der Mauer sieht, die Augustus gegen die Illyrier erbaute. An der *Cettina* liegt der Gesundtrunnen *Verlicca* und eine

---

*) So genannt nach dem Ragufaner Astronomen Boscovich, der hier 1750 eine Gradmessung veranstaltete, gewöhnlich aber Triplex confinium genannt, weil hier Österreich, Montenegro und Türkisch-Albanien zusammenstoßen.

Höhle. Sign ist einer der bedeutendsten Orte, in dessen Nähe der Gränzposten. Han, wo ein besuchter Bazar gehalten wird. Ruinen des alten Aequum. Bey Duare sind die mahlerischen Fälle der *Cettina*. Die fahrbare Landstraße (*Strada maestra interna*) endet am Narenta = Fluß bey dem festen Thurme *Torre di Norin*. Hauptort des Narenta-Districtes ist Fort Opus in sehr ungesunder Lage *). Bey Vergoraz sind die berühmtesten Asphaltgruben.

Die Inseln von Nord nach Süd.

An 50 größere Inseln und eben so viele größere Scoglien (Felseninseln, die theils gar nicht, theils nur zeitweilig von Fischern, bewohnt sind) liegen vor der Küste. Die nördlichste ist **Arbe** (**Arbum, Rab**) mit dem gleichnahmigen Städtchen **Pago** (**Lissa, Pag**) ist 18 Meilen lang; 5000 Einwohner, welche als die betriebsamsten Insulaner gelten. Weinbau, Schafzucht, Fischfang, Kohlengruben, Salinen.

Uglian (**Uljan**) bildet den Canal von Zara, dessen Einwohner hier einige Villen haben.

Im Golf von *Sebenico* liegen allein 60 Scoglien. **Bua** war unter den griechischen Kaisern ein Verbannungsort für Hofbeamte.

Die größte Insel ist **Brazza** (**Brattia, Brac**), 13½ ☐ Meilen, 12,500 Einwohner. Sie ist durchaus gebirgig, erzeugt Wein, Öhl und hat vorzügliche Weiden.

Lessina (**Pharia, Far**) hat ihren Nahmen „Schusterahle" — von ihrer Gestalt, 9 Meilen lang, aber nur eine Meile breit. Das Clima ist so mild, daß die Dattelpalme zu Zeiten reife Früchte bringt. Der Hauptort Lessina, hat ein Bisthnm, schönes Stadthaus, trefflichen Hafen.

Lissa (**Issa, Vis**) mit dem gleichnahmigen Hauptort, ist militärisch wichtig; vortrefflicher Hafen, Station einer Abtheilung der Kriegsflotte.

Curzola (**Corcyra, Korcus**) mit der gleichnahmigen Hauptstadt, erhielt ihren Nahmen *Corcyra nigra*, von den dunklen Na-

---

*) Die jährlichen Überschwemmungen der Narenta sollen den Boden der Insel Opus seit den Römerzeiten um 10 Fuß erhöhet haben.

belwäldern, jetzt verschwunden. M e l e d a (Melita, Mljet) durch=
aus gebirgig, wurde im Jahre 1822 bis 1824 durch unterirdische
Detonationen und Erdstöße berührt.*).

---

*) Hyllus, Sohn des Hercules und der Melita, soll hier geherrscht ha-
ben, auch gilt sie für die Insel Kalypso. Der h. Paulus soll hier
(oder in Malta) Schiffbruch gelitten haben und von einer Viper
gebissen worden sein. Unter Sept. Severus lebte hier Agesilaus
Anazarbacus im Exil, dessen Sohn Oppianus hier sein Gedicht über
den Fischfang schrieb, wodurch Caracalla zur Aufhebung seines
Exils bewogen wurde.

Statistische Uebersicht
von
Dalmatien.
Flächeninhalt, Wohnorte und Bevölkerung.

Kreise	Flächeninhalt in österreich. ☐ Meilen	Wohnorte				Häuser	Familien	Bevölkerung	Einwohner auf eine ☐ Meile
		Städte	Märkte	Dörfer	Zusammen				
Zara Hauptstadt · · ·		1	—	—	1	1.045	1.308	6.569	1.478
Der übrige Kreis ·	96·5	3	10	268	281	23.856	20.857	139.059	
Spalato · · · · ·	89·1	5	15	271	291	32.465	29.390	164.641	1.848
Ragusa · · · · ·	23·7	3	5	176	184	11.212	8.954	52.655	2.222
Cattaro · · · · ·	11·0	3	5	112	120	6.808	7.037	34.127	3.102
Summe mit Militär	222·3	15	35	827	877	75.386	67.546	305.854	1.826

Zwenter Semestral - Curs.

Die Sudeten- und Karpathenländer.

Erster Abschnitt.

Das Königreich Böhmen.

(Regnum Bohemiae.)

902 ☐ Meilen, 4,320.000 Einwohner.

§. 1.
Grenzen=Eintheilung.

Böhmen wird begrenzt durch den Böhmerwald westlich ge=
gen Bayern, das Erzgebirge nördlich gegen Sachsen, das Rie=
sengebirge östlich gegen Preußen und das Gesenke gegen Mäh=
ren, durch einen Arm des Böhmerwaldes südlich gegen Österreich.

§. 2.
Gebirge.

Böhmen ist ein Stufenland (Terasse) von 1000 Fuß
Seehöhe, und zwar wellenförmiges Hügelland mit Randgebirgen,
welche 3000 Fuß höher emporsteigen; sie haben breite Rücken,
über welche die Gipfel nur einige hundert Fuß emporsteigen, und
bestehen, so wie der größere südliche Theil des Landes aus Urge=
birgsarten, Granit und Gneis.

1. Der Böhmerwald, von der Donau bis zur
Eger, von Südost nach Nordwest, 27 Meilen lang, ist eines
der rauhesten Gebirge Deutschlands, zum Theile noch mit Urwäl=
dern bedeckt, 3500' hoch, nach Bayern steiler abfallend als ge=

144

gen das Innere. Die höchsten Gipfel (Arber 4530') liegen in Bayern, in Böhmen erreicht der Plöckenstein 4551',

der eine 900' hohe senkrechte Wand in den Plöckensteiner = See abstürzt. Vom Plöckenstein zieht sich ein Felsenkamm zum Dreysesselberg, der seinen Nahmen von 3 Felsblöcken erhielt, zwischen denen vor 1765 die Grenze der drei Länder Bayern, Böhmen und Österreich zusammenstieß, was jetzt auf dem Fels Dreyeckmark der Fall ist. Der südliche Theil des Böhmerwaldes ist der höchste und heißt »die Karlsberge« (Sumava), der eigentliche Böhmerwald (Česky les) begrenzt den Klauttauer und

2. Das Erzgebirge, so genannt nach seinem Reichthume an Silber=, Zinn= und Bley=Erzen, erstreckt sich von Südwest nach Nordost, 18 Meilen lang, von der Eger bis zur Elbe. Es ist 2200' hoch, bis auf den Rücken bebaut, und gleichfalls in seinen Anfängen am höchsten, wo der Keilberg mit 3937' der höchste Gipfel ist. Es fällt nach einwärts steiler ab, als nach Außen.

3. Das Sandsteingebirge, eine Fortsetzung des vorigen, von der Elbe bis zur Neiße, 11 Meilen lang, durch seine mahlerischen Felsparthien berühmt, welche die sächsisch=böhmische Schweiz heißen (der höchste Gipfel, der Winterberg von 2020' Höhe, liegt in Sachsen).

4. Die Sudeten (Sudeti montes) erstrecken sich in einem nach Nordost schrägen Bogen, 29 Meilen von der Neiße bis zur Oslawa. Sie zerfallen in 4 Theile:

a) Das Isergebirge (Lausitzerberge), rauh, unwirthbar, voll Sümpfe, wenig bewohnt; der höchste Gipfel auf dem »hohen Iserkamm,« die Tafelfichte, 4692', steht auf der Landesgrenze.

b) Das Riesengebirge (Montes gigantei, Arkonoské hory), ein gewaltiger breiter Bergrücken mit haubenförmigen Gipfeln, deren höchster die berühmte Riesen= (Schnee) Koppe, 5200', welche eine entweihte Kapelle trägt (jetzt Wirthshaus), durch welche die Landesgrenze läuft.

c) Das Adlergebirge (Glatzer Gebirge), mit der hohen Mense, 3300'.

d) Das Gesenke, auf dessen höchstem Gipfel der Schneeberg, 4482', eine Säule die dreyfache Grenze von Böhmen, Mähren und Preußen bezeichnet.

5. Das Idarer Gebirge (vom alten Schloße Idar benannt), an der Südgrenze, im Südost und Süden des Landes, deßen höchste Gipfel nur mehr 3000' erreichen und außer der Grenze liegen.

6. Das Kegelgebirge (Mittelgebirge), parallel mit dem nördlichen Randgebirge, erstreckt sich von der Westgrenze bis zur Ostgrenze des Landes, eine Reihe von isolirten Basaltkegeln, welche östlich vom Elbthale sich 4 Meilen breit erweitern. Am höchsten und merkwürdigsten ist der Donnersberg bey Milleschau (Milleschauer) von 2630', ein ungeheuerer Kegel, der 1500' sich schroff über das Land erhebt, und ein Gasthaus trägt; die schönste Aussicht in Böhmen. Südlich von ihm steht der Biliner Stein (Boren), ein äußerst steiler Fels.

§. 3.
Thäler, Engpässe, Höhlen, Ebenen.

Böhmen hat keine großen Thäler, meistens enge Schluchten der Wasserläufe, nur das Elbthal von Josephstadt bis Leitmeritz ist an einigen Stellen an zwey Stunden breit. Um so zahlreicher sind die Engpässe, besonders im Sandsteingebirge, deßen Schluchten sich oft auf 6 bis 10 Fuß verengen. Berühmt ist die Adersbacher Kluft (Steinwald) durch eine Thüre verschloßen, welche die abenteuerlichsten Felsgestalten enthält und in einer Grotte einen Wasserfall.

Höhlen hat Böhmen nur wenige und nicht von Bedeutung. Das Prebischthor in der böhmischen Schweiz ist keine Höhle, sondern ein 80' breiter, fast eben so hoher Felsbogen.

Bey Karlstein ist die St. Ivans-Höhle. In mehreren kleinen Klüften und Höhlungen der Basaltberge findet sich im Sommer Eis, so nahmentlich am Pleschwitz bey Leitmeritz.

Ebenen hat Böhmen keine großen, nur muldenförmige Auswaschungen in den Flußthälern, deren größte an der Elbe bey Smirschitz bis Elbe-Teinitz, 5 Meilen lang, 2 breit; bey Wittingau, 4 Meilen lang, 3 breit.

Neue Geographie I. Th.   K

§. 4.
Gewässer.

Flüsse. 1. Die Elbe (Albis, Labe), der Hauptfluß des Landes, entspringt aus mehreren Quellen auf dem Kamme des Riesengebirges.

Die stärkste Quelle ist das Weißwasser, auf der weißen Wiese, den Nahmen gibt aber der Elbbrunnen auf der Elbwiese. Bey Hohenelbe tritt sie aus dem Gebirge, wird bey Pardubitz flößbar, bey Melnik durch die Moldau schiffbar, heißt bis daher die kleine, weiter abwärts die große Elbe.

Bey Tetschen beginnt sie den Durchbruch durch das Sandsteingebirge, und fließt wie in einem Kanale nach einem Laufe von 40 Meilen nach Sachsen austretend. Von Hohenelbe hat sie 27 Fuß Fall auf eine Meile. Von Obrschistwj (Obřistwj) wird sie mit Dampfboten befahren.

Zuflüsse am rechten Ufer:

a) Die Iser entspringt aus der sumpfigen Iserwiese, des Isergebirges und mündet bey Brandeis.

h) Die Pulsnitz (Polzen, Plsnie), entspringt am Jeschkenberge und mündet bey Tetschen.

Zuflüsse am linken Ufer:

a) Die Adler (Erlitz, Orlitze), der bedeutendste Nebenfluß, fast so wasserreich wie die Elbe, entsteht durch Vereinigung der wilden Adler (Ursprung aus den Sümpfen (Seefeldern) der hohen Mense) und der stillen Adler (Ursprung am Schneeberge) und mündet bey Königgratz.

2. Die Moldau (Moldawa) der zweyte Fluß des Landes, sollte nach Wassermenge und Länge des Laufes, der Erste heißen Sie entsteht aus der Vereinigung des Schwarzbaches und kleineren Moldaubaches, dann warme Moldau genannt, und der kalten im Böhmerwalde (letztere aus Bayern). Das Wasser ist bräunlich. Die Richtung ist südöstlich bis Hohenfurth, wo der Fluß in der Kluft Teufelsmauer eine Stromschnelle mit starken Wellenbrechern an zahllosen Granitblöcken hat, wendet sich aber dann nördlich. Bey Rosenberg wird die Moldau flößbar, bey Moldauthein schiffbar und fällt bey Melnik nach 44 Meilen mit 81 Fuß Gefälle in die Elbe. Sie fließt meistens in einem Engthale, erreicht daher bey Hochwasser eine Höhe selbst von 9 Ellen, und erzeugt

in ihrem unteren Laufe, und dadurch auch in jenem der Elbe, ver=
heerende Überschwemmungen.

Zuflüsse vom rechten Ufer:

a) Die Luschnitz (Lužnice) entspringt bey Puchers,
heißt zuerst Lainsitz, dann Schwarzbach, bildet den großen
Rosenberger Teich und heißt erst bey ihrem Austritte aus
diesem Luschnitz. Sie mündet bey Moldauthein.

b) Die Malsch, entspringt am Sandelberge in Öster=
reich, läuft parallel mit der Moldau, und mündet bey
Moldauthein. Durch ihr Thal läuft die Linz = Budweiser=
Eisenbahn.

c) Die Sasawa (Sazawa) entspringt an der mäh=
rischen Grenze aus dem Teiche Schdirsko (Zbirks) und
mündet bey Dawle.

Am linken Ufer:

d) Die Wottawa, im Böhmerwalde entspringend,
mündet bey Klingenberg.

e) Die Beraun (auch Mieß genannt, Peraunka),
entspringt im Böhmerwalde und mündet bey Königsaal, ist
durch Überschwemmungen furchtbar. —

3. Die Eger, entspringt in Bayern, fließt nordöstlich,
von Klösterle abwärts in niedrigen Ufern, daher oft austretend,
und mündet bey Theresienstadt in die Elbe.

Dasselbe ist der Fall mit der Biela, welche im Erz=
gebirge entspringt, und bey Aussig in die Elbe fällt.

Bedeutendere Wasserfälle hat nur das Riesengebirge, der
Elbfall, 300' und der Pantschefall 800' hoch, in
mehreren Absätzen.

Teiche und Seen. Eigentliche Seen gibt es nur ein
paar kleine im Böhmerwalde.

Der Teschnitzer, (Eisenstrasser-), 64 Joch groß, aus
welchem 720' die Seewand emporsteigt. welche ein zehn
Sekunden dauerndes Echo gibt, ist der größte. Vom
Pfreimt-Weiher, 1 Stunde lang und breit, gehört
der größte Theil nach Bayern. —

Kein Land der Monarchie hat aber so viele Teiche, an 9000,
welche über 30 ☐ Meilen einnehmen *) und deren größter, der

---

*) Also zusammen so viel wie die Herzogthümer Altenburg, sammt
Hessen = Homburg.

K 2

Rosenberger 1182 Joch enthält (nur 300 weniger als der Hall=
städter = See in Österreich) *).

Sümpfe hat Böhmen nur einige unbedeutende auf
dem Rücken der Randgebirge, wo es auch Torfmoore gibt.

Mineralquellen sind über 160 bekannt und 6 davon
sind weltberühmt: Karlsbad, Teplitz, Eger, Marienbad, Bilin,
Saidschitz. — Eine halbe Million Krüge Mineralwässer werden
jährlich versendet. —

§. 5.

Das Volk.

Böhmen wird von 3 Volksstämmen bewohnt; 3 Millionen
Slaven, 1¼ Millionen Deutsche und 80.000 Juden. Die Sla=
ven in Böhmen sind Tschechen (Čechen), welche im sechsten Jahr=
hunderte eingewandert sind, nachdem die Ureinwohner, die Bo=
jer das Land verlassen hatten, von welchen es den deutschen Nah=
men Böhmen behielt, sowie es die Slaven Čechy nannten. Die
Böhmen bewohnen vorzugsweise den Kern des Landes, wo im
Tschaslauer Kreise am reinsten ihre Sprache gesprochen wird.
Sie sind ein muskelkräftiger Menschenschlag; gedrungene Gestal=
ten, braunes Haar.

Die männliche Tracht besteht gewöhnlich in langen Röcken,
grün oder blau, kurzen ledernen Beinkleidern, hohen Stiefeln,
Pelzmütze. Das weibliche Geschlecht trägt sehr faltenreiche Röcke,
hellfärbige Strümpfe; als Kopfbedeckung ein weißes Tuch mit
breiten Schleifen oder die eigentliche böhmische, knappanliegende
weiße Haube.

Die Deutschen bewohnen vorzugsweise die nördlichen
Kreise. Die Egerländer kleiden sich schwarz, kurze Jacken und
weite, kurze Faltenhosen.

Beyde Volksstämme zeichnen sich durch Arbeitsamkeit vor=

---

*) Er wurde durch J. Krčin (Krtschin) angelegt und durch einen
2 Stunden langen Kanal aus der Luschnitz gefüllt. Die böhmi=
schen Teiche wurden angelegt, um die vielen Sümpfe zu ver=
mindern, indem man an den tiefsten Stellen das Wasser staute
und dahin die höheren ableitete.

züglich aus, und aus keinem österreichischen Lande wandern so
Viele in andere Provinzen, um dort ihren Erwerb zu suchen. Berühmt ist das Talent der Böhmen für Musik.

§. 6.
Nahrungsquellen.

Der Ackerbau steht in einzelnen Gegenden auf sehr hoher
Stufe, so auch Obstzucht und Hopfenbau. Weinbau gibt es nur
im Elbthale von Melnik bey Lobositz *), er liefert aber ein vorzügliches Product.

Der Waldstand ist sehr bedeutend, nahmentlich im Böhmerwalde. Hier ließ Fürst Schwarzenberg einen 7 Meilen langen Flöß= (Schwemm-) Kanal herstellen, auf welchem das Holz
in den (österreichischen) Mühlfluß und aus diesem in die Donau
geflößt wird. Ausgezeichnet ist die Pferdezucht, für welche
mehrere Gestütte bestehen, und Schafzucht — sehr bedeutend auch
die Gänsezucht. — Auf dem Riesengebirge wird eine Art Almwirthschaft getrieben, indem das Hornvieh über Sommer die
Bergweiden bezieht. Die Sennenhütten heißen hier Bauden.

Die Jagd in Böhmen ist eine der schönsten in Europa durch
Reichthum und Abwechslung des Wildes; es gibt über 70 Thier-
gärten. Die böhmischen Fasanen und Repphühner sind berühmt.
Im Neubache bey Wittingau befindet sich eine Biber = Colonie.
Im Böhmerwalde gibt es noch Bären.

Die vielen Teiche werden zur Fischzucht benützt (der Rosenberger wird mit 600 Schock Fischen besetzt), und enthalten eine
große Menge Wassergeflügel. Auf der Elbe ist der Fang von
Lachsen und Neunaugen wichtig. Zwey Nebenbäche der Moldau
enthalten Fluß-Perlmuscheln.

Der Bergbau liefert vorzüglich Steinkohlen, welche
fast den vierten Theil des Landes erfüllen, Eisen, Zinn, Silber und etwas Gold, Mühlsteine, Serpentin, Porzellanerde,
Halbedelsteine und insbesondere Granaten (Pyrop), welcher sich
nur in Böhmen findet, leider aber kein Salz.

*) Carl IV. verpflanzte 1348 Reben aus Burgund nach Melnik.

Die Industrie von Böhmen ist die bedeutendste in der Monarchie und liefert vorzüglich Glas (unübertroffen) aller Gattungen, Leinwand, Baumwollen-Waaren (an 100 Spinnereyen), Kupferzündhütchen, Zinn- und Eisenwaaren, Porzellan und Steingut, chemische Producte, Papier, Rübenzucker, Handschuhe, Filzhüte, Tuch- und Wollenzeuge rc.; mit all diesen Gegenständen wird auch bedeutender Handel getrieben. Nächst Lombardey und Venedig hat Böhmen die meisten und besten Kunststraßen. Hauptstraßen sind von Süd nach Nord aus Österreich und Mähren: von Freistadt, Neuhaus und Iglau durch Prag über Peterswalde nach Dresden, über Sebastiansberg nach Leipzig; von West nach Ost aus Bayern von Asch und Waldmünchen nach Prag, dann von da über Gitschin und Nachod nach Schlesien, über Reichenberg nach Sachsen.

Eisenbahnen führen von Prag nach Wien und Dresden (Staatsbahn), welche mit Dampf befahren werden. Pferdebahnen führen von Prag nach Pürglitz und von Budweis nach Linz. Die Moldau wird mit Segelkähnen und Dampfschiffen befahren.

Topographie.

§. 7.

Ortsbeschreibung.

Prag (Praha), Hauptstadt des Landes, in 616' Seehöhe, hat 3 Vorstädte, 150.000 Einwohner, 48 Kirchen, 9 Synagogen, liegt zu beyden Seiten der Moldau, durch mahlerische Lage (theils eben, theils auf 5 Hügeln) und Bauart, eine der interessantesten Städte Europa's (77 Thürme). Erzbisthum, die älteste Universität Deutschlands, 1348 durch Carl IV. gestiftet, ständische technische Lehranstalt und Realschule, Landesmuseum, k. Akademie der Wissenschaften, Landwirthschafts-Gesellschaft, Musik-Conservatorium, Kunst-Akademie. — Prag hat feste Mauern, und besteht aus 4 Vierteln oder „Städten" — Hradschin auf dem nördlichen, bergigen Ufer, Kleinseite an dessen Fuße, Altstadt und Neustadt auf dem rechten Ufer. Letztere hat schöne Straßen und große Plätze (der Roßmarkt 360 Klafter lang).

Der herrliche, gothische Dom zu St. Veit, 1344 durch Matth. von Arras begonnen (im Ausbau begriffen) enthält das silberne Grabmahl des heil. Johann von Nepomuk, — eine reiche Schatzkammer, die St. Wenzels = Kapelle, ganz mit Mosaiken und Halbedelsteinen belegt, wo die böhmische Krone aufbewahrt wird. —

Die Theinkirche mit den Gräbern Georg v. Podiebrad's und des Astronomen Tycho de Brahe. Die Georgskirche (die alten Herzogsgräber) wurde schon 900 gegründet. Die Lorettokirche mit reicher Schatzkammer (die Lobkowitz'sche Monstranze mit 6666 Brillanten). Im Rathhaus ein pracht= voller, alter Saal und merkwürdige Uhr. Die k. Burg mit dem herrlichen 212' langen Wladislaw = Saale.

Die berühmte Prager = Brücke *) 1790' lang, wurde 1358 durch S. Arler begonnen; St. Johann von Nepomuk wurde von hier in die Moldau gestürzt. Schöne Kettenbrücke.

Umgebungen. Das schöne ständische Lustschloß Bubentsch (Bubents) mit dem Park Baumgarten. Auf dem wei= ßen Berge (Schlachtfeld von 1620), der Thiergarten Stern. An der Moldau aufwärts das Heilbad Kuchel.

Fünf Stunden von Prag an der Beraun liegt das Felsenschloß Karlstein, 1348 von Karl IV. durch Matth. von Arras erbaut. Die Kreuzkirche ist die prachtvollste in der Monarchie, ganz mit Gold, Halbedelsteinen und kostbaren Gemälden ausgelegt.

Das Thal der Elbe.

Hohenelbe, altes Städtchen mit schönem Schloße und Papiermühlen. Westlich:

Starkenbach (Gilemnice), Stadt, berühmte gräflich Harrach'sche Leinwandfabrik. In dem alten Städtchen Kö= niginhof entdeckte 1817 Hanka die darnach benannte Handschrift altböhmischer Gedichte.

Josephstadt, 1787 erbaute Festung. Königingratz (Kralowé = Hradec), befestigte Kreisstadt von 4000 Einwoh= nern, Bisthum. Kladrub (Kladruby), Dorf mit k. k. Hofge= stütt. Kolin (Koljn), Stadt von 6000 Einwohnern **).

---

*) Die stärkste in Deutschland, wie die Regensburger die längste, die Dresdner die schönste.

**) Hier erfocht am 18. Juny 1757 Feldmarschall Daun den be-

Podiebrad (Poděbrad), Geburtsstadt Georgs von Podiebrad, mit schöner gothischer Kirche. Vorzügliche Pferdezucht. Altbunzlau, Markt mit Wallfahrtskirche, an deren Thor St. Wenzeslaus durch seinen Bruder Boleslaw ermordet wurde. Obrschistwi (Obřistwi) ist der Standort der Elbedampfboote, welche von hier ihre Fahrten beginnen.

Gegenüber der Moldau-Mündung liegt die Stadt Melnik mit schöner gothischer Kirche und berühmtem Weinbau.

Raudnitz, Hauptstadt des fürstl. Lobkowitz'schen Herzogthums, mit prachtvollem Schlosse und reichem Museum mit Bibliothek. In der Nähe der Basaltkegel Georgenberg (Řip) mit Wallfahrtskirche *).

Leitmeritz (Litoměřice), Kreisstadt, Bisthum, 5000 Einwohner, gut gebaute, lebhafte Stadt, Schifffahrt, Obstbau (Borsdorfer Äpfel), Weinbau (so wie die nächst beschriebenen drey Orte), ansehnliche bischöfliche Residenz, Jochbrücke über den Fluß. Gegenüber, am linken Ufer, am Einflusse der Eger, liegt die Festung Theresienstadt, 1780 von Kaiser Joseph II. an der Stelle von 2 Dörfern, Deutsch-Kopist und Trebschitz angelegt, welche eingelöst und an einer andern Stelle neu erbaut wurden. Die Festung hat doppelte Gräben, welche, wie das umliegende Land durch eine Schleuße unter Wasser gesetzt werden können.

Lobositz, Elbhafen **), und Tschernosek (Černosek) gegenüber, liefern den vorzüglichsten böhmischen Wein. Schreckenstein (Střekow), imposante Bergruine auf hohem senkrechten Felsen. Aussig (Austi), an der Mündung des Biela-Flusses, schöne gothische Kirche.

Das Städtchen Tetschen ist Hauptstappelplatz der Elbeschifffahrt. Prachtvolles Schloß des Grafen Thun mit Museum, Park (Ananastreiberey). Am linken Ufer das Heilbad Josephsbad. Jetzt beginnen die mahlerischen Sandsteinfelsen, welche bis Pirna in Sachsen sich hinziehen (die sächsische Schweiz); das letzte

---

rühmten Sieg über Friedrich II. zu dessen Gedächtnisse der Marien-Theresien-Orden gestiftet wurde.

*) An seinem Fuße in Ctiňowes, soll Čech begraben seyn.

**) Am 1. October 1756 siegte König Friedrich II. von Preußen in der ersten Schlacht des siebenjährigen Krieges.

böhmische Dorf ist Herrnskretschen (Hřensko) am Ausgange der pitoresken Kamnitzschlucht, durch welche man zu dem Felsenthore des Prebischthores hinan steigt.

Am Polzen: Niemes (Mimonic), Schloß mit Museum und bedeutenden Kattunfabriken, so wie in Neu-Reichstadt (die größte der Monarchie, von Leitenberger). Von Reichstadt (Jakopy), einer großherzoglich toskanischen Herrschaft führte Napoleon's Sohn den Herzogstitel. Böhmisch-Leipa (Česká Lípa), die zweytwichtigste Manufacturstadt des Landes, hat allein 5 Kattunfabriken. An der Zidlina: Gitschin (Gičin), Schloß, 1623 vom Herzog Albrecht von Waldstein erbaut, der in der nahen Karthause Waldiß zuerst ruhte. 1813 hatte Kaiser Franz in Gitschin sein Hauptquartier und hier wurde der Entscheidungskrieg gegen Napoleon beschlossen. Neu-Bidschow (Newy Bidčow), Kreisstadt, Chlumetz (Chlumec) mit Schloß, Gestüt und großen Teichen. Groß-Skal (Hruba-Skal) mit merkwürdigem Schloße der Grafen Waldstein-Wartenberg und der Ruine der Stammburg Waldstein. An der Iser: Neuwelt (Nowé swět) berühmte gräflich Harrach'sche Glasfabrik. — Klein-Skal mit Schloß und ausgedehnten Parkanlagen. Die Stadt Turnau (Tarnow nad Gizerau) ist Hauptsitz der Fabrikation von Kompositions-Edelsteinen. Münchengrätz (Hradiště nad Gizerau), Grabstätte des Herzogs von Friedland, Albrecht von Waldstein *), Monarchencongreß 1833. Jungbunzlau (Mladá Boleslaw), Kreisstadt von 5000 Einwohnern, ansehnliche Kirche und Synagoge. Das Thal der Aupe zieht sich von der Schneekoppe herab und heißt zuoberst Riesengrund oder Aupegrund. Bey dem drey Stunden weit zerstreuten Dorfe Groß-Aupa, Arsenik- und Kupferwerk. Freiheit mit dem warmen Heilbad Johannisbad.

An der Mettau. Adersbach, Dorf mit dem berühmten Steinwalde, einer engen Schlucht grotesker Sandsteinfelsen. Hier wurde die erste Spinnschule errichtet. Südöstlich: Braunau, Stadt und Benedictinerstift, 1331 durch Bawar von Přewniow gegründet. — Ansehnliche Tuchfabrikatur.

Nachod, Stadt mit hohem Felsenschloß und zwey Gesundbrunnen.

---

*) Nicht Wallenstein.

Neustadt an der Mettau (Nowé Mě́sto nad Me-
tugj), Stadt mit großem Schloß des Fürsten Dietrichstein,
Leinwandhandel und Obstbau. Südlich: Opotschno
(Opočno), Stadt, großartiges fürstl. Colloredo'sches Schloß,
Gestütte. An der Adler: Grulich, Stadt mit Wall-
fahrtskirche Marienberg, am Fuße des Schneeberges. Ho-
henbruck (Třebechowice), Stadt mit schöner Kirche*).
Senftenberg (Žamberk), Stadt am wilden Adler,
Schloß mit physikalischem Museum und Sternwarte des Ba-
ron Parish = Senftenberg.

An der Lautschka (Lauka): Leitomischel, betriebsame
Stadt von 6500 Einwohnern (100 Branntweinbrenner), Piaristenkollegium mit philosophischer Lehranstalt (vorzügliches physi-
kalisches Museum), gräfl. Waldstein'sches Schloß, eines der größten in Böhmen mit interessanten Wandbildern.

Hohenmauth (Wysoké = Meyto), Stadt von 5000
Einwohnern, mit einer der merkwürdigsten gothischen Kir-
chen aus dem vierzehnten Jahrhunderte, schöner Ring
(Plaß). Südlich von Leitomischel: Politschka (Polička),
nahrhafte Stadt mit regelmäßigen Mauern, 265' hohem
Kirchthurme, bedeutender Leinwand=Manufactur. — Nordöstlich: Landskron (Landskraun) mit großer Leinwandfabrik. Das Thal der Chrudimka: Chrudim,
Kreisstadt von 6000 Einwohnern, stattliche gothische Kirche.
Bey Podol das St. Wenzelsbad und berühmte Kalk-
steinbrüche. Bey Troskowiß ist die merkwürdige Ruine
Trosky**). Bey Wrseß (Wrsec), das merkwürdige Avaren = Lager (Ring), 600 Kl. lang, 305 Kl. breit,
nachmahls Taboritenlager.

An der Neiße: Reichenberg (Liberk), die zweyte
Stadt des Landes, von 12.000 Einwohnern, aus Alt=, Neu=
und Christian=Stadt bestehend, gut gebaut, aber mit engen Gassen;
das ansehnlichste Gebäude ist die Schule. — Realschule. An 3500
Menschen leben durch Fabrication von Tuch=, Baumwoll=, Leinwand=

---

*) Der Friedhof liegt auf dem Hügel Oreb, woher ein Theil der
    Taboriten Orebiten hieß.

**) Sie steht auf zwey Basal'kegeln, durch eine fünf Ellen dicke
    Mauer verbunden; die höher gelegene Burg konnte Schischka
    (Žiška) nicht erobern, daher Panna (Jungfrau) genannt.

und Strumpfstricker-Waaren. — Die umliegenden Dörfer enthalten gleichfalls viele Fabriken, darunter Harzdorf eine vorzügliche Maschinen-Fabrik. Gablonz (Gablonka) ist der Hauptsitz der Glas-Compositions-Arbeiten (Glasperlen), welche 6000 Menschen beschäftigen. — Nördlich liegt die Stadt Friedland, mit einer berühmten Burg, schon 1014 gegründet, von welcher Albrecht von Waldstein den Herzogstitel erhielt. Haindorf mit Wallfahrtkirche, Liebwerda, mit sehr besuchten Heilquellen.

Zwischen Iser und Polzen: Hirschberg an einem großen Teiche, auf dessen Insel die Ruine des Mäuseschlosses, dem berühmten Basaltriffe, welches bis Oschitz sich zieht und der herrlichen Burgruine Pösing. Im Schlosse zu Weißwasser ein merkwürdiges Jagd-Zeughaus. Bey Habichtstein, der merkwürdige Sandsteinfelsen, dessen Basis kleiner als die Oberfläche, mit einer Ruine. Dabey der Neuschlosser-Teich, Überrest eines Sees, und Schloß Neuschloß mit prachtvollem Parke. Ausche (Aušt), altes Städtchen mit vorzüglichem Hopfenbau.

Zwischen Polzen und Neiße ist der gewerbreichste und bevölkertste Landstrich. Hayda, hübsche Stadt, Hauptsitz des Glashandels, (so wie Steinschönau), dabey Bürgstein mit Glasfabrik und dem isolirten merkwürdigen Einsiedlerfelsen (Sandstein), mit Burgruine. Gabel (Jablonka), mit zahlreichen Spinnereyen. Im Schlosse zu Lämberg die Stube der seeligen Zdislawa von 1266; am Berge Krutina das Grab der seligen Přibislawa. Schönlinde, Hauptsitz von Weberey und Strumpfstrickerey.

Rumburg, Stadt mit berühmten Leinwandfabriken. Warnsdorf zählt mit den anliegenden Orten 3000 Webstühle für Baumwolle und Leinenwaaren. Nixdorf liefert vorzügliche Metall- und Messerschmiedwaaren.

Nordwestliches Land (Erzgebirge, Kegelgebirge).

An der Eger: Eger, k. Stadt und ehemahlige Grenzfestung mit 10 000 Einwohnern, prachtvolle Kirche, Schloß mit merkwürdiger, uralter Kapelle *). Eine Allee führt nach Fran-

---

*) Noch sieht man den Saal, in welchem Illo, Trzka (nicht Terzky) und Kinsky fielen; im Rathhause die Hellebarde, mit der Wallenstein ermordet wurde.

zensbad mit berühmtem Gesundbrunnen. Maria Kulm, Wallfahrtsort. Ellenbogen (Loket), Kreisstadt, auf vorspringendem Felsen, der die Eger zu einer ellenbogenartigen Krümmung zwingt. Auf dem Rathhause das große Stück Meteor-Eisen „der verwunschene Burggraf.“ — Vorzügliche Porzellan-Fabrik. Marienbad liegt südlich, mit berühmten Heilquellen. In der Nähe Königswart, Flecken und Schloß des Fürsten Metternich, mit prachtvoller Kapelle und Museum. Karlsbad (Thermae Carolinae, Wary), Böhmens berühmtester Kurort, am Einflusse der Tepl in eine enge Schlucht gebaut; 3000 Einwohner. Der berühmte Sprudel, 58° R. heiß, steigt stoßweise 8—9' in die Höhe; auf der „Sprudelschale“ steht ein großer Theil der Stadt. Reizende Anlagen *). An der Tepl aufwärts liegt das Städtchen Tepl mit einem Prämonstratenser-Stifte, 1193 vom Wladiken Hroznata gegründet. Prachtvolle Kirche, reiches Museum. Das Städtchen Einsiedel (Heremic-Muiechow) hat die einzige Fabrik von Serpentin-Waaren in der Monarchie.

Schlakenwald, Bergstadt mit Bleygruben: Schlakenwerth mit Spitzenklöppeln. Bey Kaaden das St. Wenzelsbad.

Saaz (Šatec), Kreisstadt, mit berühmtem Hopfenbau. Die k. Stadt Laun hat eine große Brücke von 40 Bogen. Nördlich liegen an der Bila: Brix (Most), wohlhabende k. Stadt, mit herrlicher, gothischer Kirche, in der Nähe die Bitterwasserquellen von Püllna, Sedlitz und Saidschitz. Bilin (Bylina), Stadt, schönes Schloß des Fürsten Lobkowitz, mit Museum und Rüstkammer und dem berühmten Biliner-Sauerbrunnen; Magnesia-Fabrik. Südlich sind die Granatengruben bey Meronitz und Dlaschkowitz.

---

*) Ein Jagdhund Carl IV. verbrannte sich am Sprudel, und entdeckte durch sein Geheul die Quelle.

Statistische Übersicht von Böhmen.

Flächeninhalt, Wohnorte und Bevölkerung.

Kreise	Flächeninhalt in Österreich. ☐ Meilen	Wohnorte				Häuser	Familien	Bevölkerung	Einwohner auf eine ☐ Meile
		Städte	Märkte	Dörfer	Zusammen				
Hauptstadt Prag .	0·2	1	—	—	1	3.302	18.500	111.706	—
Kaurzim . . .	46·3	25	18	692	735	26.797	46.310	208.995	4.514
Beraun . . .	50·5	10	22	785	817	25.242	43.969	194.036	3.842
Bidschow . .	47·0	9	19	615	643	38.576	68.090	276.044	5.873
Budweis . .	74·3	9	29	909	947	29.631	52.178	218.202	2.937
Bunzlau . .	71·3	37	8	1.038	1.083	63.652	110.357	435.878	6.113
Chrudim . .	57·5	11	24	735	788	47.545	78.407	319.541	5.557
Czaslau . .	56·5	9	36	856	901	34.240	62.603	265.442	4.698
Ellbogen . .	52·	27	14	640	681	36.019	59.624	261.591	5.031
Klattau . .	42·2	7	19	642	668	23.842	43.911	187.245	4.437
Königgrätz .	57·6	16	24	828	868	54.326	84.923	356.685	6.192
Leitmeritz .	59·2	31	12	955	998	59.257	95.591	375.566	6.344
Pilsen . .	67·7	16	14	687	717	29.702	54.610	222.196	3.282
Prachin . .	79·7	15	21	972	1.008	36.059	64.620	273.514	3.432
Rakonitz . .	44·6	10	8	512	530	24.096	41.960	180.656	4.050
Saaz . . .	39·7	28	1	464	493	22.802	36.940	144.548	3.641
Tabor . . .	56·4	25	10	724	759	28.232	49.140	217.824	3.862
Summe mit Militär	902·7	286	279	12.072	12.637	583.320	1,011.733	4,318.732	4.784

Zweyter Abschnitt.

Die Markgrafschaft Mähren mit dem Herzogthume Ober- und Nieder-Schlesien.

(Marchionatus Moraviae et Ducatus Silesiae.)
(476 □ Meilen mit 2,245.000 Einwohnern.)

§. 8.
Gränzen-Eintheilung.

Gränze. Das Land wird begränzt nordwestlich durch das Zdarergebirge gegen Böhmen; nördlich durch die Oppa, Oder und Weichsel gegen Preußen; südöstlich durch die Beskiden und die March gegen Ungarn; südlich durch die Taja gegen Oesterreich.

§. 9.
Gebirge.

1. Das Zdarer Gebirge.

Mähren ist fast durchaus Hügelland, und zwar zur Hälfte eine Fortsetzung des böhmischen Stufenlandes (siehe Böhmen), dessen Begränzung südöstlich eine Linie von Znaim nach Napajedl, nordöstlich das Marchthal bezeichnet. Man kann nicht eigentlich hier von einem fortlaufenden Gebirge sprechen, denn die tieferen Punkte in den Thalschluchten sind immer noch an 900 Fuß über dem Meere, und der höchste Punkt, der Jaborschitz bei Teltsch, erhebt sich nur 1700' darüber (2646), doch finden sich längs der böhmischen Gränze die meisten Höhenpunkte, und tragen den Nahmen Zdarer-Gebirge. Gegen das Marchthal steigt am Ende auch ein höherer Rand empor, das Mars- oder Martsch-Gebirge.

2. Das Gesenke*) (Montes demersorii) eine Fortsetzung des Riesengebirges, verläuft von Altstadt bis Fulneck
südöstlich. Es hat dieselbe Beschaffenheit wie das Riesengebirge,
breite Rücken (Kämme), über welche sich haubenförmige Gipfel
erheben. Im Spieglitzer oder Altstädter Schneeberge erreicht
es 4482'. Er ist die dreyfache Gränze von Böhmen, Mähren
und Preußisch-Schlesien. Vom Schneeberge verläuft der Kamm
in einem Bogen nach Nordost um das Theßthal zum Altva-
ter (Vaterberg), dem höchsten Berge Mährens von 4600'. Hier
entsendet das Gebirge einen kurzen Arm, durch das Thal der
Mohra getrennt, welcher eigentlich den Nahmen Gesenke beybe-
hält. Der Hauptzug aber verläuft über den Hirschkamm, am
linken Ufer der March und erhält an seinem Ende den Nahmen
Odergebirge, zwischen der Oder und der Beczwa, welches aber
zuletzt nicht mehr 1000 Fuß erreicht. Das Gesenke ist vorherr-
schend Grauwacke und Thonschiefer.

3. Die Beskiden**), ein Arm der Karpathen, sind
vollkommen verschieden von den beyden vorgenannten Gebirgen,
ein Sandsteingebirge, welches im südlichsten Theile Mährens mehrere Arme von Südwest nach Nordost erstreckt, welche an Höhe
gegen die Gränze zunehmen. Man kann 3 Hauptarme unterscheiden, deren erstere aber größtentheils nach Ungarn fallen.

a) im Süden den Javorzina 3060';

b) den Hauptzug von Hradisch bis Jablunka, mit dem Ma-
kitta 2904' und Girowa 2640', dessen höchster Punct aber der
nördliche vorgeschobene Lißa Hora ist, mit 4176';

c) den Javornik bey Bistritz 2712'.

§. 10.
Thäler, Höhlen.

Das bedeutendste Thal ist jenes der March, welches bis drey
Meilen Breite erreicht, dessen Mittelpunct bey Tobitschau, die
Hanna heißt, die Kornkammer Mährens. —

---

*) Der Nahme Gesenke soll von dem einst hier bestandenen Bergbau
herrühren, in dessen Sprache eine bergmännische Aushöhlung
Pinge oder Gesenke heißt.
**) Beskid bedeutet Gebirgshöhe, Kamm, Rücken.

Das Tajathal ist bis Znaim nur eine Felsenschlucht und weiterhin gehört nur das linke Ufer zu Mähren. Die Thäler der Oder und Weichsel erreichen erst jenseits der Gränze ihre Bedeutung. Das obere Oderthal mit seinen beyderseitigen Gehängen, heißt das Kuhländchen.

Höhlen hat Mähren nach Illyrien die meisten aller öster= reichischen Länder, das Kalkgebirge an der Schwarzawa ist wahrscheinlich ganz mit demselben erfüllt, aber noch bey weitem nicht erforscht. Die Höhlenbildungen finden sich in zwey großen Gruppen. Die größte ist die Höhle bey Sloup, bey deren Ein= gang der „Schoppen" sich befindet, eine Art natürlicher Paußlipp, ein 120' Fuß langes Gewölbe; die in der Nähe befindlichen Höh= len von Ostrow, welche einen See enthalten, sind noch ununter= sucht. Die Slouper=Höhle hängt unterirdisch zusammen mit dem berühmtesten Bergsturze der Monarchie, der Mazocha (Stief= mutter) 504' tief, 300' größte Breite, welche in ihrem Grunde einen kleinen Teich enthält. —

Vier Stunden südlich von Sloup ist die zweyte Gruppe von Höhlen bey Adamsthal (4 Stunden nordöstlich von Brünn, an der Prager = Eisenbahn). Hier ist die Pegčiskala (Stierfelsen) mit weiten Hallen und einem kleinen Teich; in der Nähe der stei= nerne Saal, eine große Grotte und die ausgedehnte Höhle Weg= pußtek (Durchgang.) In den Polauer Kalkgebirgen nördlich von Nicolsburg, befindet sich die Thurolshöhle, bey Stamberg im Berge. Kotauc die Zwergenhöhle. Ein zweyter Bergsturz (Erdfall) ähn= lich der Mazocha ist der Propast (Gevatterloch) bey Weiskirchen 240 Fuß tief. Bey Frain an der Taja ist noch eine kleine Eishöhle bemerkenswerth.

§. 11.
Gewässer.

1. Die March (Morava) der Hauptfluß von Mähren, aber nur mit Flößen befahren; entspringt am Spieglitzer Schneeberge und tritt nach 28½ Meilen aus dem Lande, mit 1 Klafter Ge= fäll auf 142°. Schon bey Littau theilt sich die March in meh= rere Arme und bildet fast durchgehends Ufersümpfe, bey Hochwasser bedeutende Überschwemmungen; bey Landshut hat das Flußbett

eine Breite von 4000 Schritten. Bis Napagedl ist der Lauf süd=
östlich, hier bricht der Fluß auf 500 Schritte eingeengt zwischen
dem Marsgebirge und den Beskiden durch, und wendet sich süd=
westlich.

2. Die Taja (Thaya Dige) ist ihr bedeutendster Nebenfluß.
Er wird gebildet durch die mährische Taja, welche bey Teltsch
(Swielau) entspringt, bey Rabs in Österreich die deutsche Taja
aufnimmt, südöstlich größtentheils als Gränzfluß fließt und durch
die Schwarzawa und Iglawa (Igel) verstärkt wird.

Die übrigen Zuflüsse der March sind weniger bedeutend,
am linken Ufer der Betschwa aus den Beskiden, am rech=
ten die Hanna.

3. Die Oder entspringt aus einem Sumpfe im Odergebirge
bey Neueigen, nimmt die Ola und Oppa auf, und verläßt bey
Oderberg das Land, nachdem sie auf ihrem nur 12 Meilen lan=
gen Laufe 56 benannte Bäche aufgenommen hat.

4. Die Weichsel entsteht aus der Vereinigung der kleinen
schwarzen und weißen Weichsel.

Auch Mähren hat einen Bach, der größtentheils unterirdisch
verläuft, es ist die Punkawa, welche bey Boskowitz entspringt,
in den Höhlen bey Sloup sich verliert, wahrscheinlich durch die
Mazocha fließt und bey Blansko wieder zu Tage kommt.

Wasserfälle bildet die Weichsel bey dem gleichnahmi=
gen Dorfe, der Pürkauer Bach bey Bergstadt und
die kleine Oppa bey Karlsbrunn.

Seen. Der See von Kobily bey Czeitsch wurde
neuerer Zeit zum Theile abgeleitet. Wahrscheinlich befindet
sich in den Höhlen bey Ostrow ein unterirdischer See.

Mineralquellen zählt das Land gegen 50, darunter aber nur
eine warme.

§. 12.
Das Volk.

Das Land wird von 2 Volksstämmen bewohnt, gegen zwey
Millionen Slaven und 600,000 Deutsche, wozu noch an 50,000
Juden kommen.

Die Slaven gehören im Allgemeinen zur čechischen oder
westslavischen Familie, man unterscheidet aber verschiedene Stämme.

Neue Geographie, I. Th.　　　　　　　　　　　　　L

1. Die Hannaken bewohnen die fruchtbare Hanna, den Mittelpunct des Landes. Es ist ein schöner kräftiger Menschenschlag. Eigenthümlich sind ihre rothbraunen, kurzen Lederhosen ein sehr schmalkrempiger buntbebänderter Hut und ein brauner Schafpelz, der selbst im Sommer selten fehlt.

2. Südlich von ihnen hausen die Slovacken, deren Tracht sich der ungarischen nähert.

3. In den südlichen Gränzgebirgen wohnen die Walachen*), ein kräftiger abgehärteter Stamm, dessen Tracht gleichfalls der ungarischen Tracht nahe steht.

4. Horaken oder böhmische Mährer, im nordwestlichen Theile des Landes.

5. Die Kroaten (Chrobaten, auch Podluschaken) ließen sich im 16. Jahrhunderte an der Taja bey Dürnholz und Lundenburg 2c. nieder, wo sie mitten unter Deutschen sich unvermischt erhalten haben.

6. Die Polen (Goralen) an der galizischen Gränze.

Die Deutschen sind

1. Österreicher an der Taja (daher Tajaner).

2. Die Hochländer, die Bewohner des Gesenkes (Deutsch-Schlesier) mit mehreren abweichenden Mundarten; die Troppauer stehen im Rufe eines vorzüglich reinen Deutsch.

3. Die Kuhländler im Oderthale bey Neutitschein u. s. w. mit einer eigenthümlichen Mundart.

4. Die Schönhängstler im Zwittawathale u. s. w., denen die Iglauer Deutschen am nächsten stehen.

Die Tajaner und Iglauer lieben hellblaue Mäntel oder Röcke als Feyertagsstaat.

Der Hochländer ist arbeitsam und nährt sich kärglich von den verschiedenen Fabrikszweigen, eben so, wie der Walache von seiner Viehzucht. Am wohlhabendsten sind die Hannaken durch ihren fruchtbaren Ackerboden und Weinbau, so wie die Tajaner. Hannaken und Slovacken bauen ihre Häuser vorzugsweise aus

---

*) „Walach" bedeutet einen Hirten, wie sie denn auch vorzüglich Viehzucht treiben.

Lehm oder gestampfter Erde, Fenster und Thüren klein; im Ge=
birge findet man wie in den Alpen Blockhäuser, und die Dörfer
sind sehr zerstreut.

§. 13.

Nahrungsquellen.

Das Marchthal (Hanna) ist einer der besten Weizenböden der
Monarchie; die Gegenden von Znaim und Eibenschitz sind große
Gemüsegärten, der Senf von Znaim (als Kremser-Senf bekannt)
und der Spargel von Eibenschitz sind sehr geschätzt. Das Kuhländ=
chen treibt vorzüglichen Obstbau. Im Gebirge ist die Kartoffel
Hauptnahrungsmittel. Der Weinbau in den südlichen Kreisen lie=
fert wenig aber gutes Product; Hauptsitz desselben ist die Gegend
von Bisenz. Sehr bedeutend ist die Schafzucht, welche sehr
veredelte Wolle liefert. Im Gesenke und auf den Beskiden wird
eine Art Almwirthschaft mit Kühen und Schafen getrieben; die
Hütten heißen hier Sallaschen, auch Kolyba oder Paseken.
Der Schafkäse, Brinsen = Käse aus Schafmilch ist sogar Aus=
fuhrartikel. Bemerkenswerth ist die starke Gänsezucht der Hanna.
— Das mährische Wachs ist von vorzüglicher Güte.

Die niedere Jagd ist erheblich, da auf den großen Herr=
schaften das Wild gehegt wird; auch Hochwild findet sich in Thier=
gärten, im Freyen aber nicht mehr in großer Anzahl.

Die Fischerey ist noch immer bedeutend und obwohl bereits
die größten Teiche trocken gelegt wurden, bestehen deren doch noch
immer sehr viele; die Gebirgsbäche enthalten Forellen.

Der Bergbau war einst viel bedeutender. Am wichtigsten
ist jetzt die Production von Eisen und Steinkohlen.

Industrie steht in Mähren auf großer Stufe. Leinwand,
Schafwollwaaren und Eisenarbeiten sind die wichtigsten Producte,
nebst dem Baumwollwaaren, Leder, Papier, Steingut und Töpfer=
Geschirr. Diese sind auch Handelsartikel; mährisches Tuch geht in
die Levante. Sehr wichtig ist der Durchfuhrhandel mit polnischem
Hornvieh.

Hauptstraßen sind:

1. Die Eisenbahn von Wien über Brünn und Olmütz nach
Prag; 2. die Eisenbahn von Wien über Olmütz, Oderberg

L 2

nach Breslau; 3. die Eisenbahn von Olmütz nach Galizien; 4. die Straße von Teschen über den Jablunka=Paß und von Weiß=kirchen über Rosenau und den Javornik in das Waag=Thal nach Ungarn; 5. von Brünn über Iglau nach Böhmen.

§. 14.
Ortsbeschreibung.

Brünn (Brno) die jetzige Hauptstadt des Landes, liegt auf einer felsigen Anhöhe zwischen den Bächen Schwarzawa und Zwit=tawa, hat Mauern und Gräben, 4 Thore, 14 Vorstädte und mit dem anstoßenden Markte Altbrünn 41,000 Einwohner. Sitz der Regierung und eines Bischofs, philosophische Lehranstalt; Gesell=schaft des Ackerbaues; Landesmuseum (Francisceum seit 1818); Taubstummen=Institut. Ansehnliche Plätze, aber nicht eben, sind: der große Platz, der Krautmarkt mit einem schönen Springbrun=nen. Auf dem Rande der Anhöhe steht die Domkirche und die bi=schöfliche Residenz. Die Jacobskirche und die Augustinerkirche in Altbrünn sind merkwürdige gothische Gebäude*). Die Abhänge des Berges, auf dem die Stadt steht, haben schöne Parkanlagen und einen Marmorobelisk zum Gedächtnisse des Pariser=Friedens. Westlich der Stadt liegt der höhere Spielberg, die ehemah=lige Citadelle, jetzt Staatsgefängniß. Östlich liegt der Augarten, ein Belustigungsort. Brünn ist Hauptsitz der österreichischen Wollen=zeug=Manufacturen und zählt 17 Tuchfabriken, eine große Leder=fabrik u. s. w.

Westlich liegt die berühmte Burg Eichhorn auf zwei ver=bundenen Bergspitzen.

An der Oder:

Von Odrau nordöstlich liegt Fulneck, Hauptort des Kuh=ländchens, Gründungsort der mährischen Brüder (Zinzendorfer Herrnhuter); Tuchweberey.

---

*) Im Jahre 1645 hielten sich die Bürger durch 16 Wochen unter Ludwig Raduit von Souches so tapfer gegen die Schweden, daß diese abziehen mußten. Die Stadt bekam große Freiheiten. Der Tag des letzten abgeschlagenen Sturmes, Himmelfahrt Mariä ist seitdem ein Volksfest.

Am rechten Thalgehänge des Flusses findet man „Alt-
und Neu-Titschein (stary und nowy Gičin), 6000 Einwohner, bedeutende Tuchmacherey, so wie Freiberg. In
der Nähe des letzteren liegt die größte Burgruine Mährens, Hochwald (Ukwaldy). Südöstlich von diesem,
am Fuße der Beskiden liegt Frankstadt, mit vorzüglicher Käsefabrication. Eine Stunde vom Austritte der Oder
aus der Monarchie liegt Oberberg, Haupteisenbahn-Sta-
tion mit einer großen Brücke über den Fluß.

Nordostseite der Sudeten. Von Nordost nach Südwest.

Jauernig (Javornik) mit dem Bergschlosse Johannisberg,
Eigenthum des Bischofs von Breslau. Freiwaldau, ein Berg-
städtchen mit Linnenmanufactur, an der Biala. Gegenüber liegt
das Dörfchen Gräfenberg, wo Prißnitz seine berühmte
Wasserheil-Anstalt angelegt hat.

Nordöstlich liegt Zuckmantel am Fuße der Bi-
schofskappe.

An der Oppa: Würbenthal, Städtchen mit Garn- und
Zwirnhandel, und weiter aufwärts am Fuße des Altvaters der
berühmte Curort Karlsbrunn. Jägerndorf (Karnow), gut-
gebaute Hauptstadt des gleichnahmigen fürstlich Lichtenstein'schen
Fürstenthums (theilweise in Preußen liegend), schöne Kirche mit
den zwey höchsten Thürmen in Schlesien, 230 Fuß hoch; fürstliches
Schloß, zahlreiche Tuch- und Leinenweberey. In der Nähe die
Ruinen Lobenstein und Schellenberg*).

Troppau, gutgebaute Kreisstadt und Hauptort des gleichnahmigen fürstlich Liechtenstein'schen Fürstenthums, hat mit den
drey Vorstädten und dem am linken Ufer gelegenen Kathreindorf
12,500 Einwohner, fünf Plätze, ansehnliche Gebäude. Die Hauptkirche ist im gothischen Style aus poröser Kalkbreccie erbaut. Ge-
schmackvoller Stadtthurm, schöne Hauptwache, Theater, fürstliches
Schloß. Schlesiens Landesmuseum. Tuchmanufactur, hübsche Spaziergänge**); südwestlich findet man den Badeort Johannis-
brunn.

---

*) Einst Residenz der Markgrafen von Brandenburg als Regenten
   des Fürstenthums.
**) Congreß 1820.

An der Ostrawitza: Friedland mit Eisenwerken, Friedeck Städtchen mit Schloß und Wallfahrtskirche, ist Sitz des schlesischen Generalvicärs der Breslauer-Diöcese. Gegenüber liegt am linken Ufer Mistek mit Tuch- und Leinenweberey.

An der Olsa:

Jablunkau, Städtchen mit Leinweberey, am Beginne des Jablunkaer-Bergpasses nach Ungarn.

Teschen (Tiessin), Kreisstadt und Hauptort des gleichnahmigen Herzogthumes, liegt mahlerisch auf einer schmalen Bergzunge zwischen der Olsa und dem Bobrekthale. Mit den drey Vorstädten 6500 Einwohner. Die Hauptpfarrkirche und das schöne große protestantische Bethhaus, dann das Rathhaus sind die ansehnlichsten Gebäude; letzteres enthält auch den Redoutensaal. Außer der Stadt steht auf einem steilen Hügel das Schloß. Gymnasium und Convict mit ansehnlicher Bibliothek und Museum; protestantisches Gymnasium und Alumneum mit Bibliothek; Convict für adelige Knaben; Tuchweberey, Handel mit ungarischen Producten *).

An der Weichsel:

Das Dorf Weichsel, welches dem Flusse den Nahmen gibt, liegt auf vier Meilen weit zerstreut. In der Nähe der Weichselfall und die Höhle Windloch.

Ustron hat ein Eisenbergwerk, Hüttenwerke und eine Molkenkur-Anstalt.

Scottschau, meist aus Holz, aber freundlich gebaut, mit einer langen Brücke über den Fluß.

An der Biala liegt an der Ostgränze des Landes das Städtchen Bielitz, Hauptort des gleichnahmigen Fürstenthumes, im Besitze des Fürsten Sulkowsky.

An der March:

Der erste bedeutende Ort ist Müglitz (Mohelnice) mit Wollen-Weberey. Nördlich davon münden die Thäler der Sasawa und Theß, in jenem ist Hohenstadt mit Flachsbau, in diesem das gewerbsreiche Schönberg

*) Der Teschner-Friede wurde den 13. May 1779 auf dem Landhause abgeschlossen.

(Ssumberk), Hauptstappelort des Gesenkes, von 5000 Ein=
wohnern, Leinenwaaren und Nadeln; in der Nähe die
einzige warme Heilquelle des Landes zu Ullersdorf.

Am östlichen Fuße des Spieglitzer Schneebergs, auf
welchem die March entspringt, liegt Altstadt (Starměsto).

Östlich von Müglitz liegt Murau (Merow) mit einer
festen Burg, welche eine reiche Rüstkammer enthält.

Auf einer Insel des Flusses liegt Littau (Littowle) mit
Wollenzeug= und Papierfabriken, so wie in dem nördlicheren
Mährisch = Neustadt (Unczow). Neuschloß ist eines der
schönsten Jagdschlösser der Monarchie (fürstlich Liechtensteinisch)
mit Thiergarten. Nördlich von Neustadt das alte große Schloß
Eulenberg (Sowinec).

Olmütz (Holomauc), die ehemahlige Hauptstadt *), stark
befestigt, liegt auf einer Insel der March, welche die nächste
Umgebung durch ein Schleußenwerk unter Wasser setzen kann.
Mit der Vorburg und den zwey Vorstädten 14,000 Einwohner,
ohne die Besatzung (12 Casernen); vier Thore, 2 schöne Plätze,
Ober= und Nieder=Ring, auf jenem die 114' hohe schöne Drey=
faltigkeitssäule; sieben Springbrunnen von Raph. Donner; 13
Kirchen, darunter der ansehnliche gothische Dom von 1131 mit
unterirdischer Capelle. Die gothische St. Maurizkirche von 1412
enthält die größte Orgel Mährens von 2332 Pfeifen; die schöne
Garnisonskirche; bemerkenswerth ist ferner: die erzbischöfliche
Residenz; die Domdechantei **). Das Rathhaus mit künstlicher Uhr
von 1420, das Theater u. s. w. Olmütz ist Sitz eines Fürst=
Erzbischofs und (adeligen) Domkapitels, Kreisamt, Universität,
seit 1827. Seminar, ständische Ritterakademie; allgemeines öster=
reichisches Wittwen= und Waisen=Versorgungs = Institut. Große

---

*) 1641 wurde das Gubernium nach Brünn verlegt. Olmütz bestand
schon 863 als Stadt, 1241 schlug Jaroslaw von Sternberg hier
die Mongolen zurück. In den 8 Jahren der Schwedenherrschaft
1642—1650 verlor es 29,000 Einwohner, im ersten Jahre schon
1,520,000 Thaler und erhohlte sich seitdem nicht mehr. Helden=
müthige Vertheidigung gegen die Preußen im 7jährigen Kriege.

**) In welcher 1306 Wenzel III. von Böhmen, von einem seiner Die=
ner ermordet wurde.

Viehmärkte. — Außerhalb der Stadt liegt das ehemahlige Prä=
monstratenserstift Kloster-Hradisch (Hradišt) jetzt Militär=
spital. Eine Stunde nordöstlich ist der Heiligenberg mit
sehr besuchter Wallfahrtskirche. Kremsier (Kromieržic) ist eine
der schönsten Städte Mährens, Sommerresidenz des Fürst-Erz=
bischofs, in fruchtbarer Gegend, Collegiatstift. Prachtvolles Re=
sidenzschloß von 1690 mit Museum, Bibliothek, Park und be=
rühmter Orangerie, Kettenbrücke über die March, Obstbau.

Östlich liegt das Städtchen Holeschau (Holleschow)
mit gräflich Erdödy'schem Schloße und reizendem Parke.
Große Judengemeinde. Nordöstlich davon findet man Bi=
striz (Bistřica) am Fuße des Hostein (Hostjn) 2110'
hoch, wo 1241 die Tataren durch die Mährer geschlagen
wurden.

Napajedl hat ein schönes Schloß mit Park und einer
Schwefelquelle. Ungarisch-Hradisch, Kreisstadt und ehemah=
lige Festung, liegt auf einer Insel in sumpfiger Gegend; 300
Schritte lange Brücke. Großer Platz mit schöner Marmor=
Säule *).

Ostra und Wessely, Städtchen mit Schlößern und
Parks. Straßnitz (Stražnice) hat ein ansehnliches
Schloß und die älteste größere Kettenbrücke der Monar=
chie, von 1824, 90' lang. Göding (Hodonjn), Haupt=
stadt einer k. k. Familienherrschaft, hat ein weitläufiges
Schloß, jetzt Tabakfabrik. Westlich davon das Heilbad
Tscheitsch (Čejč).

Am Abhange des Marchgebirges, zwischen Napajedl und
Straßnitz: Buchlowitz, Markt mit Schloß, Schwefel=
bad, Obstbau. In der Nähe das Bergschloß Buchlau
und eine Glashütte.

Polleschowitz mit gutem Weinbau, die vorgebliche
Stätte der Wohnung des heil. Cyrill, bey Ofwětan aber
sieht man noch die Ruinen der von ihm erbauten Clemens=
kapelle. Bisenz (Bženec) Städtchen mit ansehnlichem
Schloß und Park in sehr fruchtbarer Gegend. Berühmte
Linde, 44' im Umkreise des Stammes. Westlich davon
Gaja.

---

*) Auf der Marchebene stand in dieser Gegend die Hauptstadt des
großmährischen Reiches, Welehrad oder Děwina, im J. 908 von
den Ungarn zerstört.

Nördlich der Markt Koritschan, mit Schloß, Glas=
hütte, der Mineralquelle Swata Studinka (Heiligenbrünnel)
und der Burg=Ruine Zimburg; weiterhin Strschilek
(Střjlky), Markt mit dem schönsten Friedhofe Mährens
und einem vorzüglichen Marmorbruche bey Tschettecho=
witz (Četechowice).

Südwest=Abhang des Gesenkes.

Nördlich von Olmütz liegt das hübsche Städtchen Stern=
berg mit 1100 Einwohnern. Hauptsitz von Weberey. Rö=
merstadt (Ržimaržow) hat Flachsbau und in dem na=
hen Johnsdorf ist die berühmte gräflich Harrach'sche
Leinen=Fabrik; Bergstadt hatte einst Bergbau auf edle
Metalle.

An der Beczwa:

Wallachisch=Meseritsch (die Umgegend heißt die „mäh=
rische Wallachei") gleichfalls mit aufgelassenen Silbergruben,
hat eine Glashütte und Tuchweberey.

Weiskirchen (Hranice) Hauptstadt des Prerauer=Krei=
ses mit Schloß und starker Tuchmacherey. In der Nähe ist der
Badeort Teplitz und der Erdfall Propast. Leipnik, Stadt
mit fürstl. Dietrichstein'schem Schloße. Auf dem schönen Kirch=
hofe ein merkwürdiges Echo. Prerau (Pržerow) eine alte
Stadt mit Bergschloß, Rathhaus mit sehenswerther Rüstkam=
mer. Haupteisenbahn=Station, wo sich die Bahnen nach Olmütz
und Krakau theilen.

An der Olsowa:

Boikowitz. Südlich davon im Dorfe Komnia wurde
1592 Amos Komenius geboren.

Ungrisch=Brod (Uhersky Brod) gut gebautes Städtchen
mit Schloß. Nordöstlich liegt das Dorf Luhatschowitz mit
einem vorzüglichen Sauerbrunnen.

Westliche Thäler.

An der Schwarzawa:

Jngrowitz, Markt mit gutem Flachsbau. Pernstein
(Pernstejn) ist eine vollkommen erhaltene, mit doppelten Mau=
ern und in Felsen gehauenem Graben versehene Burg, eine der

merkwürdigsten der Monarchie, fast ganz mit weißem Marmor überkleidet. Die Umgegend ist reich an interessanten Mineralien.

Unterhalb Brünn folgt:

Raigern (Reyhrad), Markt und Benedictinerstift, das älteste in Mähren, 1030 durch den böhmischen Herzog Břetislaw gegründet.

An der Taja:

Unweit des Ursprunges der mährischen Taja, liegt die Stadt Teltsch (Telč) mit einem prachtvollen Schloße. Südöstlich liegt Neu-Reusch (Rjsse nowa) Markt und Prämonstratenserstift, um 1250 durch Ludmilla von Rosenberg gegründet. Südlicher liegt das uralte, ehemahlige Städtchen Jamnitz (Grmnice) *).

Die vereinigte Taja strömt bis Znaim in einem engen Felsenthale, eine der meist romantischen Gegenden der Monarchie, (nahmentlich um der vielen Ruinen willen) die mährische Schweiz genannt. Bey dem Markte Vöttau (Bjtow) ist die gleichnahmige ausgedehnte alte Burg merkwürdig, mit Rüstkammer und Bibliothek. Unweit davon die Burgruine Zornstein. Auch der Markt Frain (Wranow) hat auf einem 456' hohen Felsen, eine alte ausgedehnte Burgruine und ein prachtvolles Schloß von 1690. Steingutfabrik. —

Znaim *) (Znoymo), Kreisstadt von 6000 Einwohnern, liegt auf dem hohen linken Ufer des Flusses, ist gut gebaut aber mit abschüßigen Plätzen und Straßen. Gothische Hauptkirche aus dem 14. Jahrhunderte. Die uralte St. Wenzels-Kapelle; Burgkapelle mit Fresken aus dem 12. Jahrhunderte.

Durch eine Schlucht von der Stadt getrennt, ist die Probstei der Kreuzherrn (mit dem rothen Sterne) in der Nähe der pitoreske Rabenstein.

Unterhalb Znaim verläßt der Fluß das Gebirge, wendet sich nordöstlich in einem großen Bogen um die Pollauer Berge herum nach Eisgrub (Ledice), Dorf mit einem prachtvollen Schloße, seit 1660 Sommer-Residenz der Fürsten von Liechtenstein, welche

---

*) Im 11. Jahrhunderte Hauptort einer eigenen Provinz.

**) Treffen mit den Franzosen, 14. Juli 1809, worauf der Waffenstillstand von Znaim und der Wiener-Friede folgte.

hier einen der größten und schönsten Parks von Deutschland anleg=
ten, den die Taja durchfließt; Orangerie von 2000 Bäumen; zahl=
reiche Prachtgebäude; der schönste Meierhof Deutschlands.

Am linken Ufer liegt hier das sehr alte Städtchen Ko=
stel (Podnojn) mit einer unterirdischen Capelle, die von den
mährischen Aposteln Cyrill und Method herrühren soll.

An der österreichischen Gränze liegt der Markt Lunden=
burg (Předlawa) mit einem Thiergarten und schönem Jagdschloße
Pohanka, bedeutender Entenfang; hier trennt sich die Brünn=
Prager von der Olmütz=Krakauer=Eisenbahn.

Am südlichen Abhange der Polauer Berge liegt die Stadt
Nikolsburg (Mikulow), 8000 Einwohner, Collegiatstift, phi=
losophische Lehranstalt (der Piaristen), großes prachtvolles Schloß
des Fürsten Dietrichstein mit Bibliothek, Archiv und Museum.
Bedeutende Judengemeinde.

In der Nähe das Heilbad Vöitelsbrunn und die
Thuroldshöhle. Ober dem Dorfe Polau die weitläu=
figen Burgruinen der Maidenburg*). Vom Gipfel des
1728' hohen Maberges weite Fernsicht.

An der Iglawa:

Iglau**) (Gjhlawa), Kreisstadt mit 3 Vorstädten, 17,000
Einwohnern; nach Brünn die volkreichste im Lande, einst berühmte
Bergstadt, in rauher Lage, 1752' über dem Meere, ist regelmäßig
gebaut, hat einen großen Platz, Gymnasium, bedeutende Tuchma=
cherey (457 Meister).

Trebitsch (Trebjč), Stadt mit interessanter gothischer
Schloßkirche, starker Judengemeinde.

Eibenschitz (Ewančice), Stadt mit erheblichem Obst=
und Spargelbau und Töpferey. Südwestlich die Stadt Kru=
mau (Krumlow) mit doppelten Mauern, weitläufigem
Schloß und Gruft der jüngeren fürstlich Liechtensteinschen
Linie. Groß=Messeritsch (Welky=Mezeric) gut gebaute
Stadt, mit großem, alten Schloße.

---

*) Deren Burggraf einer der ersten Kronbeamten war.
**) Iglau ist die älteste Bergstadt der Sudetenländer und ihre Berg=
 rechte entlehnte selbst Freiberg in Sachsen. Außer der Stadt legte
 an der Landesgränze 1527 Ferdinand I. den böhmischen Krönungs=
 eid ab; ein Monument bezeichnet die Stelle.

Namiefcht (Namèſt) Markt mit prachtvollem Schloße des Grafen Haugwitz, 120' tiefen Brunnen, berühmter Tuchfabrik, ſchöner Familiengruft, ausgezeichnetem Parke.

An der Zwittawa:

Lettowitz mit großer Tüll-Fabrik. Südöſtlich liegt das Schloß Kunſtadt (Kunsstat), Stammſitz eines berühmten Geſchlechtes. Südweſtlich aber die

Stadt Boskowitz (Bozkowice) gothiſche Kirche mit eiſerner Kanzel, ſtattlichem Schloße und den Ruinen der beyden Burgen Boskowitz, Stammſitz eines der älteſten und edelſten Geſchlechter.

Raitz (Regc) Dorf mit einem der ſchönſten Schlößer im Lande (des Altgrafen Salm); auf einer Inſel im Park das prachtvolle Grabmahl des Vertheidigers von Wien, Niklas Grafen Salm, aus der dortigen Dorotheerkirche hieher übertragen.

Blansko hat ausgezeichnete Eiſenwerke. In der Nähe ſind die Höhlen Sloup, Oſtrow, die Mazocha u. ſ. w.

Adamsthal (Hamry), Dorf mit Jagdſchloß und Eiſenwerken des Fürſten Liechtenſtein. Das ganze Thal iſt hier in einen großen Park verwandelt und enthält die berühmten Höhlen Stierfels, Wegpnſtek u. ſ. w.; die pitoresken Ruinen Nowihrad und Teufels-Schlößchen. In der Nähe die Wallfahrtskirche Wranau (Wranow) mit der prachtvollen fürſtlich Liechtenſtein'ſchen Familiengruft.

An der Littawa:

Butſchowitz, Markt mit einem prachtvollen Schloße des 16. Jahrhunderts, deſſen Colonade 96 Säulen zählt.

Auſterlitz*) Stadt mit ſchönem Schloß, Gemäldeſammlung, fürſtlich Kaunitz'ſche Gruft. Nördlich an der Olmützer-Straße das Dorf Slawikowice, bey welchem Kaiſer Joſeph 1769 auf einem Felde den Pflug führte, was ein gußeiſernes Denkmahl verewigt.

---

*) Der berühmte Miniſter Fürſt Kaunitz baute das Schloß. Den 2. December 1805 ſiegte Napoleon in der Gegend über die öſterreichiſch-ruſſiſche Armee, was den Preßburger-Frieden zur Folge hatte; Fabel iſt es, daß ein ganzes ruſſiſches Corps auf dem Mönitzer-Teich durch das Eis gebrochen und umgekommen ſey. —

Statistische Übersicht von Mähren und Schlesien.

Flächeninhalt, Wohnorte und Bevölkerung.

Kreise	Flächeninhalt in österreich. □ Meilen	Wohnorte				Häuser	Familien	Bevölkerung	Einwohner auf eine □ Meile
		Städte	Märkte	Dörfer	Zusammen				
Mähren.									
Hauptstadt Brünn	82·6	1	—	—	1	1.985	6.907	41.378	4.710
Der übrige Kreis		12	57	647	716	55.473	81.299	347.700	
Olmütz	85·3	25	25	792	842	62.520	107.391	454.069	5.323
Prerau	54·2	22	9	392	423	38.325	63.543	272.585	5.029
Hradisch	64·6	12	28	354	394	44.117	65.115	264.565	4.095
Iglau	49·2	9	26	473	508	25.716	45.622	192.328	3.909
Znaim	51·2	8	36	365	409	26.748	39.199	167.406	3.270
Summe mit Militär	387·1	89	181	3.023	3.293	254.884	409.076	1.778.827	4.595
Schlesien.									
Stadt Troppau	46·6	1	—	—	1	835	2.872	12.567	5.368
Der übrige Kreis		17	4	367	388	31.436	53.685	237.605	
Teschen	42·9	9	1	279	289	23.062	44.261	206.361	4.810
Summe mit Militär	89·5	27	5	646	678	55.333	100.818	643.340	5.177
Hauptsumme	476·6	116	186	3.669	3.971	310.217	509.894	2.242.167	4.705

Dritter Abschnitt.

Die Karpathenländer.

Die Königreiche Galizien und Lodomerien *) mit den Herzogthümern Auschwitz und Zata, dem Großherzogthume Krakau und dem Herzogthume Bukowina.

(Regnum Galiciae et Lodomeriae.)

(1525 ☐ Meilen mit 4,980.000 Einwohnern).

§. 15.

Grenzen=Eintheilung.

Das Königreich wird begrenzt nördlich durch Preußen und Rußland, wo die Weichsel und der Bug nur auf kurze Strecken eine natürliche Grenze bilden; östlich ist die Grenze gleichfalls offen gegen Rußland und die Moldau, und wird erst weiterhin durch das Flüßchen Podhortze gebildet, südlich durch die Karpathen gegen die Moldau und Ungarn, durch dieselbe westlich gegen Ungarn und Mähren.

---

*) Der Nahme Galizien wird abgeleitet von dem alten Fürstenthume Halitsch (Halicz), der Nahme Lodomerien von dem Herzogthume Wladimir.

§. 16.

Gebirge.

Die ganze Südwestgrenze wird durch die Beskiden und Kar=
pathen gebildet, so daß alle an dieser Grenze liegenden Kreise
(von Wadowice, Sandec, Jaslo, Sanok, Sombor, Stry, Sta=
nislawow, Kolomea und Czernowitz) Gebirgsland sind. Die
Grenze selbst läuft meistens über die Gräte, aber die Hauptmasse
der Gebirge liegt in Ungarn *). Die Karpathen fallen (wie das
Riesengebirge) steil nach Nordost ab, mit kurzen Widerlagen, in=
deß sie einwärts mehrere derselben und auch Arme bilden. Sie
gewähren daher in Galizien einen weit imposanteren Anblick, als
in Ungarn, wo der hohen Vorberge wegen, man die Gräte nicht
überall erblickt.

1. Die Beskiden entsenden einen bedeutenderen Arm zwi=
schen den Thälern der Sala und Skava nach Norden, in welchem
der Lubien 4000' erreicht.

2. Die Karpathen. Die Hauptgruppe der Karpathen, aus
Urgebirgsarten bestehend, die Tatra, hängt mit den Beskiden
zusammen, ihre höchsten Spitzen stehen aber in Ungarn. In Ga=
lizien ziehen sich die Thäler der beyden Dunajec bis zum Hochge=
birge hinauf, daher die Tatra von Neumarkt gesehen, einen weit
prachtvolleren Anblick gewährt als im Süden. Westlich von der
Tatra ist eine tiefe Einsattlung im Gebirge (die älteste Verbin=
dung aus Ungarn nach Polen, Kesmark nach Sandec); jenseits
welcher der Hauptzug des Gebirges bis zur Südspitze des Landes,
in ununterbrochenem Laufe sich in einer Länge von 80 Meilen er=
streckt. Es ist ein Sandsteingebirge, großentheils mit Urwald
bedeckt, und gehört zu den unwirthbarsten und wenigst bekannten
Gegenden des mittleren Europa's.

Der mittlere Theil des Landes ist Hügelland, die 5 nörd=
lichsten Kreise aber gehören schon zu der großen polnischen Ebene,
dem nordöstlichen großen europäischen Tieflande.

Thäler. Die Gebirgskreise enthalten eine große Menge

---

*) Siehe den folgenden Abschnitt.

kurzer Thäler zwischen den Widerlagen der Karpathen; bedeutend sind aber nur:

1. Das Thal des Dunajec, von der Tatra bis Tarnow, und

2. Das Thal des Dniester, welches aber schon dem Hügellande angehört.

Höhlen sind wenige bekannt, bey Czortkow, bey Neumarkt u. s. w. In der Bukowina gibt es mehrere Erdfälle, Erdtrichter genannt, runde Vertiefungen, welche sich trichterförmig verengen.

§. 17.

G e w ä s s e r.

Galizien gehört zu drey Stromgebiethen, jenem der Weichsel, der Donau und des Dniester; die Wasserscheide zwischen jener und den beyden letzteren, ist ein mäßig hoher Hügelzug, welcher die Grenze der Kreise von Sanok, Przemysl und Sambor bildet

1. Die Weichsel, aus Schlesien herüberkommend, bildet eine kleine Strecke die Grenze gegen Preußen, trennt dann auf 15 Meilen die Kreise von Krakau und Wadowice, ist ferner Grenzfluß gegen Rußland; ihre ganze Länge beträgt bis zum Austritte 38 Meilen, fast durchaus schiffbar. Bis Krakau hat sie 198' Fall, ihre Breite beym Austritte, wo sie bereits Ufersümpfe bildet, ist 200 Schritte.

Die bedeutendsten Zuflüsse sind:

a) Der Dunajec, aus der Tatra kommend und bey Neumark aus dem weißen und schwarzen Dunajez entstehend.

b) Die Wysloka entsteht bey Jaslo aus den Flüssen Dembowka Ropa und Jasielka.

c) Der San, der bedeutendste aus allen, bis Dynow nördlich, bis Przemysl östlich, dann in einem großen Bogen nordwestlich fließend, 17 Meilen schiffbar, und die Weichsel kurz vor ihrem Austritte erreichend. Diese alle entspringen auf den Karpathen.

d) Der Bug, nordwestlich von Zlocow entspringend, wird erst jenseits der Grenze schiffbar.

2. Der Dniester entspringt auf einem Arme der Kar-

pathen, südlich von Sambor bey Dniestrzyk Dubowy (jenseits welchem die Quelle des San liegt). Anfangs nordöstlich wird sein Lauf dann stetig südöstlich und verläßt nach 62 Meilen das Land (die letzten 53 schiffbar), zuerst mit dem rechten Ufer; er macht außerordentlich viele Krümmungen.

Zuflüsse sind am rechten Ufer:

a) Der reißende S t r y;

b) Die L o m n i c z a;

Am linken Ufer:

c) Der S e r e d und das Grenzflüßchen

d) P o d h o r z e.

3. Der P r u t h, in den Karpathen im südlichen Winkel des Stanislawower Kreises am Homoli = Berge entspringend. Er fließt anfangs nördlich, dann aber östlich.

4. Der S e r e t h (Syreth) entspringt aus einem Arme der Karpathen in der Bukowina und nimmt außer der Grenze seine bedeutendsten Zuflüsse auf, die Suczawa und Moldawa in Galizien, die Bistriz in Siebenbürgen entspringend. — Pruth und Sereth strömen der Donau zu *).

S e e n. Galizien hat in der Tatra 14 kleine Bergseen, Meer= augen genannt (Stav, Plesse), welche den Teichen im Riesenge= birge ähnlich sind. Der größte ist der F i s c h s e e, über 4000' hoch im Krivan, 1600 Schritte lang, 500 Schritte breit, 192' tief.

S ü m p f e bilden fast alle galizischen Flüsse. Bey Schwarzat, Dunajez im Sandecer Kreise ist der 2000' hoch gelegener Sumpf Bory.

M i n e r a l q u e l l e n sind über 30 im Gebrauche.

§. 18.

Das Volk.

1. Das Königreich wird überwiegend von S l a v e n bewohnt welche in folgende einzelne Stämme zerfallen:

a) Die e i g e n t l i c h e n P o l e n in den 7 westlichen Krei=

---

*) Hier nicht zu verwechseln mit dem eben genannten Sered.

Neue Geographie. I. Thl.   M

sen (daher auch polnische genannt) an der Weichsel und ihren Nebenflüssen, von denen die Gebirgsbewohner Goralen, die Bewohner der Ebene Masuren genannt werden. Der Pole ist ein
ausgezeichnet schöner Menschenschlag und sehr bildungsfähig; in
den Karpathen gibt es aber auch Cretins, wie in den Alpen.

b) Die Ruthenen oder Russinen (am Sanflusse auch
Rothreußen) bewohnen die östlichen Kreise, daher auch die ru-
thenischen genannt.

2. Die Walachen in der Bukowina, hier Moldauer oder
Moldowenen genannt *).

3. Die Juden, an 2 Millionen, zahlreicher als in irgend
einem österreichischen Lande.

4. Die Deutschen über 100.000, meistens in den Städten als Handwerker wohnend.

5. Die Armenier an 6000, in den östlichen Gegenden.

Nach der Gegend ist auch die Nahrung verschieden; Fleisch
ist selten, saure Haferschrottsuppe (Zur) und Haferkuchen (Moskal)
sind in den ärmeren Gegenden an der Tagesordnung.

Auf die Wohnungen wird weniger verwendet als in anderen Ländern; die Häuser sind meistens aus Holz mit unver-
hältnißmäßig wenig Raum.

Die Tracht des gemeinen Mannes besteht aus engen Hosen,
nach Art der ungarischen, Schnürschuhen (Kirpse oder Topan-
ken), einem kurzen Rocke über dem Hemde und einer Pelzmütze.
Die Vornehmeren haben die bekannte polnische Tracht, einen
knappen, dunklen Rock (Pikesche) mit Schnüren besetzt, eine Pelzmütze. Die Juden tragen einen schwarzen seidenen oder baumwolle-
nen langen Kaftan.

§. 19.
Nahrungsquellen.

Ackerbau ist Haupterwerb, und Getreide ein wesentlicher Aus-
fuhrs-Artikel. Flachs und Hanf werden bedeutend gebaut, so auch

---

*) Die Bukowina war früher ein Theil der Moldau, und wurde
erst 1771 von der Pforte an Österreich abgetreten.

Obſtbäume in einigen Gegenden, nahmentlich im Jasloer Kreiſe, Pflaumen und Äpfel. In der Bukowina gedeiht etwas Wein. Nach dem Ackerbau iſt die Rindviehzucht die wichtigſte Nahrungs= quelle und liefert gleichfalls zur Ausfuhr. Das galiziſche Horn= vieh verträgt es am beſten, weit getrieben zu werden und verſieht daher vorzugsweiſe den Wiener=Markt. Das polniſche Pferd iſt für die leichte Reiterey ſehr verwendbar und deſſen Zucht ver= beſſert ſi.h immer mehr. In den Karpathen wird auch eine Art Almwirthſchaft getrieben. Bedeutend iſt ferner die Schweinezucht und Bienenzucht; das podoliſche Wachs iſt ausgezeichnet.

Die Jagd iſt ſehr ergiebig und liefert in den Karpathen Hochwild genug, aber auch Bären, Luchſe, Wölfe; die Gemſe iſt bereits ſelten.

Die Fiſcherey in den vielen Flüſſen und Bächen iſt ergie= big, auch gibt es noch immer viele Teiche. Im Wyslock finden ſich beſonders große Welſe; Lachſe kommen bis in den Dunajec herauf. Sehr zahlreich iſt das Wildgeflügel, ſowohl Adler und Geyer im Gebirge, als die kleinen Zugvögel; Störche finden ſich nur bey Jaroslaw.

Bergbau. Der ganze Karpathenzug iſt reich an Eiſen, aber noch bey weitem nicht genug erforſcht. Silber und Kupfer liefert die Bukowina, der Hauptreichthum des Landes iſt aber das Salz, nicht bloß das Steinſalz der berühmten Gruben von Bochnia und Wieliczka, ſondern auch der vielen Salzquellen in den öſtlichen Gebirgsgegenden, wo es über 20 Salzſiedereyen gibt.

Die Induſtrie beſteht hauptſächlich im Spinnen und We= ben von Flachs, Hanf und Schafwolle. Die Glashütten im Ge= birge erzeugen in der Regel keine feinere Waare.

Hauptſtraßen ſind: 1. Die Eiſenbahn von Bieliß über Krakau nach Bochnia, welche bis Lemberg fortgeſetzt wer= den ſoll; 2. die Hauptſtraſſe von Bieliß bis Lemberg und Brody, dann von Lemberg nach Czernowiß; 3. die Karpa= thenſtraße von Bieliß über Jordanow, Sandec, Dukla, Lisko, Sambor, Stry, Stanislaw nach Czernowiß; 4. die Franzensſtraße von Czernowiß nach Biſtriß in Sieben=

M 2

bürgen; 5. die ungarische Straße von Jaslo über Bartfeld nach Kaschau.

§. 20.

Topographie.

Ortsbeschreibung.

Lemberg (Lwow), Hauptstadt des Königreiches und gleichnahmigen Kreises, liegt an dem Bache Peltew in einem Kessel
von Sandhügeln, hat mit den 4 Vorstädten 66.000 Einwohner,
worunter 21.000 Juden; 14 katholische Kirchen, 1 armenische,
1 griechische Domkirche. Die Stadt ist gut gebaut aber meist mit
Schindeln gedeckt; die Wälle sind in Spaziergänge verwandelt. Von
dem ansehnlichen Marktplatze in Mitte der Stadt laufen gerade,
regelmäßige Gassen aus. Lemberg ist Sitz des Guberniums, von
3 Erzbischöfen (katholisch, griechisch-unirt und armenisch);
hat 1 Universität, 1 öffentliche (Ossolinski'sche) Bibliothek, 1
ständische Akademie, 1 ständ. ökonom. Institut u. s. w. Die Do-
minikanerkirche ist eine Nachbildung der Wiener-Karlskirche und
enthält das Marmordenkmahl der Gräfinn Borkowska, von Thorwaldson. Schönes neues Rathhaus mit einem 492' hohen Thurme,
welcher vielleicht die beste Thurmuhr der Monarchie enthält, von
Stampfer in Wien angegeben. Ausgezeichnete Gebäude sind sonst
noch die Residenz des armenischen Erzbischofs, die große Kaserne, das
allgemeine Krankenhaus rc. Am lebhaftesten ist Lemberg zur sogenannten Contractenzeit (vom 14. Jänner durch 6 Wochen) in
welcher Zeit die Handelsgeschäfte abgeschlossen werden. — In
der Nähe ist das Heilbad Bründl. Zwey Stunden südöstlich
liegt Winnik oder Weinbergen, mit der kaiserlichen Tabakfabrik.
Südwestlich ist das Schwefelbad Lubien. Westlich liegt Janow
an einem großen Teiche, dessen berühmte Fische einst für die königliche Tafel bestimmt waren.

Das westliche Land der Polen.

An der Weichsel:

Krakau, am linken Ufer an der Einmündung der Budawa,
Hauptstadt des gleichnahmigen Großherzogthums, vordem freye
Republik mit 35.000 E., ist mit Wällen und Gräben umgeben,

besteht aus der alten Stadt, der meist von Juden bewohnten Kasimirstadt auf einer Insel und 7 Vorstädten. Auf einem ansehnlichen Platze steht das Rathhaus und die alten Tuchlauben. Die gothische Domkirche gehört zu den interessantesten der Monarchie durch die vielen Grabmäler (das des h. Stanislaus mit silbernem Sarge *), der polnischen Könige (über 20) u. s. w. Von Thorwaldson sieht man ein Christusbild und das Monument des Grafen Wlad. Potocki, von Canova jenes des Grafen Skotnicki. In einer eigenen Gruft ruhen Johann Sobiesky, Thad. Kosciusko und Jos. Poniatowsky. In der St. Annakirche das Denkmahl des Copernicus. Die Franziskanerkirche hat kunstreiche Chorstühle. Krakau hat ein Bisthum, 1 Universität mit reichem botanischem Garten, in welchem eine Bildsäule des Copernicus steht, von Thorwaldson; gelehrte Gesellschaft, 4 Bibliotheken. Der bischöfliche Pallast enthält ein Museum sarmatischer Alterthümer. Auf einer Anhöhe steht das Schloß, die ehemahlige Residenz der polnischen Könige, im 14. Jahrhunderte durch Casimir den Großen gegründet.

In der Umgegend sind bemerkenswerth das Nonnenkloster Zwierziniek und die Kapelle St. Branislaus mit reizenden Fernsichten; bey letzterer der Grabhügel Kosziusko's. An der Mündung der Skawina liegt auf hohem Felsen die Benedictiner-Abtey Tivine. Gegenüber von Krakau durch eine Floßbrücke verbunden, liegt die Freystadt Podgórze (Josephstadt) gut gebaut, mit großen Salzniederlagen.

An der Biala liegt Biala, gegenüber dem schlesischen Bielitz, Städtchen mit bedeutender Leinwandmannfactur.

An der Raba: Myslenice, ehemahlige Kreisstadt in einem tiefen Bergkessel.

An der Sala: Seypusch (Żywiec), wohlhabendes Städtchen mit schönem Schloß. Die Stadt Kenty treibt viel Leinweberey. Auschwitz (Oswięcim) ist Hauptort eines eigenen Herzogthums.

An der Skawa: Wadowitz (Wadowice), Kreisstadt in fruchtbarer Gegend. Westlich davon liegt Andři-

---

*) Bischof von Krakau, 1076 von Boleslaw II. vor dem Altar ermordet.

chaw (Endrýchow), sehr betriebsames Städtchen mit einer Weberzunft von 700 Meistern. Östlich liegt der Markt Kalwaria mit einer Benedictinerabtey und berühmter Wallfahrt zu dem Kalvarienberge derselben. Unweit davon ist das Städtchen Landskron mit einem alten Bergschloße von berühmter Fernsicht. An der Mündung der Skawa liegt Zator, Hauptstadt eines Herzogthums, welches nebst Auschwitz als ehemahlige Bestandtheile von Schlesien noch zu Deutschland gerechnet werden.

Am Dunajec: Am weißen Dunajec in dem romanti= schen Hochthale, welches vom Kriwan sich herabzieht, liegt das Eisenwerk Zakopane und Koscielisko mit einem Schlackenbade.

Poronin hat eine Eisenwaaren = Fabrik.

Bochnia, Kreisstadt mit dem berühmten Steinsalzberg= werke, welches zusammenhängt mit dem westlich gelegenen Wie= litschka (Wieliczka), Stadt von 6500 Einwohnern, hübschem Platz und ansehnlichem Schloß, in dem das Bergamt sich befin= det. Das Salzlager *) läuft unter der Stadt weg, ist 9500' lang, 3600' breit, 1220' tief und wird in 3 Stockwerken abge= baut; 11 Schächte führen hinab, davon 2 in der Stadt selbst (im Franziszek 470 Stufen). Mehrere von den ausgehauenen Kammern haben 100' Breite und Höhe, und sind passend verziert durch aus Salz gehauene Bildwerke, so nahmentlich die St. An= ton= Kapelle, in der am 3. July Gottesdienst gehalten wird. Man findet in der Grube 2 Kapellen, eine Halle, einen Tanz= saal, ein Monument Augusts II., einen Obelisk, Schmieden, Stallungen auf 100 Pferde (welche fortwährend unten bleiben) u. s. w. Von den 16 Teichen ist der Preykos 1100' lang, 458' breit, 24' tief, kann mit Nachen befahren werden und sein Was= ser wird zu Soolenbädern benützt. Das Werk liefert jährlich über 600.000 Zentner Salz. In der Nähe liegt Staniontek mit einer Benedictiner=Nonnenabtey und das Schwefelwerk Swoszowice.

Neumark (Nowy targ), Städtchen aus Holz erbaut mit lebhaftem Handel zwischen Ungarn (Waag=Thal und Krakau).

---

*) Nach der Sage 1250 von einem Hirten Nahmens Wieliczk ent= deckt.

Kroscienko mit der großartigen Burgruine Scharstein (Czorstýn). In Alt=Sandez (Staremiasto) ist ein Convict der Clarisserinnen für Mädchen. Hier vereinigt sich mit dem Dunajec der Poprad aus Ungarn kommend, an dem das Städtchen Piwnicza Leinenweberey treibt. Westlich davon liegt der sehr besuchte Sauerbrunnen Kryniza (Krynica). — Neu=Sandez (Nowy Sandec), Kreisstadt, liegt sehr reizend auf dem hohen rechten Ufer des reißenden Dunajec. Zabno unweit der Mündung, ist ein Markt mit viel Töpferey. An dem Nebenflusse des Dunajec, der Biala (nicht zu verwechseln mit dem gleichnahmigen Grenzfluße) liegt Tarnow, Kreisstadt mit Bisthum und ansehnlicher Domkirche, worin die Marmormonumente der Fürsten Ostrog und Grafen Tarnowsky bemerkenswerth sind; in der Nähe das schöne Lustschloß Gummiska des Fürsten Sanguszko. — Nordöstlich liegt Lisiagóra, wo viel Holzwaaren gemacht werden.

An der Wysloka, welche hier ihren Nahmen erhält, liegt die Kreisstat Jasló in gut gebauter, anmuthiger Gegend. Südwestlich liegt an der Ropa der ansehnliche Flecken Görlitz (Gorlice), Handel treibend mit Leinwand, Getreide für das Gebirge und Ungarn. Das ganze Thal ist mit Leinwandbleichen bedeckt. In der Nähe der berühmte Wallfahrtsort Kobylanka.

Kaleczyce, Markt, der vorzügliche Töpferwaaren liefert. An der Jasielka liegt Dukla, alte Grenzstadt mit Bernhardinerkloster, großem Schloße mit Park und sehr bedeutendem Handel mit ungarischen Weinen. Am Wisłok: Krosno, alte Stadt mit alter königlicher Residenz, gothischer Pfarrkirche (auf den Grundvesten einer Sozinianischen (Arianischen) Kirche, bedeutenden Handel. Einige nahe Dörfer sind Ansiedelungen ehemahliger schwedischer Kriegsgefangenen. Czudec mit ergiebiger Fischerey und Pelzwaaren=Fabrikation. Održykon, wohlhabendes Dorf mit großem Bergschloße. Řzeszow, Kreisstadt von 7300 Einwohnern mit Leinweberey. Die jüdischen Goldschmiede verfertigen die als „Rzeszower Gold“ bekannten Galanteriewaaren aus Tombak, welche selbst in das Ausland gehen. Landshut (Lancut) mit Leinwandbleichen, hat eines der größten fürstlich Lubomirski'schen Schlößer im Lande mit Park. Östlich liegt Kaa-

czuga, deſſen Einwohner vorzüglich als Drahtbinder herum=
wandern.

Am San: Lisko treibt Handel in die Gebirge; Sanok,
Kreisſtadt mit hölzernen Häuſern in angenehmer Lage. Gegenüber
liegt die Remontirungsanſtalt Olchowce. Dynow iſt ein
Hauptmarkt für Leinwand. Dubiezko (Dubiecko), Städtchen
mit prachtvollem Schloße und Park des Grafen Kraſinsky. Miel=
now mit Aalfang. Przemysl, gutgebaute Kreisſtadt von
10.000 Einwohnern, mit einer ſchönen, ganz gedeckten Brücke,
hat 1 katholiſches und 1 griech. unirtes Bisthum, 1 Lyceum, 1
Kloſter der Benedictinerinnen und die Ruine eines Bergſchloßes.
Die Umgebung treibt ſtarken Obſtbau. Radymno verfertigt
viele Seidenwaaren. Jaroslaw, eine der anmuthigſt gelegenen
Städte des Landes von 8600 Einwohnern, hat Fabriken für
Tuch, Liqueure, Wachs und anſehnlichen Handel. Unweit mün=
det die Krakowska, an welcher die Stadt Jawarow *) von
8000 Einwohner und das beſuchte Schwefelbad Sklo mit guten
Anſtalten.

Die Einwohner von Sieniawa am San ſind ausgezeich=
nete Maurer und wandern weit herum.

Das öſtliche Land der Ruthenen.

Am Bug: An mehreren Teichen, welche in den Bug ab=
fließen, liegt die Kreisſtadt Zloczow; in der Nähe Lacke mit
ſchönem Schloß und Park.

Eine ähnliche Lage hat das Städtchen Busk, an wel=
chem der Wallfahrtsort Milatin. Öſtlich von Busk liegt
Olesko, Markt mit Felſenſchloß, wo König Johann So=
biesky geboren wurde. An einem Seitenfluße des Bug, der
Retka, liegt die Kreisſtadt Zolkiew, in deſſen Nähe
Glinsko mit einer Steingutfabrik.

Nordöſtlich von Zloczow liegt die gräflich Potockiſche freye
Handelsſtadt Brody **) unweit der ruſſiſchen Grenze. Unter den
18.000 Einwohnern ſind mehr als die Hälfte Juden, daher ſie

---

*) Hier ließ ſich Peter der Große mit Katharina I. trauen.
**) Sie wurde 1779 erbaut.

auch „Deutsch=Jerusalem" heißt; israelitische Schule. Brody ist die wichtigste Handelsstadt des Landes.

Am Dniester:

Sambor in fruchtbarer Ebene am linken Ufer, Kreisstadt mit sehr betriebsamen Einwohnern, 11.000 an der Zahl. Nordöstlich liegt Dobromyl mit bedeutenden Viehmärkten und Salzsiedereyen in der Nähe. Westlich liegt Chyrow, wo viele Strumpfstrickerwaaren gemacht werden.

Bey Zýdáczów mündet der Stry.

An diesem Flusse aufwärts, findet man die gleichnahmige Kreisstadt Stry mit 8000 Einwohnern. Südlich bey Bolechów ist eine Salzsiederey und das Dorf Hoszow mit einem Basilianerkloster auf einem schroffen Sandsteinfelsen. Weiterhin die Eisenwerke Sydonowósko, Sopot, deren fast an jedem der Wildbäche, welche aus den Karpathen dem Dniester zueilen, nahmentlich zu Myzun und Olchowka. — Nordwestlich von Stry liegt die k. Stadt Drohobycz, mit 12.000 Einwohnern, Salzsiederey und lebhaftem Handel; schöne gothische Kirche. Bey Truskawicz ist eine Quelle von Erdöhl. In geringer Entfernung vom Dniester findet man weiter östlich: Mikolajów mit den großen Steinbrüchen von Demnia. Halitsch (Halicz) in fruchtbarer Gegend, ist ein Städtchen mit der Ruine einer Burg, ehemahls Residenz der Könige von Halicien, dann der griechischen und katholischen Erzbischöfe. — Nördlich liegt Burstyn mit Alabasterbrüchen.

Unter Halicz mündet am rechten Ufer die Bistritz, an welcher die Kreisstadt Stanislau (Stanislawow) liegt, mit 12.000 Einwohnern; Mariampol, Stadt mit großem Schloße. Nizniow, meist von Juden bewohnt, mit lebhafter Schiffahrt. Hier mündet der Lipa=Bach, an dem aufwärts die Kreisstadt Brzezan liegt, mit 7500 Einwohnern.

Zaleszczyki ist die Hauptstadt des Czortkower=Kreises sehr anmuthig auf einer Halbinsel des Flußes gelegen, über den eine Schiffbrücke führt.

Am Sered:

Tarnopol, nicht unansehnliche Kreisstadt von 16.000 Ein=

wohnern, mit Jesuitencollegium und philosophischer Lehranstalt. Die Umgegend erzeugt viele grobe Tücher und Leinwand. Mikulince, Stadt mit Bergschloß, Tuchfabrik, bedeutendem Handel.

Trembowla, ehemahls Hauptstadt eines Fürstenthums. Czortkow, Stadt, welche dem Kreise den Nahmen gibt.

Am Pruth:

Delatyn, Markt mit Salzsiederey. Die Bewohner der Umgegend suchen ihren Erwerb hauptsächlich in Ungarn beym Holzflößen. Kolomea, Hauptstadt des gleichnahmigen Kreises mit 10.500 Einwohnern. In der Nähe Kniazdwor mit einer Salzquelle. Sniatyn von 9000 Einwohnern zählt viele Armenier, so wie das südwestlich gelegene Kutty, wo sie viel Saffianleder bereiten.

Tschernovitz (Czernowice), Hauptstadt des Herzogthumes der Bukowina, ansehnliche Stadt von 12.600 Einwohnern auf einem Hügel am rechten Ufer des Flußes, über den eine Schiffbrücke führt. Sitz eines griechisch nicht unirten Bischofs, philosophische Lehranstalt. Bedeutender Handel.

An der Sutschawa: Radautz (Fradautz) mit bedeutendem landesfürstlichem Gestütte; die ehemahlige Hauptstadt der Moldau. Suczawa, von 6000 Einwohnern, noch mit vielen Häusern nach moldauischer Bauart, von großen Höfen umgeben. Die Industrie ist nicht unbedeutend und liefert Saffian, bunte Schürzen, gestreifte Leinen u. s. w. Das nahe Kaczyka hat Salzsiedereyen. In dieser Gegend sind ungarische Colonien und eine russische der sogenannten Philippowaner, das Dorf Lippoweny.

Der südlichste Theil des Landes ist reich an romantischen Thälern, wozu nahmentlich das Dornathal gehört. Hier liegen die Sauerbrunnen Dorna, Watra. Im Thale der goldnen Bistritz ist das Eisenbergwerk Jakobeny, die Silbergrube Kirlibaba und das Kupferwerk Poszorita bemerkenswerth.

Statistische Übersicht von Galizien und der Bucovina.
Flächeninhalt, Wohnorte und Bevölkerung.

Kreise	Flächeninhalt in österreich. □ Meilen	Wohnorte				Häuser	Familien	Bevölkerung	Einwohner auf eine □ Meile
		Städte	Märkte	Dörfer	Zusammen				
Lemberg { Hauptstadt	42·0	1	—	—	1	2.524	13.261	65.978	4.513
Der übrige Kreis	67·0	3	2	173	178	18.600	29.159	123.576	
Wadowice	41·2	11	2	340	353	46.819	80.189	360.835	5.386
Bochnia	70·1	5	9	377	391	31.291	55.038	237.152	5.756
Sandec	57·6	8	5	387	400	32.211	57.199	254.574	3.631
Jaslo	65·0	6	11	373	390	34.157	60.547	265.480	4.609
Tarnow	82·6	3	11	468	482	34.479	62.389	257.804	3.966
Rzeszow	86·0	4	13	334	351	43.457	71.785	301.273	3.647
Sanok	90·6	10	10	434	454	37.364	69.466	285.903	3.324
Sambor	60·0	7	3	346	356	46.542	77.985	308.281	3.403
Przemysl	91·3	5	12	373	390	38.442	63.362	259.472	4.325
Zolkiew	94·1	4	17	267	288	36.806	56.353	224.027	2.454
Zloczow	73·0	6	20	325	351	36.312	59.990	245.046	2.604
Brzezan	120·3	3	14	319	336	32.909	54.575	218.841	2.998
Stry	93·0	2	10	304	316	34.909	58.723	235.737	1.960
Stanislawow	79·8	5	13	262	280	33.656	60.808	251.557	2.705
Kolomea	64·2	3	12	204	219	37.244	53.878	227.969	2.857
Tarnopol	65·8	4	6	251	261	33.583	55.733	211.248	3.290
Czortkow	65·8	3	19	242	264	34.715	51.219	203.938	3.099
Czernowitz	181·5	3	4	278	285	55.585	75.845	352.588	1.942
Summe mit Militär	1525·0	96	193	6.057	6.346	701.605	1,167.404	4,980.208	3.265

Vierter Abschnitt.

Das Königreich Ungarn. Die Königreiche Slavonien und Croatien. Die Woidwodschaft Serbien.

(Reguum Hungariae.)

(4545 ☐ Meilen, 11,600.000 Einwohner mit der ungarischen Militärgränze).

§. 21.

Gränzen. Eintheilung.

Diese zusammenhängenden österreichischen Kronländer werden begränzt nördlich durch die Beskiden und Karpathen gegen Mähren und Galizien; östlich durch die Karpathen gegen Siebenbürgen; südlich durch die Donau, Save und Kulpa gegen die Türkei, den Vellebich gegen Dalmatien; westlich durch das adriatische Meer, die Kulpa und das Previats = Gebirge gegen Illyrien; die Sottla, und zum Theil die Mur und Raab gegen Steyermark; die Leitha und March gegen Österreich und durch die letztere gegen Mähren.

Das Königreich Ungarn steht unter dem k. Statthalter Palatin genannt (Palatinus, Nador).

Die Königreiche Slavonien und Kroatien stehen miteinander unter einem königlichen Statthalter, Banus genannt.

Das Königreich Ungarn zerfällt in das östliche Oberungarn und das westliche Niederungarn*), und jedes

---

*) Eine obwohl nicht ganz strenge orographische Eintheilung, indem jenes das höher gelegene Karpathenland begreift, dieses das tieferliegende Donauland.

derselben in 3 Kreise, jenes dies= und jenseits der Theiß, dieses dies= und jenseits der Donau (linkes und rechtes Ufer).

Diese Kreise enthielten bisher 46 Gespannschaften (Comitatus) und 4 Districte (Districtus) nähmlich:

Der Kreis diesseits der Donau enthielt: Die Gespannschaften von 1. Preßburg, 2. Neutra, 3. Trentschin, 4. Thurotz (die Thurotz), 5. Liptau, 6. Arva, 7. Sohl, 8. Barsch, 9. Hont, 10. Gran, 11. Neograd, 12. Pest — Pilisch und Scholt, 13. Batsch und Bodrogh. Die Districte: a) Der Tschaikisten, b) Klein=Kumanien.

Der Kreis diesseits der Donau enthielt die Gespannschaften von: 1. Wieselburg, 2. Ödenburg, 3. Eisenburg, 4. Raab, 5. Comorn, 6. Stuhlweißenburg, 7. Tolna, 8. Baranya, 9. Schümegh, 10. Vesprim, 11. Sala.

Der Kreis diesseits der Theiß enthielt die Gespannschaften von: 1. Zips (die Zips), 2. Scharosch, 3. Semplin, 4. Unghvar, 5. Beregh, 6. Aba=Ujvar, 7. Torna (nur 10 ☐ Meilen groß), 8. Gömör und Klein=Hont, 9. Borschod, 10. Hevesch und (äußere) Solznok.

Der Kreis jenseits der Theiß enthielt die Gespannschaften von: 1. Marmarosch (die Marmarosch), 2. Ugotsch, 3. Sathmar, 4. Saboltsch, 5. Bihar (192 ☐ Meilen), 6. Bekesch, 7. Tschougrad, 8. Zschanad, 9. Arad, 10. Kraschowa, 11. Temeschvar (das Banat), 12. Torontal, dann die Districte a) Groß=Kumanien, b) der Haiduken, c) von Kövar.

––––––––––

Das Königreich Kroatien enthielt die 4 Gespannschaften von Agram, Kreuz, Warasdin und den Seebezirk (ung. Küstenland).

Das Königreich Slavonien enthielt die drey Gespannschaften von Verötsche, Poschega und Syrmien.

§. 22.

Gebirge.

Die Gebirge dieser Kronländer gehören zwey Gebirgssystemen an, den Karpathen und Alpen.

1. Die Karpathen umgeben in einem großen Halbkreise das Land, gegen Nordost ausbiegend. Sie bestehen aus 2 Gebirgszügen, einem inneren, höheren, aus Urgebirgsarten oder vulkanischen Gesteinen bestehend, gewöhnlich Central = Karpathen genannt, und einem diesem parallel laufenden, äußeren breiten aus Sandstein. Diese zwey Züge sind in einzelne Ketten durch Längenthäler getheilt (Thal der Waag, Ober=Theiß, Bistritz), aber nicht von solcher Ausdehnung wie in den Alpen. Die äußeren Gebirge lehnen sich meistens als Widerlagen an die inneren Urmassen an, verschmelzen oft mit ihnen ganz und gar, und letztere treten auch vielmehr nur als vereinzelte Gruppen auf; nur das äußere Sandsteingebirge bildet eine fortlaufende Kette von 4000' mittlerer Höhe, 15 M. größte Breite.

a) Die Centralkarpathen erreichen ihre größte Höhe in der an sich kleinen Gruppe der **Tátra** (Liptauer=Alpen), 10 Meilen lang, bis 3 breit, 6500' mittlere Höhe; am Ursprunge der Waag. Es ist ein Granitgebirge mit allen Eigenthümlichkeiten dieses Gesteines, scharfkantigen, schroffen thurmähnlichen Spitzen, äußerst steilen Wänden, scharfen Gräten. Nach außen (Galizien) stürzt es noch steiler ab als nach innen. Der höchste Gipfel ist die Felspyramide der Lomnitzer Spitze 8000'.

Ein Arm der Tátra ist mit dem Kriwan durch ein Joch verbunden, die Wasserscheide der Waag und des Poprad, und verläuft über den Blechberg, Königsberg 5000', Sambér 6170'.)

An dieses Gebirge schließt sich das **ungarische Erzgebirge**, Trachyt und Basalt, in welchem der Klak 4168' erreicht.

Die zweyte Hauptgruppe der Central= (Urgebirgs=)Karpathen steht am Ursprunge der Theiß.

b. Die äußeren Karpathen, das Sandsteingebirge (in seiner ganzen Ausdehnung durch Siebenbürgen, 130 Meilen lang, wogegen die Central=Alpen nur 90 Meilen in den östlichen Ländern der Monarchie verlaufen) zerfällt in folgende Theile, die aber vollkommen verbunden, nur durch lokale willkührliche Benennungen getrennt sind.

α.) Die **kleinen Karpathen** (weißes Gebirge) an der Mündung der March beginnend, die rechte Thalwand der Waag bildend. Ein wellenförmiges Waldgebirge, das nicht 3000' erreicht.

β.) Die Beskiden, durch den Wetterling mit dem vorigen verbunden, in derselben Richtung nach Nordost sich erstreckend, gleichfalls die rechte Wand des Waagthales bildend. Der Hauptzug bildet die Gränze gegen Mähren, wendet sich vom Berge Sulow östlich, bildet die Gränze gegen Galizien bis zu den Quellen der galizischen Raba bey Neumarkt. Vom Czorkow trennt sich ein Arm südwestlich, der von der Waag durchbrochen wird, dann die linke Thalwand derselben bildet, im Facskowska seine größte Höhe erreichend. Dieser Arm entsendet selbst wieder einen zweyten, den die Waag gleichfalls durchbrochen hat, das sogenannte Fátragebirge, 3721'.

Die Beskiden hängen über den Jaworzina (in Galizien) zusammen γ.) mit dem Hauptzuge der Karpathen, dessen Gipfel der Szereints, Populia, Czorna, Pietroß von 6880 Fuß sind. Die Ost=Karpathen bilden in Ungarn nur einen bedeutenden Arm, am Ursprung der Theiß nordwestlich sich wendend, die linke Wand des Theiß=Thales bildend.

δ.) Gegen das innere Tiefland stehen mehrere trachytische Hügelreihen, welche den Nahmen von Gebirgen mit Unrecht führen, so das Medvesch= und Matra=Gebirge bey Erlau, die Hegyallya bey Tokai u. s. w. An der Ostseite fallen die Randgebirge des siebenbürgischen Hochlandes gegen das Tiefland mit kurzen aber meistens sanften Widerlagen ab (siehe den folgenden Abschnitt.)

§. 23.
Die Alpen.

1. Die nördliche Kalkkette reicht mit dem Leithagebirge herüber, das zum Theil die Gränze gegen Österreich bildet, bis zur Donau. Zu derselben muß man auch den Bakonyer=Wald rechnen und das Vertesch=Gebirge, nördlich vom Plattensee.

- 2. Die südliche Kalkkette bildet eine fast ununterbrochene 28 Meilen lange Kette von der steyrischen Gränze bey Rohitsch bis Diakovar in südöstlicher Richtung. Sie erhielt hier die Nahmen Matzel=, Ivanchicza=, Kalnik=, Reka=, Billo=Gebirge u. s. w., erreicht aber wahrscheinlich nirgend 4000' Höhe. Als eine Verlängerung derselben ist das berühmte Wald= und Wein-

gebirge Fruska Gora an der Donau, in Syrmien anzuse-
hen. — (Des Kapella-Gebirges wurde schon bey Illyrien und
Dalmatien gedacht.)

3. Auch in Ungarn, wie in dem Venetianischen und in Böhmen findet man isolirte Gruppen von basaltischen Kegelfelsen,
am nördlichen Ufer des Plattensees, worunter der Badaston.

§. 24.
Thäler, Ebenen, Höhlen.

1. Das Waagthal ist das bedeutendste eigentliche Thal, zugleich durch Naturschönheiten ausgezeichnet, 16 Meilen lang. Das
Thal der oberen Theiß bis zu deren Eintritt in die Ebene ist
18 Meilen lang; beyde sind Längenthäler.

Das große ungarische Tiefland, die Donau = Theiß = Ebene
nimmt nicht weniger als 1000 ☐ Meilen ein, ein großes Ganzes bildend, ohne wesentliche orographische Abtheilung; die Nahmen: Debretsiner, Ketschkemeter = Heide sind nur örtliche Benennungen, jene zwischen Theiß und Körösch, diese zwischen Theiß
und Donau. Das ungarische Tiefland ist recht eigentlich ein Step-
penland, mit kurzem Grase bewachsen, an den Flüssen mit ausgedehnten Sümpfen, in einzelnen Gegenden auch mit Flugsand bedeckt. Die Luftspiegelung (Fata morgana, **Déli-Baba**) ist keine
seltene Erscheinung.

Eine zweyte kleine Ebene, von etwa 200 ☐ Meilen ist die
Rabnitz-Ebene, zu beyden Seiten dieses Flüßchens bis zum Neu-
siedlersee. Nur die Donau trennt sie von der eben so großen
Schütt-Ebene, die Insel Schütt begreifend, bis zu den kleinen
Karpathen und Neutraer Bergen.

Höhlen besitzt Ungarn in großer Anzahl und darunter die
merkwürdigen Eishöhlen von Szilicze; die größten Tropfstein-
höhlen sind die Baradla bey Aggtelek, die Drachenhöhle bey
Demanowa, die Abaligether und die Funatscha (vergleiche die
Topographie).

§. 25.
Gewässer.

Hauptstrom des Landes ist die Donau (**Duna**) deren Lauf
bereits S. 17 beschrieben wurde. Mit Ausnahme des Poprad

(aus dem gleichnahmigen Karpathen=See entspringend, durch den Dunajec in die Weichsel mündend) gehören alle übrigen strömen=den Wässer Ungarns zum Stromgebiethe der Donau.

Die meisten Nebenflüsse finden sich am linken Ufer und zwar 1.) Die March, Gränzfluß gegen Österreich (siehe. S. 160.): 2.) Die Waag (Vágh) bey Király=Lehota an der Südseite der Tatra aus der Ver=einigung der schwarzen und weißen Waag entstehend. Sie bildet bedeutende Wellenbrecher in den Engpässen Sokole und Margitta, in letzterem auch Wirbel, ist 40 Meilen lang und fällt im ganzen 1800', bey 10' mittlerer Tiefe. Von Hradek an ist sie flößbar und fällt bey Guta in den Neu=häusler Donau=Arm, der nun den Nahmen Waag=Donau (Vágh-Duna) erhält.

3.) Die Neutra (Nyitra), welche bey Komorn in die Waag=Donau fällt. 4.) Die Gran (Garam) am Königsberge entsprin=gend, bey Párkány, gegenüber von Gran mündend. 5.) Die Eipel (Ipoly), unterhalb Gran mündend. 6.) Die Theiß (Tisza ist der zweyte Hauptstrom.

Sie entsteht aus der Vereinigung der schwarzen und wei=ßen Theiß in der Marmarosch, fließt westlich bis Tokai, wo sie sich südlich wendet und gegenüber von Slankamen in die Donau fällt.

Von Tokai ab strömt sie durch das Tiefland, hat daher wenig Fall, bildet zahllose Krümmungen und meilenweite Überschwem=mungen bey jedem Hochwasser. Ihr Reichthum an Fischen ist sprichwörtlich („die Theiß hat mehr Fische als Wasser").

Zuflüsse am rechten Ufer sind der Bodrog, Hernád, Sajo; am linken der Szamós, Körös, Maros.

7.) Der Temesch (Temes), im Banat an der siebenbürgischen Gränze entspringend, mündet neben der Theiß.

Am rechten Ufer sind die bedeutendsten Zuflüsse:

1.) Die Leitha, Gränzfluß gegen Österreich; 2.) Die Raab (Rába) aus Steyermark kommend, bey Raab mündend.

3.) Das Scharwasser (Sárviz), im Bakony entspringend, von Stuhlweißenburg bis Schimontornya in einem künst=lichen Canale fließend, hier den Schio (Sió) aufnehmend und bey Báta mündend.

Neue Geographie. I. Thl.　　　　　　N

4.) Die Drau (Dráva) aus Steyermark eintretend bey Pol=
sterau, Gränzfluß von Ungarn, Croatien und Slavonien, mit der
Mur die fruchtbare Halbinsel **Muraköz** bildend, fällt bey Esseg in
die Donau. Bey Legrad ist sie 230, bey Esseg an 500 Schritte
breit, und verursacht große Überschwemmungen. 5.) Die Sau,
Save (Száva), aus Illyrien eintretend, nimmt bey Sziffek die
Kulpa auf, bildet durch 67⅔ Meilen die türkische Gränze und
mündet bey Semlin in die Donau.

§. 26.
Seen.

Der Plattensee (Balaton) ist 24 ☐ Meilen groß, 10 Mei=
len lang, ¼ bis 2 Meilen breit, bis 36′ tief, wird durch den an der
Westseite einmündenden Salafluß und andere 31 Bäche gebildet,
hat aber auch unterirdische Quellen. Man will an demselben eine
Art Ebbe und Fluth bemerkt haben, und das Wasser ist nie ganz
ruhig. Seine Quellen enthalten so viel Kohlensäure, daß das
Wasser ungewöhnlich rein und frisch ist, selbst im Röhricht ohne
fauligen Geruch.

Der Neusiedlersee (Lacus Peiso, Fertö) an der österrei=
chischen Gränze, ist 5½ ☐ Meilen groß, bey 5 Meilen lang, ¾—1½
Meilen breit, höchstens 13 Fuß tief. Das Wasser schmeckt unange=
nehm salzicht *). Die übrigen sogenannten Seen des flachen Landes
sind eigentlich nur die Wasserspiegel der Sümpfe, wie der Palit=
scher ꝛc. — Die Karpathen, nahmentlich die Tátra, enthalten eine
große Anzahl hoch gelegener kleiner Bergseen, Meeraugen genannt
(Plav Plesse); der größte derselben ist der Fischsee (großes Meer=
auge), 56 Joch groß, 192′ tief.

Die Sümpfe in Ungarn nehmen über 90 ☐ Meilen ein, und
finden sich nahmentlich am untern Laufe der Theiß, Donau und
Drau. Der Hanschag (Hanság) am Neusiedlersee hält bey 8 ☐

---

*) Dieser See scheint nur durch die Verschlammung mehrerer Bäche,
nahmentlich der Vulka entstanden und schon Kaiser Galerius ver=
suchte mit Glück dessen Ableitung. Erst im 11. Jahrhundert hatte
sich wieder ein See gebildet, daher Fertö, d. i. neuer See ge=
nannt. Er wuchs dann so an, daß 6 Ortschaften verlegt werden
mußten; sein Wasserstand ist übrigens sehr ungleich.

Meilen, und eben so viel umliegendes Land steht bey Überschwem=
mungen unter Wasser. Er enthält große Strecken schwimmenden
Wasen*). Der Etscheder sumpf ist 5 Meilen lang, 1½ breit,
nicht viel kleiner ist der S ch a r = R e t (Sár·Rét) u. s. w.)

Die Sümpfe liefern den Anwohnern eine unerschöpfliche
Menge von Rohr und Schilf, so wie von Wassergeflügel,
bergen aber auch eine große Anzahl von Wölfen. Durch zweck=
mäßige Strombauten und Entwässerungscanäle könnten sie
großentheils trocken gelegt werden.

An M i n e r a l q u e l l e n besitzen diese Kronländer nicht we=
niger als 400 bekannte, davon allein 72 im Scharoscher=Comitat
(am oberen Hernath) in Ungarn.

§. 27.
Das Klima
eines so großen Landes ist natürlich sehr verschieden. Das Popra=
der Thal ist eines der rauhesten der Monarchie, da es den aus=
trocknenden kalten Nordostwinden offen liegt, wogegen die Süd=
seite der syrmischen Fruska Gora oberitalisches Klima hat. In den
Central=Karpathen sind heftige Stürme besonders häufig. In
den großen Ebenen herrscht von 7 Uhr früh bis 5 Uhr Abends
ein starker Luftzug, der die große Sommerhitze mildert.

Überhaupt sinkt in dem ganzen Tiefland mit Einbruch
der Nacht die Temperatur sehr bedeutend. Diese letzteren
beyden Erscheinungen sind besonders dem Fremden gefährlich,
der sich in der Regel schlecht verwahrt**). Die Stuhlweißen=
burger Gegend erfährt öfters Erdbeben.

Die Ausdünstungen der weiten Sumpfstrecken sind höchst
schädlich und Fieber daselbst endemisch.

§. 28.
Das Volk.
Diese Kronländer werden von allen österreichischen Volks=
stämmen bewohnt.

---

*) Er könnte, wenn nicht ganz trocken gelegt, doch bedeutend ver=
minert werden. Erzherzog Karl ließ durch Canäle, deren Gesammt=
länge über 10 deutsche Meilen beträgt, 15000 Joch in trockenes
Wiesland verwandeln.

**) Das berüchtigte ungarische Fieber (Hagymáz) ist nichts als ein Ner=
venfieber, das in der Regel durch Unmäßigkeit veranlaßt wird.

N 2

1.) Slaven, 4,900.000, nähmlich 2,200.000 Slowaken, 1,350,0000 Kroaten, 940,000 Serben, 350,000 Ruthenen, 50.000 Wenden, 10,000 Bulgaren.

2.) Ungarn oder Magyaren 4,340.000.

3.) Deutsche 1,170.000.

4.) Romanier 943.000, nähmlich Wlachen 930,000, Griechen 10,000, Armenier 3000.

5.) Juden 220,000.

6.) Zigeuner 30,000.

Die Slowaken in Oberungarn gehören zum tschechischen Stamme. — Die Kroaten gehören zum ~~slowentschen oder~~ ~~wendischen~~ Stamme und Kroatien selbst hieß vom 11. Jahrhundert bis zur Wiedereroberung von den Türken Slavonien. — Die Serben sind ~~theils Nachkömmen der alten Chrowaten~~, die 620 Kaiser Heraklius in Pannonia savia aufnahm, von wo sie sich verbreiteten, theils Serben, die im 15. Jahrhundert über die Save einwanderten aus Rascien, daher auch Razen genannt. Die Comitate Syrmien, Verösze und Poschega hießen daher auch anfangs Rascien, seit 1746 aber Slavonien.

Die Ungarn wurden 892 von K. Arnulf aus der Moldau (wo noch jetzt die Csangó-Magyaren sich erhalten haben) gegen die Mährer zu Hülfe gerufen, und setzten sich in Pannonien fest. Mit ihnen verschmolzen andere asiatische Stämme, nahmentlich die Kumanen und Jazygen, welche bereits seit Jahrhunderten ungarisch sprechen.

Die Deutschen gehören theils zum österreichischen Stamme, in den östlichen Gränzgegenden, theils sind es Sachsen (überhaupt Nord-Deutsche), zum Betriebe der Bergwerke 1143 von Geysa II. berufen (nahmentlich in der Zips), theils Rheinländer und Schwaben, welche als Colonisten nach dem Türkenkriege im 17. Jahrhundert und noch im 18. Jahrhundert berufen wurden. (Im Tolnaer Comitate, vorzüglich auch im Banat und im südungarischen Erzgebirge.)

Die Wlachen wohnen in einem breiten Streifen längs der ganzen siebenbürgischen Gränze (siehe Siebenbürgen).

Die Juden kamen vorzüglich im 11. Jahrhundert aus Böhmen nach Ungarn, wurden von Ludwig I. vertrieben, aber unter Sigmund kehrten sie wieder; auch aus Spanien fanden Einwanderungen statt. (Zigeuner siehe Siebenbürgen.)

Die Slowaken sind ein arbeitsames, fröhliches Volk, von denen sich die Slavonier und Kroaten durch größeren Wuchs,

197

dunkleres Haar und Hautfarbe unterscheiden. In den rauhen kroatischen Gränzgebirgen wird der Wuchs hagerer, gedrungen; die Likkaner, Szluiner ꝛc. gehören zu den abgehärtesten, tapfersten Volksstämmen. — Die Magyaren sind ein ausgezeichnet schöner, tapferer, feuriger Menschenschlag. Der Ungar ist ein geborner Reiter, und die ungarischen Husaren sind die vorzüglichste Reitertruppe Europas, welche in allen Armeen nachgeahmt worden sind.

§. 29.
Volkstrachten.

Die ungarische Tracht gehört zu den schönsten in Europa und ist zum Theil auch von den benachbarten Volksstämmen angenommen worden. Schnürstiefel (Zischmen), knappanliegende Beinkleider und Wams, reich mit Schnüren besetzt, eine Pelzmütze (Kalpak) sind der gewöhnliche Anzug, meist von dunkelblauem Tuche, bey Vornehmen schwarz. Über die Jacke wird ein Pelz oder Dolman leicht über die Schulter geschwungen. In neuerer Zeit kamen aber die sogenannten Attila in Aufnahme, kurze, knappanliegende, reichverbrämte Röcke, über welche statt dem Dolman ein längeres Überkleid getragen wird, von Sammt oder Pelz. Der Landmann trägt fast das ganze Jahr hindurch leinene weite Hosen (Gatyen), darüber einen weiten Schafspelz (Bunda) und einen breitkrempigen Hut*). Die Frauen gehen im Staate schwarz gekleidet mit einem langen Schleier im Scheitel befestigt, Dolmans werden auch von den Bäuerinnen getragen.

Die Slowaken tragen weißes (Halina) Tuch auf Beinkleid, Jacke und Mantel, Bundschuhe (Boskoren, Opanken), auch braune und blaue kurze Mäntel u. s. w. Ähnlich ist auch die Tracht im Allgemeinen in Kroatien und Slawonien, obwohl in dem dortigen wärmeren Klima auch die weiten Leinenhosen häufig getragen werden.

§. 30.
Nahrung, Wohnungen, Sitten und Gebräuche.

Der Magyare liebt fette Fleischspeisen mit viel Gewürz, dann

---

*) Dolman und Bunda erfordert der plötzliche Temperaturwechsel nach Sonnenuntergang.

203

gesäuertes Kraut (**Kaposzta**); ausgezeichnet ist das Weizenbrod, welches in außerordentlich großen Laiben gebacken wird. Im Gebirge leben die Slowaken von Milch= und Mehlspeisen, Kartoffeln.

Wohnungen. Die ungarischen Ortschaften haben große Plätze, breite Straßen und auch die Häuser sind geräumig, aber in den weiten Ebenen, wo es an Steinen und Holz mangelt, sind sie schlecht gebaut, aus Lehmwänden, mit Stroh oder Rohr gedeckt, und aus demselben Grunde sind die Straßen selten gepflastert. Auf den Ebenen gibt es überhaupt wenig Ortschaften, diese sind aber desto größer und volkreicher und die ungarischen Dörfer gehören zu den größten in Europa. Bemerkenswerth sind die Strohdächer der Habaner, welche feuerfest gemacht werden.

Sitten und Gebräuche sind in diesen Ländern von so verschiedenen Volksstämmen bewohnt, von der größten Mannigfaltigkeit und oft höchst eigenthümlich. Als ungarisches Nationalfest kann gewissermaßen die Weinlese in Tokai angesehen werden. Der ungarische Tanz gehört zu den phantasievollsten; die Melodien der ungarischen Musik sind meistens schwermüthig oder kriegerisch, jene der slavischen Stämme heiterer und mannigfaltiger. Die Zigeuner sind berühmt durch musikalisches Talent, und bilden fast ausschließend die Musikbanden, deren einige schon Kunstreisen durch halb Europa gemacht haben.

§. 31.
Nahrungsquellen.

Landbau. Die große Entfernung der Ortschaften in den Ebenen nöthigte zur Anlegung von Vorwerken (**Puszta, Szallás,** man nennt wohl auch die Steppe selbst **Pußta**), in welchen der Bauer zur Zeit der Feldarbeit die ganze Woche über bleibt. Im Allgemeinen ist die Landwirthschaft noch auf keiner hohen Stufe. Das Getreide wird in der Regel nicht gedroschen, sondern durch Ochsen oder Pferde ausgetreten und in Gruben aufbewahrt, da es an Scheunen fehlt.

Der Banater Weizen ist ausgezeichnet, so die Gerste aus der Zips, Mais aus Syrmien. Im Banate wird auch Reis cultivirt.

Garten= und Gemüsebau ist gleichfalls sehr zurück, letzterer in der Thurotsch am besten. Kopfkohl (Kraut) Zwiebeln, Wassermelonen in ungeheurer Menge, Kürbisse, Gurken und Ohlfrüchte sind die Hauptproducte, neuester Zeit auch Runkelrüben. Die Gegend von Ödenburg hat die beste Gartencultur, dann Syrmien, wo es ganze Wälder von Pflaumenbäumen gibt. Hauptproduct ist aber Wein, an 30 Millionen Eimer jährlich. Der Tokaier ist der König aller Weine in der Monarchie und zählt zu den edelsten der Welt *). Zu den besten weißen Weinen rechnet man den Ruster, Schomlauer, Neßmelyer (Neßmüller), zu den rothen den Ofner, Erlauer, Vilanyer, Karlowitzer ꝛc. Syrmien liefert den Schiller und Wermuth. — Handelsgewächse: die nördlichen Comitate erzeugen vorzüglichen Flachs, Hanf das Batscher-Comitat in großer Menge. — Zweytes Hauptproduct ist der Tabak, ½ Million Zentner, von vorzüglicher Güte (Debröer, Lettinger ꝛc.) Die großen Eichenwaldungen liefern Knoppern und Galläpfel u. s. w.

Viehzucht ist durch die großen Steppen außerordentlich begünstigt und daher so ergiebig, wie im westlichen Europa nirgendwo anders. Die Rinderzucht wird auf den Pußten nomadisch betrieben. Die Heerden bleiben das ganze Jahr im Freien bis zum strengsten Winter. Die Hirtenwohnungen (Szállás) sind oft bloße Erdhütten, oft auch stattliche Meyereien mit etwas Feldbau. In den Karpathen wird eine Art Almwirthschaft getrieben. Das ungarische Rind zeichnet sich durch Größe, weiße Farbe, lange und weit abstehende Hörner aus; man rechnet an 5 Millionen Stück. Die Pferdezucht wird durch gegen 50 Gestütte veredelt und liefert eine Rasse, welche zwar nicht groß aber durch Ausdauer und Schnelligkeit berühmt ist. Auch die Pferdezucht wird nomadisch betrieben. Ungeheuer ist die Anzahl der Schafe, welche auf vielen großen Gütern sehr veredelt sind, und der Schweine, welche in den großen Eichenwäldern gemästet werden. Seidenzucht wurde durch Maria Theresia 1765 eingeführt und ist im Banat und Syrmien in steter Zunahme.

Die Jagd ist so mannigfaltig, wie nirgend in Europa. In den Karpathen sind Gemsen, Bären und Luchse nicht selten, Wildschweine in den Wäldern, Biber an der Donau und

*) Er hat seinen Nahmen von Tokai, wo aber nicht der beste wächst. Die sogenannten Ausbrüche in Ungarn werden aus den sorgfältig gesammelten Trockenbeeren gemacht; zu den besten gehören der St. Georger, Ruster, Ödenburger, Menescher und Tokaier.

Save; Wölfe aber überall häufig. Das Wildgeflügel aller Art
ist zahllos, die Trappen finden sich heerdenweise, um Szegedin
allein an 50 Arten Schnepfen, Pelikane, Reiher u. s. w. Berühmt
sind die Nachtigallen der Donau = Auen (Sprosser).

Der Fischfang ist nicht minder ergiebig, nahmentlich in
der Theiß. Die Donau enthält den größten europäischen Süß=
wasserfisch, den Hausen, der bis 1500 Pfund schwer wird. Im
Plattensee findet sich der köstliche Fogosch (Fogas) oder Zahnfisch;
die Karpathenflüsse enthalten Lachse, Forellen; die Barben in der
Waag erreichen 100 Pfund. Berühmt sind die Szala = Krebse ꝛc.
Auch Schildkröten sind häufig, und besondere Erwähnung verdient
der ergiebige Blutegelfang in den Morästen.

Ungarn hat aber auch seine Landplagen an den Golubaczer
Mücken, welche vom serbischen Donau=Ufer in ungeheuren Schwär=
men herüber kommen, und den Heerden im Banat verderblich wer=
den, so wie an den Zugheuschrecken, welche in manchen Jahren sich
einfinden.

Der Bergbau ist nicht allein durch den Reichthum an
edlen Metallen, sondern durch Mannigfaltigkeit überhaupt geseg=
net. Ungarn liefert noch immer 3200 Mark Gold und 66,000
Mark Silber, (in früheren Zeiten aber bey weitem mehr), und
überhaupt alle nutzbaren Metalle außer Platin und Zinn. An
Salz enthalten die Karpathen einen unerschöpflichen Reichthum,
(über 1 Millonen Zentner wird jährlich gewonnen); und die De=
brecziner Ebene enthält auch viele Soda = Sümpfe. Steinkohlen,
Werk= und Bausteine sind vorhanden, aber im Tiefland findet man
meilenweit kaum einen nutzbaren Stein. Ungarn ist ausschlie=
ßend das Vaterland des edlen Opales.

Gewerbsfleiß steht weit hinter der Urproduction, Fabriken
gibt es wenig; Leinwand in der Zips, und grobes Tuch wird am mei=
sten verfertigt. Bemerkenswerthe Artikel sind die hölzernen Sattel=
gerippe, Rohrgeflechte, irdene Pfeifenköpfe, Pelze u. s. w. Eigen=
thümlich sind die armen Slowaken des Waagthales, welche als
geschickte Drahtbinder die ganze Monarchie durchziehen.

Der Handel mit Rohproducten ist von größter Wichtigkeit,
hauptsächlich Viehhandel, ferner mit Getreide, Knoppern, Wolle,
Häuten, Wein u. s. w.

Die Pesther Jahrmärkte gehören zu den merkwürdigsten in Europa durch die ungeheure Masse von Waaren und die verschiedenen Volksstämme, welche hier zusammenströmen.

Ungarn hat Mangel an guten Straßen, weil das Material zum Bau in den Ebenen fehlt. Haupt-Communicationen sind:

1. Die Central-Eisenbahn, von Gänserndorf aus der Wiener-Nordbahn über Preßburg nach Pest und von da nach Szolnok.

2. Die Raaber-Bahn, von Wien über Bruck an der Leitha nach Raab.

3. Die Odenburger-Bahn von Neustadt aus der Wiener-Südbahn nach Odenburg.

4. Die Preßburger-Bahn nach Tirnau (Pferdebahn).

4. Die Hauptpost-Straße von Wien am rechten Donau-Ufer nach Ofen und über Fünfkirchen, Essegg nach Semlin.

6. Die Straße von Wien über Odenburg, Körmend, Agram, Karlstadt nach Dalmatien.

7. Die Straße von Pest über Erlau, Kaschau nach Galizien.

8. Die Straße von Pest über Debrezin und Großwardein, dann von Pest über Szolnok, Temeschwar und Lugosch nach Siebenbürgen.

9. Die 18 Meilen lange Louisenstraße von Karlstadt nach Fiume, vortrefflich gebaut.

Von der größten Wichtigkeit ist die Dampffahrt auf der Donau, Theiß und Save, welche an 30 Dampfschiffe beschäftigt. Auch auf dem Plattensee fährt ein kleiner Dampfer. Schiffbar sind außerdem die Waag, Drau, Sau, Marosch und Kulpa.

Topographie.

§. 32.

Ortsbeschreibung. Ofen und Pest (Buda-Pestinum, Buda-Pest).

Die Donau strömt ungetheilt 240 Klafter breit zwischen beyden Schwesterstädten, welche eine auf drey Pfeilern ruhende Kettenbrücke verbindet, eine der größten in Europa. Beyde Städte zusammen haben 128,000 Einwohner.

Ofen, die eigentliche alte Hauptstadt von Ungarn, liegt am rechten Ufer der Donau, besteht aus 5 Städten, und der auf einem felsigen Berge gelegenen Festung *). Die Stadt ist ganz gepflastert, Sitz des Palatin, eines griechisch nicht=unirten Bischofs, hat 1 Archi=Gymnasium, 1 Sternwarte (auf dem Blocksberge). Ausgezeichnete Gebäude sind die gothische Pfarrkirche, die gothische Garnisons=kirche (Grabmahl des letzten Arpaden Andreas III.) Prachtvolles k. Schloß, mit der 94 Klafter langen Donaufronte. In der Schloß=kirche werden die Reichskleinodien aufbewahrt. In der Wasserstadt die Elisabethkirche auf den Grundvesten der ehemahligen Haupt=moschee. Am Josephsberge das Grab eines berühmten Derwisches, zu dem manchmahl Moslems pilgern. Die Ofner 5 Schwefel=bäder waren schon den Römern bekannt; ein türkisches Bad ist noch im Gebrauche. Reizende Umgebungen.

Pest, die bedeutendste Handelsstadt von Ungarn, liegt ganz eben am linken Ufer, hat 5 große Plätze, prachtvolle Straßen und Palläste, Universität, Generalseminar, Militärakademie, gelehrte Gesellschaft, National=Museum, schönes Theater, zwey sehr große Kasernen, National=Casino, Blinden=Institut, bedeutende Industrie, großartige Jahrmärkte. In der Umgegend ist das Stadtwäldchen, die berühmten Weinberge am Steinbruche, das Rakósfeld, wo einst die ungarischen Landtage gehalten wurden. Im Strome liegt die Margaretheninsel, ein reizender Park mit der Ruine des Margarethenklosters. Oberhalb Ofen liegt der Markt Altofen (O·Buda) mit der großartigen Schiffswerfte der Dampfschifffahrt=Gesellschaft und deren Winterhafen.

Das Donauthal.

Preßburg (Posonium, Posony) Hauptstadt der gleichnah=migen Gespannschaft mit 38,000 Einwohnern, liegt sehr anmu=thig am Fuße der kleinen Karpathen am linken Flußufer, mit einer Schiffbrücke. K. Akademie, evang. Lyceum mit Convict und Alum=neum, Benedictiner=Archi=Gymnasium, k. Bildungsanstalt für

---

*) Ofen war eine römische Colonie (Acquincum) (eigentlich Altofen); hier ging Arpad über die Donau, Ludwig der Heilige verlegte 1351 seine Residenz hieher; 145 Jahre (1541—1686) war die Festung in Händen der Türken.

Erzieherinnen, fünf Bibliotheken. In der Domkirche, vom (h. Ladis=
laus 1090 erbaut, (Raph. Donners Statue des heil. Martin), wur=
den seit 1336 die ungarischen Könige gekrönt. Im Landhaus wird
der Reichstag gehalten. An der Donau ist der Königshügel, auf
welchem der König nach der Krönung mit dem Schwerte des hei=
ligen Stephan vier Kreuzhiebe nach den Himmelsgegenden führt,
zum Zeichen, daß er das Land beschützen wolle. Westlich an der
Stadt stößt der Schloßberg mit der Ruine des k. Schloßes, 1811
abgebrannt. Unterhalb der Stadt liegt die Insel Schütt, auf
deren Südspitze an der Mündung der Waag Komorn (Komaróm)
liegt, k. Freystadt und Hauptort des gleichnahmigen Comitats
mit 18,000 Einwohnern; die außerhalb liegende Festung, ist eine
der stärksten in Europa, noch nie erobert. Am rechten Ufer: Al=
más, mit Schwefelquelle und vorzüglichen Marmorbrüchen.
Neßmély mit ausgezeichnetem Weinbau. Gegenüber der Gran=
mündung liegt Gran (Esztergom), königl. Freystadt von 12,000
Einwohnern nach welcher der Primas von Ungarn den erzbischöfli=
chen Titel führte. Auf dem Gipfel eines Felsenberges erbaute der
Primas Alex. von Rudnay 1821 eine Domkirche und Residenz,
nach Kühnel's Plan, welche zu den größten Bauwerken des Jahr=
hunderts gehört. Die Kirche hat 54 Säulen, eine 250 Fuß hohe
Kuppel und ein 25 Fuß hohes Altarblatt von Heß.

Wischegrad (Arx alta) Markt mit einer berühmten Burg=
ruine. Am linken Ufer liegt Waizen (Vacz), Stadt von 12,000
Einwohnern, mit Bisthum, Lyceum, Taubstummen = Institut,
prachtvoller Domkirche.

Unterhalb Pest beginnt die Insel Czepel. Am linken Ufer:
Tolna, alter Markt mit vorzüglichem Tabakbau und Hausen=
fang*). Szerárd mit berühmtem Weinbau.

Am linken Ufer ist Kolócza, mit Erzbisthum, pracht=
voller Residenz, Lyceum, und Baja, Markt mit großen
Schweinemärkten.

Mohács, großer Markt mit schöner Residenz des Bischofs
von Fünfkirchen. Hauptstation der Dampfschiffe**).

---

*) Ludwig II. ließ hier den Gesandten Solyman's in die Donau wer=
  fen, was die Schlacht bey Mohácz nach sich zog.

**) Zwischen hier und Udvard verlor 1526 König Ludwig die große

Unterhalb der Drau-Mündung wird das l. Ufer slavonisch.

Bukovar ist der schönste Markt Slavoniens. Illok (Ujlak) Markt mit großem Schloße, römischen Ruinen und einem Franziskanerkloster, in welchem Johann Capistran ruht.

Peterwardein (Petervára) eine Hauptfestung der Monarchie, liegt auf einem 204' hohen Serpentinfelsen*). Eine Schiffbrücke verbindet sie mit der gegenüberliegenden k. Freystadt Neusatz (Uj-Vidék, Nowi-Szad) von 20,000 Einwohnern, einem der bedeutendsten Handelsorte der Monarchie. Außerhalb Peterwardein ist die Wallfahrtskirche Maria Schnee und eine Stunde südlich beginnt das reizende Gebirge Fruska Gora, dessen herrlicher Weinbau vom Kaiser Probus herrühren soll, 15 griechische Klöster liegen auf demselben.

Karlowitz, Stadt von 5000 meist serbischen Einwohnern, Sitz des griechisch nicht-unirten Patriarchen von Österreich; griechisches Lyceum und General-Seminar. Berühmter Weinbau **).

Slankamen (das ist Salzstein) liegt an der Stelle des römischen Ritium, gegenüber der Theißmündung, mit einer Salzquelle.

Semlin (Zemlin, Zimun), Stadt von 10,000 Einwohnern, ist der letzte bedeutende Ort am rechten Ufer, unweit der bosnischen Sava gelegen, jenseits welcher die serbisch-türkische Festung Belgrad liegt. Semlin ist der Hauptübergangspunct in die Türkey, hat daher lebhaften Handel, ein großes Rastell (Bazar) und die größte Contumaz an der türkischen Gränze, auch ein Theater. Die Einwohner sind meistens Serben.

Schlacht gegen die Türken, in der 2 Erzbischöfe, 6 Bischöfe und 28 Magnaten auf dem Platze blieben; er selbst erstickte auf der Flucht in dem Sumpfe am Bach Ezelle. 1686 schlug Carl von Lothringen aber hier die Türken für immer aus dem Lande.

*) Es steht auf der Stelle des römischen Acumincum und erhielt seinen jetzigen Nahmen wahrscheinlich von dem Führer des ersten Kreuzzuges, Peter dem Einsiedler.

**) Hier starb Hunyad 1456 und wurde 1699 der Friede mit den Türken geschlossen.

Die folgenden Orte liegen alle am linken Ufer. Pant=
schowa (Panczowa), freie Gränzstadt an der Mündung der
Temesch, meist von Raizen bewohnt. Stab des deutsch=bana=
tischen Regiments. Schöne griechische Kirche, Seidenzucht.
Zwey Stunden vom Strome liegt Weißkirchen, k. Frei=
stadt, der bedeutendste Ort des wallachisch=illyrischen Gränz=
regiments. Uj=Palanka, ist durch eine 100 Fuß lange
Brücke mit einer Insel verbunden, worauf die Festung Pa=
lanka liegt, jetzt nur ein Pallisadenwerk. Hier tritt der
Strom wieder in die Gebirge.

Alt=Moldawa, aufblühender Handelsort; eine Stunde
nördlich die Silber, und Kupfergruben von Neu=Moldawa. Hier
beginnen die Felsenriffe der Donau, die berühmten Kartarakten
des Isters. Gegenüber von der Ruine Babakály ist die pittoreske
serbische Burgruine Golubacz mit der berüchtigten Mückenhöhle.
Drenkowa ist eine Colonie der Dampfer=Compagnie, wo man
ein kleineres Boot besteigt, um über die Stromschnellen zu fahren.
An einer Stelle wo der Strom nur 140 Klafter breit ist, befindet
sich die Veteranische Höhle (Piscabora), 1692 so genannt
vom General Veterani, der sie befestigen ließ. Sie faßt 6—700
Mann*).

Gegenüber von Ograbina ist die berühmte Trajanstafel, ein
Inschriftstein, welcher Trajans ersten Feldzug in Dakien im J. 103
verewigt. Alt=Orschowa ist der letzte bedeutende Ort auf öster=
reichischem Boden, Marktflecken mit Contumaz. Auf einer Insel
liegt die kleine türkische Festung Neu=Orschowa.

Westliches Land.

(Kreis jenseits der Donau).

Am Raabflusse. Unweit der steyrischen Gränze liegt der
Markt St. Gotthart, wo 1664 Montecuculi die Türken auf's
Haupt schlug. Körmend mit schönem Schlosse des Fürsten Bat=
thyany, liefert viele Thonpfeifen. An der Mündung der Raab
und Rabnitz in die Donau liegt die Freistadt Raab (Györ) von

---

*) Sie beherrscht den ganzen Strom, hielt schon zwey harte Belagerun=
gen aus und konnte nur mit Capitulation genommen werden.

18,000 Einwohnern, Bisthum, k. Akademie, Archigymnasium, Lyceum, Theater, Zeughaus, prachtvolle Domkirche*).

Zwischen der Raab und Leitha.

Nördlich von Körmend liegt Stein am Anger (Szombathely) Hauptort des Eisenburger Comitats, Bisthum, philos. Studien, prachtvoller Dom. Zahlreiche Ausgrabungen des römischen Sabaria. Nördlich liegt die kleine Freistadt Güns (Köszegh) mit 6500 deutschen Einwohnern. Bedeutender Obstbau**).

Am südlichen Ende des Neusiedler Sees liegt Esterhaz, prachtvolles Schloß des Fürsten Esterhazy. Westlich vom See liegt die Freistadt Ödenburg (Soprony) Hauptort des gleichnahmigen Comitats mit 14,000 deutschen Einwohnern. Evang. Lyceum und Superintendentur. Viel Gewerbsfleiß und Handel, ausgezeichneter Obst= (edle Kastanien) und Weinbau; Steinkohlengruben am Brennberge; Eisenbahn nach W. Neustadt. Ausgrabungen des Standlagers der 15. römischen Legion. Dicht am See liegt die kleine Freistadt Rust (Ruszth) mit berühmtem Weinbau. In der Nähe sind die ausgedehnten Steinbrüche von Margarethen (kalkartiger Sandstein), welche das Hauptbaumaterial nach Wien liefern. Zwey Stunden nordöstlich liegt die Freistadt Eisenstadt (Kis-Márton), am südlichen Abhange der Leithaberge. Prachtvolles Schloß und Park des Fürsten Esterhazy. An der österreichischen Gränze liegt das fürstl. Schloß Forchtenstein (Fraknóvára) auf einem felsigen Berge über dem Markte Forchtenau (Frakno-Allya); die berühmte Schatzkammer der Esterhazy, Zeughaus, 75° tiefer Brunnen. Auf dem Gipfel des nahen Berges die Wallfahrt=Rosalienkapelle mit reizendem Panorama. Am nordöstlichen Fuße der Curort Sauerbrunn.

Am nördlichen Ende des Neusiedler=Sees liegt der Marktflecken Neusiedl (Nizsider), welcher dem See den Nah-

---

*) Ausgrabungen beweisen für das Municipium Arrabona. Raab war eine der stärksten Festungen, 25. März 1598 durch Schwarzenberg und Palffy den Türken entrissen (seitdem führt die Familie Schwarzenberg den Raben im Wappen); 1809 wurde die ung. Insurrection von den Franzosen geschlagen und die Festungswerke gesprengt.

**) Heldenmüthige Vertheidigung des Juresich gegen die Türken 1532.

men gibt. Von hier bis Petronell (in Österreich an der
Donau) zieht sich die große Schanze, deren Ursprung nicht
bekannt ist (siehe Erzherz. Österreich). An den Leithabergen
ist der Kaiserſteinbruch (Grobkalk) bemerkenswerth,
aus dem das Material zum Stephansdome in Wien gebrochen wurde. Nördlich von Raab liegt Wieſelburg (**Mosony**)
Markt mit ſehr bedeutenden Getreidemärkten, einem Comitate den Nahmen gebend und Ung. Altenburg (**Magyar-
Óvár**), Hauptort einer großen Herrſchaft des Erzherzogs
Albrecht, berühmt durch großartige ökonomiſche Anſtalten und
ein landwirthſchaftliches Lehrinſtitut.

(Am Salafluſſe.) Sala-Egerſegh (**Szala · Egerszegh**),
Hauptort des Salaer Comitats. Am Plattenſee liegt der Markt
Keſthely (**Keszthely**) mit des Grafen Feſtetics Schloß, Park und
berühmten ökonomiſchen Inſtitute Georgikon, Geſtüte und Schwei-
zerei. Weiterhin am See in reizender Lage das ungariſche Pyr-
mont, Füred, Dorf mit Sauerquellen, nächſt der Halbinſel Ti-
hany, auf welcher eine Benedictiner-Abtey, von Andreas I. 1357
gegründet, und berühmtes Echo.

(Zwiſchen dem Salafluſſe und Plattenſee und der Raab).
   Der Markt Schümeg (**Sümegh**) iſt Hauptort des gleich-
nahmigen Comitats, am Weſtende des Bakonyerwaldes.
Südlich von dieſem liegt Vesprim (**Veszprém**) mit Bis-
thum, prachtvollem Dom und biſchöfl. Schloße auf hohem
Kalkfelſen, Hauptort des gleichnahmigen Comitats.

Nordöſtlich vom See in ſumpfiger Gegend findet man die
Freiſtadt Stuhlweißenburg (**Székes · Fejérvár**), Hauptort des
gleichnahmigen Comitats mit 21,000 Einwohnern, früher Krö-
nungs- und Begräbnißort der ungariſchen Könige. Bisthum, etwas
Induſtrie (Corbuanleder), die Sümpfe liefern Soda und eine
Menge Federwild, Krebſe, Schildkröten ꝛc. *).

Nördlich vom Bakony liegt Papa mit Collegium der

---

*) Hier ſtand das römiſche Floriana (?) nachmahls Arpad's Lager;
Stephan der Heilige wurde der erſte, Ferdinand I. der letzte hier
gekrönt. Im Mauſoleum ruhen Stephan I., Koloman, Bela II.,
Stephan III., IV., Bela III., Ladislaus III., Carl I., Ludwig I.,
Albert, Mathias Corvin, Wladislaus II., Ludwig II. und Johann
Zapolya.

Reformirten, schöner Kirche. In dem nahen Groß-Ganna die prachtvolle Marmorgruft der Grafen Esterhazy.

Gegen Raab zu liegt auf dem isolirten Martinsberge (Sacer mons Pannoniae) die berühmte Benedictiner-Erzabtey St. Martin (Szent Martón), von Herzog Geysa gegründet. Babolna ist ein k. Militärgestüt.

An der Drave, linkes Ufer zu Ungarn, rechtes zu Slavonien.

Gegenüber der Murmündung liegt der Markt Légrád, wo Messerwaaren verfertigt werden. Die Landspitze, welche die Drau mit der Mur bildet, wird die Halbinsel Murau (Muraköz) genannt, wo man den Markt Tschakathurn (czáka-Tornija) findet, mit festem Schlosse der Grafen Zriny. Warasdin (Várasd), Freistadt und Hauptort des gleichnahmigen Comitats mit 10,000 Einwohnern, am rechten Ufer mit einer Brücke über den Fluß, zwey Stunden von der steyrischen Gränze. In der Nähe das Schwefelbad Teplica; südwestlich der Markt Krapina (Krapinske Toplicze) gleichfalls mit warmen Bädern. Östlicher, am Fuße des Rekagebirges liegt Veröcze, Markt, welcher einem Comitate den Nahmen gibt.

Drey Stunden nördlich von der Drau liegt der Markt Grenz-Sigeth (Szigeth-vár) auf einer kleinen Insel des Almasch, (eigentlich im Schümeger Comitate als Enclave des Baranyer). Noch steht eine kleine Festung an der Stelle jener, welche durch den Helden Niklas Zriny 1566 verewigt wurde. Weiter östlich findet man Fünfkirchen (Pécs), eine der ältesten Städte, anmuthig gelegen, mit 18,000 Einwohnern; der Dom gilt für den ältesten in Ungarn. Bisthum, Seminar, warme Bäder, vorzügliche Gerbereyen, ansehnlicher Handel. Nordwestlich ist Abaligeth mit einer großen Stalaktitenhöhle.

Drey Stunden von der Donau liegt der Markt Bellye mit einem Schloße, das Prinz Eugen erbaute. Große Sümpfe, an deren Trockenlegung gearbeitet wird; zur Herrschaft gehört das Dorf Villany mit berühmtem Weinbau.

Gegenüber, am rechten Donau Ufer, liegt die Freistadt Esseg (Eszek) mit 11,000 Einwohnern, einer langen Jochbrücke und der berühmten Festung; bedeutender Handel, durch die Nähe der Donau begünstigt.

(Zwischen Drave und Plattensee). Nördlich von Legrad Groß-Kanischa (Nagy-Kaniza) in sumpfiger Gegend, einst eine starke Festung; Piaristen-Collegium, berühmte Viehmärkte.

Zwischen Save und Drave. (Kroatien und Slavonien.) Am Südabhange des Reka-Gebirges findet man die Freistadt Kreuz (Körös) mit griech. Bisthum, Hauptort des gleichnahmigen Comitates, und Bellowar, Stabsort der beyden Warasdiner-Gränzregimenter.

Unweit der illyrischen Gränze, nahe an der Save liegt die Hauptstadt Kroatiens, Agram (Zagráb) in fruchtbarer Ebene. Sie besteht aus drey Städten und zwey Vorstädten, hat 15,000 Einwohner, Bisthum, Landhaus, Akademie und treibt lebhaften Handel. Die eigentliche Freistadt, auf 2 Hügeln, ist mit Mauern umgeben. In der bischöflichen Stadt steht die befestigte bischöfliche Residenz mit dem schönen gothischen Dome; reizende Umgebungen; große Jochbrücke über die Save.

Nordwestlich liegt Plania mit Steinkohlen-Gruben. Südöstlich ist das Gebieth (privilegirtes Feld) von Turopolya, aus 24 Gemeinden bestehend, deren Bewohner sämmtlich adelig sind, und ihren eigenen Landgrafen wählen.

An der Mündung der Kulpa in die Save liegt Sißek (Sziszek) aufblühender Stapelort des Getreidehandels, letzte Station der Dampfschiff-Fahrt; Schiffswerfte; jenseits des Flußes ist Neu-Sißek, zur Gränze gehörig*).

Alt-Gradisca ist eine kleine Festung an der Drau, nördlicher liegt Neu-Gradisca (Uj-Gradiska), Stabsort des Gradiscaner-Regiments der slowenischen Gränze. Nördlich ist Pacracz, griechisches Bisthum; die Heimath der gefürchteten Panduren Trenk's (Rothmäntler), und das Schwefelbad Lipik. Nordöstlich liegt die kleine Freistadt Poscheg (Posega) Hauptort des gleichnahmigen Comitats. An der Save findet man weiter östlich das befestigte Brod, welches dem 2. slavonischen Gränz-Regimente den Nahmen gibt, dessen Stab aber in Winkovcze liegt; der größte Ort ist aber das Dorf Babinagreda von 5000 Einwohnern. Mitrowitz (Demitrovicz) ist das alte Sirmium,

*) Es ist das römische Sisera und noch besteht eine alte Damm-straße; zahlreiche Alterthümer.

Neue Geographie I. Thl. O

reich an römischen Überresten; Stabsort des Peterwardeiner-Regiments.

An der Kulpa.

Karlstadt (Karlovec) Freistadt von 7000 Einwohnern, am Zusammenflusse der Kulpa, Korana und Dobra reizend gelegen, aber meist aus Holz erbaut. Kleine Festung, griechisches Bisthum, wichtiger Speditionshandel auf der Louisen- und Karolinenstraße nach Fiume und Portoré.

† Petrinia, Stabsort des 2. Banalregiments, schön gelegen, aber aus Holz gebaut. Südwestlich liegt Glina, Stabsort des 1. Banal-Regiments, mit der ausgezeichneten heißen Quelle von Topuszco.

Zwischen der Kulpa und dem Meere.

Im Gebirge, südwestlich von Karlstadt liegt Ogulin und südlich Szluin, die Stabsörter der gleichnahmigen Regimenter der Karlstädter-Gränze; bey Szluin bildet die Szluinchicza einen schönen Fall.

An der Küste von Nord nach Süd:

Fiume (Reka, St. Veit am Flaum) Freistadt und Freihafen von 11,000 Einwohnern, an der Mündung der Fiumara, die Neustadt auf dem schmalen Küstenrande am Fuße des Karstes und (die alte Stadt) auf dessen Abhängen erbaut. Jene ist gut gebaut und sehr lebhaft. Es ist der Hauptort des ungarischen Küstenlandes (Litorale, Magyar Tengeri, Port Részek) und treibt bedeutenden Handel mit ungarischen Producten, der noch größer wäre, wenn eine Eisenbahn über den Karst an die Kulpa und Save geführt würde; übrigens hat Fiume wie Triest nur eine Rhede, keinen Hafen.

Auf einer Felsenhöhe hinter der Stadt thront Tersatto (Tersáct) das Stammschloß der Frangipani, mit einer Wallfahrtskirche.

Buccari, an der Bucht Buccariza hat eine ähnliche Lage, Thunfischfang, guten Weinbau und eine Schiffswerfte. Der Hafen ist gut aber nicht leicht zugänglich. Porto-Ré (Königshafen) hat einen guten aber wenig besuchten Hafen.

Zengg (Seny), kleine Freistadt mit einer Rhede, durch einen Holzdamm geschützt; gehört zum Bezirke des Ottotschaner Gränz-Regiments, das seinen Nahmen von dem kleinen Stabsorte Ottoschatz (Ottochacz) hat.

Carlopago ist der südlichste Hafen, zur kroatischen Gränze gehörig. Östlich liegt Gospitsch (Gozpich), Stabs-ort des Likkaner Gränz-Regiments.

Der südlichste Theil des Landes ist das reizende Thal Zermanien (*Zermagna*), dessen Hauptort Vrello ist.

Nördliches Land (Kreis diesseits der Donau, Ober-Ungarn.) An der Waag.

St. Nikolai (Sz. Miklós) ist Hauptort des Liptauer Comitats. Östlicher liegt noch der Markt Hradek mit großen Eisenwerken. Südlich liegen das einst berühmte Gold-bergwerk Bócza und die Kupferwerke von Maluszina, die berühmte Höhle von Demanowa (Demenyfalva) und das merkwürdige St. Iváuy, mit einer Mumiengruft, ver-schiedenen Mineralquellen und einem herrlichen Echo. Ro-senberg ist ein ansehnlicher Markt mit Marmorbrüchen. Weiterhin mündet das Arvaerthal, dessen und des Arvaer Komitates Hauptort der Markt Unter-Kubin ist, (Alsó-Kubin). Den Nahmen erhielt es von einer der schönsten alten Burgen in Ungarn, Arva, eigentlich drey Schlößern über einander auf einem steilen Felsen. Der größte Ort des Comitats ist aber Jablunka unweit der galizischen Gränze. Sillein (Solna) ist ein betriebsamer Markt, an der Ja-blunkastraße nach Schlesien.

Der Markt Bicze treibt starken Holzhandel. Fürstl. Ester-hazy'sches Schloß, 1605 vom berühmten Palatin G. Thurzo er-erbaut. In der Nähe die merkwürdigen Felsenlabyrinthe von Szúlyó.

Waag-Bistritz (Vágh-Besztercze), Markt mit Holz-und Getreidehandel; schöne gothische Kirche; Szapary'sches Schloß Podhragy, und Burgruine Vágh-Besztercze, wo die Podmani hauseten. Bellus (Bellusza) hat Schwefelquellen und Töpfereien.

Trentschin (Trenczény, Trncjn) Stadt von 3500 Ein-wohnern. Prachtvolle Kirche; adeliges Convict. Felsenschloß des Grafen Illyeshazy mit dem merkwürdigen 16 Klafter tiefen Brunnen, 126 Klafter lange Brücke über die Waag. Berühmt wurde Trentschin durch die heißen Schwefelquellen im zwey Stunden entfernten Dorfe Teplitz. Merkwürdige Ruine der Be-nedictiner-Abtey Skalka.

Bey dem Markte Beczkó die berühmte Burgruine glei-chen Nahmens. Neustädtl (an der Waag, (Vágh Ujhély),

O 2

Markt von 7000 Einwohnern, hat starken Handel und vorzüglichen Weinbau. Haupt=Fundort vorweltlicher Thier= reste.

Piſtjan (Pösteny, Pjeſscánn), Markt mit berühmten hei= ßen Schwefelquellen, welche ſelbſt quer durch die Wag empor= ſprudeln (eigentlich bey dem ¼ Stunde entfernten Klein=Pöſteny oder Teplicz.) Die Umgebung iſt reizend, nahmentlich durch die vielen Burgruinen. Leopoldſtadt (Leopoldvár), iſt eine kleine Feſtung in ſumpfiger Ebene, von Leopold I. 1665 erbaut, am rechten Ufer; gegenüber liegt der ſtattliche Markt Freyſtadtl (Galgócz), von 5400 Einwohnern. Zwey gothiſche Kirchen, Schloß mit Muſeum, Park und der Familiengruft der Erdödy; auf dem Platze ein türkiſches Minaret.

Zwiſchen der Waag und March.

Hart an der mähriſchen Gränze, weſtlich von Trentſchin liegt die Freiſtadt Skalitz (Szakolcza), von betriebſamen Slowaken bewohnt, welche nahmentlich Tuchwaare liefern. An der March liegt Holitſch mit k. Schloß, berühmter Merinosſchäferei und dem Geſtüte Kopcsàn. Südlicher, am Weſtabhange der kleinen Karpathen liegt **Malaczka** mit ſchönem Schloß, Familiengruft und Park der Fürſten Palffy; in der Nähe der Wallfahrtort Marienthal und die Bergſchlößer Ballenſtein (Borostyánkő), Bi= bersburg (Kőrösko) und Blaſenſtein (Detrekő) mit der Höhle Rachſtun.

An der Mündung der March liegt der Markt Theben (Dovén) mit der prachtvollen Ruine einer Bergveſte, 1809 von den Franzoſen geſprengt. — Am ſüdlichen Abhange der Karpathen liegen die durch Weinbau bekannten vier Freiſtädte Tyrnau (Nagy-Szombath), einſt wegen ſeiner vielen Kirchen und Klöſtern Klein=Rom genannt, Sitz der Diſtrictaltafel dießſeits der Donau, Lyceum, 2 Seminarien, ein großes Invalidenhaus — Modern (Modor) mit Tuchweberei — Pöſing (Bozin) mit Schwefelgru= ben, einem Heilbade, Granitbrüchen — und St. Georgen (S. György) mit Schwefelbad und dem beſten Weinbau. Eine Pferdeiſenbahn führt von Tyrnau nach Preßburg. Auf der In= ſel Schütt iſt Sommarein (Somorja) der bedeutendſte Ort.

An der Neutra:

Bajmocz (**Bojnicz**) hat berühmte warme Bäder, und liefert viel Holzarbeiten, nahmentlich Sattelbögen; merkwürdiges altes Schloß. Neutra, Comitats-Hauptstadt mit Bisthum und Lyceum. Neuhäufel (**Érsek Ujvar**), Markt,
einst wichtige Festung. Westlich liegt Urmény, ausgezeichnetes Gestütt der Grafen Hunyady.

An der Gran, im ungarischen Erzgebirge.

Bries (**Brezno Banya**), Freistadt mit bedeutender Schafzucht, welche die bekannten Briesen Käse (oder Brinsen- aber
nicht Primsen-) liefern. Südöstlich ist Rhonitz, Sitz der k.
Haupteisen-Production. Neusohl (**Besztercze Banya**) gut gebaute Freistadt, Hauptort des gleichnahmigen Komitats, mit
Bisthum, prachtvoller bischöflicher Residenz, ist berühmt durch
seine großen Kupferwerke und Eisenhütten, Silberschmelze.

Östlich liegt Libethen (**Libeth-Banya**), gleichfalls mit Ku-
pfer- und Eisengruben, dann Flachsbau und Holzhandel. Das bedeutendste silberhältige Kupferbergwerk ist aber in Herrngrund
(**Úrvölgy**), nördlich von Neusohl. Hier sind die berühmten Ce-
mentwässer (1605 entdeckt), Berggrün-Fabrikation ꝛc. Eine
Wasserleitung führt das Treibwasser herbey in einem 300 Klafter
langen Durchschlage durch einen Berg, der als Fußsteig dient
in das jenseitige Altgebirg (**Óvár**), gleichfalls mit Gruben
und Kupferhütten.

An der Gran weiterhin liegt das sehr besuchte Bad
Szliacz (**Ribár**).

Altsohl (**Ó-Zólyom**), k. Freistadt mit einem Felsen-
schloße und Sauerbrunnen.

Westlich von Neusohl liegt die berühmte älteste Freistadt
Kremnitz (**Körmöcz-Bánya**) in einem Bergkessel; schöne Kirche
mit zwey vergoldeten Thurmdächern. Die berühmten Goldgruben
beschäftigen an 800 Bergleute; die Münze liefert die „Kremnitzer-
Dukaten."

Königsberg (**Ü-Banya**) hat gleichfalls Goldgruben,
die aber einst viel bedeutender waren. — Von den Dörfern
Alt- und Neu-Barsch an der Gran erhielt das Comitat
seinen Nahmen, welches seine Versammlungen aber in **Ara-
nyos-Maróth** hält.

Hlinik (Gelettnek) ist berühmt durch seine Mühlsteinbrüche.

Östlich von Königsberg liegt die berühmteste und größte freie
Bergstadt Schemnitz (Selmecz-Banya) in einem Bergkessel mit
reizenden Umgebungen. Die Stadt selbst ist klein, hat aber vier
Vorstädte, die von ihr ziemlich weit entfernt sind (wozu auch die
eine Stunde entfernte Bergstadt Dilln gerechnet wird) und zusammen 12.000 Einwohner. Die Stadt liegt am Abhange eines Berges und manche Straßen sehr steil. Berühmte Bergakademie mit
reichen Sammlungen. Die reichen Gold- und Silbergruben beschäftigen bey 4000 Knappen. In der Vorstadt Windschacht sind
die merkwürdigsten Werke, die Wassersäulenmaschine, welche aus
180 Klafter Tiefe die Grubenwässer fördert. Der Franzens-Erb-
stollen ist eine Meile lang. — Nördlich liegen die besuchten Schwefelbäder Szkleno (Glashütte) und Vihnye (Eisenbach).

Am Poprad:

Käsmark (Forum Caseorum), Freystadt, größtentheils
Protestanten. Schöne gothische Kirche; Evangelisches Lyceum, Lein-
wandmanufacturen. Sie liegt am Fuße der Tatra in sehr romantischer Umgebung und ist der beste Standpunct zu Ausflügen
in das Hochgebirge. Bela liefert vorzüglichen Wachholder-
Branntwein. Alt-Lublein (Lubló) hat einen berühmten Sauerbrunnen. Südöstlich liegt die Hauptstadt der Zips Leutschau
(Löcse), alte unansehnliche Stadt von 6000 Einwohnern, romantisch gelegen. Schöne gothische Kirche mit der größten Orgel in
Ungarn; — das älteste evangelische Gymnasium; augsburg. Lyceum; adel. Convict ꝛc. Leutschau baut Obst, Safran, Hopfen
und Erbsen von vorzüglicher Güte, liefert den besten ungarischen
Meth und gute Leinwand.

Eine Stunde entfernt ist das hübsche Städtchen Kirch-
dorf (Szepes-Várallya), fast ganz aus Tropfsteinen erbaut;
Flachs- und Hopfenbau; Sauerbrunnen. Auf einem Berge
ist das Zipser-Kapitel, die Residenz des Bischofs von
Zips, und auf einem andern die Ruine der Burg Zipser-
Haus (Szepes-Vár). Baldocz hat Mineralquellen, berühmter aber sind die Quellen von Szinye-Lipócz.

An der oberen Theiß (bis zum Einflusse der Eger).

Unweit der Bukowina=Grenze liegt das große Dorf Borſa mit meiſt adeligen Einwohnern; Silberhältige Bley= und Kupfergruben. Über die Karpathen führt der Paß Tatarenthal (**Tatár-Völgye**), ſo genannt von einem Einfalle der Tataren. Rhonaſſek hat ergiebige Salzgruben.

Szigeth, Markt, Hauptort des Marmaroſcher Comitats, Siß der größten Cameraladminiſtration.

Lonka iſt Fundort von ſchönen Bergkriſtallen (Marmaroſcher Diamanten) und Waſchgold. In **Tisza - Ujlak** beginnt die Theiß = Schifffahrt. Nördlich liegt die berühmte Feſtung Munkatſch (**Munkács**) am Latorcza=Fluſſe, auf einem 72 Klafter hohen iſolirten Felſen; 48 Klafter tiefer Brunnen.

Szabolcz, Dorf mit Burgruine, von dem das Comitat ſeinen Nahmen hat.

Tokai (**Nagy-Tokay**), iſt ein ſchlechtgebauter Flecken, am Fuße des berühmten Weingebirges **Hegyallya**;

Tarczal aber liefert die edelſten Sorten, und Maád iſt der Hauptort dieſes Weinlandes. Tállya, der Hauptmarkt der Weinfäſſer (am 13. October).

Bey Tokai mündet der Bodrog in die Theiß, an dieſem findet man aufwärts: Scharoſch = Patak (**Sáros-Nagy-Patak**) mit anſehnlichem reformirten Collegium. Der Markt Zemplin gibt dem Comitate den Nahmen. Nordöſtlich am Unghfluße liegt reizend der Markt Unghvár, mit einem alten Schloße, Reſidenz des Munkatſcher griechiſchen Biſchofs; in der Nähe das ſehr beſuchte Schwefelbad Szobráncz. Remete hat wichtige Eiſenwerke.

Am Hernath:

Kaſchau (**Kassa, Kossice, Cassovia**), Hauptſtadt von Ober-Ungarn und des Abaujvarer Comitats, mit 13.500 Einwohnern. Herrliche gothiſche Kirche von 1324. Bisthum, Akademie, Archigymnaſium, adeliges Convict; Haupthandelsplaß von Oberungarn, insbeſondere nach Polen. — Nördlich liegt an einem Seitenfluße, dem Tarcza, die hübſche Freyſtadt Eperis (**Eperjes, Preschor, Fragopolis**), mit unirtem Bisthum, evangeliſchem Collegium, Tuch= und Leinweberei; Sauerbrunnen Borkát. In dem Dorfe Cſervenicza (**Vörös-Vágás**) ſind die berühmten Opal-

gruben und in **Sovár** (Salzburg) die einzigen Salzsiedereyen Un=
garns. — An der polnischen Grenze ist der berühmte Sauerbrun=
nen Bartfeld.

Am **Sajo** (Schajo), Rosenau (Rosnyo-Bánya), reizend
gelegen, betriebsame Stadt mit Bisthum, Kupfergruben, vor=
züglichen Wachsbleichen. Sajo-Gömör gibt dem Comitate den Nah=
men. — Östlich liegt Aggtelek mit seiner berühmten Tropfstein=
höhle.

Westlich liegt Groß=Steffelsdorf (Rima-Szombáth),
am Rima=Flüßchen, Flecken von sehr betriebsamen Ein=
wohnern, nahmentlich in Schnür=, Holz und Bein=Arbei=
ten. — Miskolcz, Hauptort des Borscheder Comitats,
ist einer der größten Marktflecken, von 26.400 Einw., Su=
perintendentur jenseits der Theiß; vorzüglicher Weinbau.

Onod ist historisch merkwürdig durch die Niederlage der
Ungarn durch die Mongolen 1241, und den Reichstag der
Anhänger des Rákoczy.

Östlich liegen Schmölnitz (Szomolnok) mit bedeutendem
Bergbau auf Silber und Kupfer, und Gölnitz mit Kupfer= und
Eisenwerken. Torna ist Hauptort des kleinsten Comitats, un=
weit davon die merkwürdige Eishöhle bey Szilicze.

An der Eger: Erlau (Eger), Hauptstadt des He>escher
Comitats, in anmuthiger fruchtbarer Lage. 20.000 Einwohner,
Bisthum, Lyceum mit Sternwarte, ausgezeichnete heiße Bäder
und Weinbau. Die Einwohner liefern viele Leinen=, Tuch= und
Lederwaaren. Südlich liegt Debrö, wo eine der besten ungari=
schen Tabaksorten wächst. Westlicher liegt am Fuße der Matra
der stattliche Markt Gyöngyös mit 15.000 Einwohnern.
Am nördlichen Fuße der Matra ist Parád mit berühmter
Alaunsiederey und Mineralquellen.

An der unteren Theiß.

Szolnoc sumpfig gelegen, am Einflusse der Zagyna,
Markt von 11.000 Einwohnern; lebhafter Handel; die Moräste
liefern viele Schildkröten. Eine Eisenbahn führt von Pest hieher.

Csongrád an der Mündung des Körös auf einer Halb=
insel; altes Schloß, welches dem Comitate den Nahmen gab.

Szegedin, Freystadt von 32.000 Einwohnern, am rech= ten Ufer gegenüber der Mündung der Marosch. Gutgebaute Häu= ser, aber kein Pflaster; Schiffbrücke, schöne griech. Kirche, philo= sophische Lehranstalt, großes Salzmagazin; außer der Stadt steht die Festung. Ausgezeichnete Seifensiedereyen (Szegedinerseife), Sodafabrik, bedeutender Handel mit siebenbürg. Producten. Zentha ist berühmt durch Eugens Sieg über die Türken 1696.

Zwischen der Theiß und der Donau dehnt sich die große Ketskemeter Haide aus, so genannt von dem freyen Markte Kecskemét, der 38.000 Einwohner zählt. Bedeutende Viehzucht und Pferdemärkte, Seifensiedereyen.

In der Nähe von Szegedin liegt Theresianopel (Sz. Maria Szabatka), ansehnliche Freystadt von 35.000 Einw., gut aber weit= läufig gebaut, Leinenweberey, Gerberey, Handel mit Rohproducten. In der Nähe der Colonie liegt die Freistadt Zombor, Haupt= ort des Bácser Comitats, mit 19.000 Einwohnern, etwas Seiden= bau. Schullehrer=Seminar der Griechen. In der Nähe zieht sich der Franzenskanal von der Donau zur Theiß und südlich von ihm, fast parallel laufet die berühmte Römerschanze (von Apathin an der Donau bis Földvar an der Theiß), 13.000 Klafter lang, 18' breit, 12' hoch. Das große Dorf St. Thomas (Sz. Tomás) war 1848 ein Hauptlager der Serben und die Schanzen wurden von den Ungarn mehrmahls gestürmt.

Am Szamos: Szathmár = Németh, k. Freystadt, Hauptort des gleichnahmigen Comitats, einst bedeutende Festung, liegt zum Theil auf einer Insel, hat 18.000 Einwohner, ein schö= nes Rathhaus, Bisthum, Lyceum, liefert Leinwand=, Töpfer= und Böttcherwaaren. Östlicher liegen Nagy = Banya (Frauenbach), in einem reizenden Thale mit uralten reichen Gold=, Silber= und Bleygruben, einer Münze ꝛc; Felsö-Banya (Neustadt), hat ähnliche Gruben, so wie Kapnik-Banya, hart an der sieben= bürgischen Grenze, wo sich auch noch mehr Kupferbergwerke fin= den. — Unterhalb Szathmar reichen die großen Sümpfe von Eszek bis an den Fluß; altes Schloß, einst Aufbewahrungsort der ungarischen Krone; die Einwohner machen aus dem Schilfe viele Matten u. dgl. Westlicher liegt der Congregationsort Groß=

Karoly (**Nagy-Károly**) von 12.000 Einwohnern; Weberey, Le-
berarbeiten, Tabakfabriken.

Am Körösch: Groß = Wardein (**Nagy-Várad**), in einer
schönen Ebene, aber nahe an Sümpfen, einstige Festung, noch
mit Mauern umgeben, mit 8 Vorstädten, 20.000 Einwohnern,
Congregationsort des Bihárer Comitats, zählte einst 70 Kirchen,
jetzt 16 katholische, 1 griechisch = unirte, 2 orientalische, 3 protestantische, 1 Synagoge. Prachtvoller Dom; 2 Bisthümer, Akademie, Archigymnasium, griechische Nationalschule 2c.; gute Tö-
pfereyen, Marmorbrüche und warme Schwefelbäder in der Nähe.
— Südlich findet man an der siebenbürgischen Grenze Rez-Bá-
nya mit Bergbau auf Bley, Kupfer und Silber und ausgezeichneten weißen Marmor; bey dem nahen **Funácza** eine berühmte
Tropfsteinhöhle. — Am weißen Körös liegt der große Markt
Czaba, mit 24.000 Einwohnern.

Zwischen Körösch und Samosch breitet sich die Debrecziner-
Haide aus, so genannt von Debrezin, der zweytgrößten Stadt
in Ungarn mit 54.000 Einwohnern, die aber schlecht gebaut und
ungepflastert ist, auch Mangel an Trinkwasser hat. Sie ist Hauptort des Bihárer Comitats; Districtualtafel des Kreises jenseits
der Theiß; reformirtes Collegium, bedeutende Industrie in Wol-
lenzeugen, Leder, Seife, Drechslerwaaren, Thonpfeifen (die
bekannten Debrezinerköpfe) 2c. Das hiesige Weizenbrod ist berühmt; bedeutender Handel mit Vieh, Tabak, Wachs, Honig,
vier große Jahrmärkte.

An der Marosch:
Alt = Arad (**O-Arad**), Hauptstadt des gleichnahmigen Comitats, zählt 20.000 Einwohner, meistens griechischer Religion,
ein Bisthum derselben, Pädagogicum der Wlachen, Tabakfabriken. Auf einer Halbinsel steht die Festung Arad, 1763 angelegt.
Am linken Ufer liegt weiterhin der Markt Neu = Arad. Mé-
nesch ist durch einen der besten Weine berühmt. Nordwestlich liegt
das größte kais. Militär=Gestüt von Mezöhegiesch (**Mezöhegyes**),
durch Kaiser Joseph 1785 gegründet, welches an 4000 Pferde
enthält.

An der Temesch. Die Landstrecke, welche zwischen der Marosch, Theiß und Donau gelegen, und fast in der Mitte von der Temesch durchströmt wird, ist das durch seine außerordentliche Fruchtbarkeit berühmte Banat; an der Theiß mit ausgedehnten Sümpfen, im Osten mit Waldgebirge, im Norden mit Rebenhügeln umgeben, ist die Mitte durchaus ebenes Land, nahmentlich ausgezeichneter Weizenboden.

Temeschwar (Temesvár), Hauptstadt des gleichnähmigen Comitats von 17.000 Einwohnern, ist eine der bestgebauten Städte Ungarns, zugleich starke Festung mit dreyfacher Mauern und Wassergräben und drey Vorstädten. Sitz des Csanáder katholischen und eines griechischen Bisthums, Banater Generalcommandos; bedeutende Industrie. Von hier führt der Bega-Canal nach Groß-Becskerek (Nagy-Becskerek), Markt von 15.000 Einwohnern, in die Theiß. Zwischen der Temesch und der Donau liegt das südungarische Erzgebirge. Dognaska hat reiche Kupfergruben und Marmorbrüche; Oravitza ist Sitz der banatischen Bergdirection mit Gold-, Silber-, Kupfer- und Eisenwerken. Rußberg hat große Eisenwerke ꝛc. — Westlich liegt die Freystadt Werschetz (Versecz) mit ansehnlichem Weinbau, griechisches Bisthum; in der Nähe sind gleichfalls Reste von Römerschanzen (Avaren-Ringe?). — Den südlichsten Winkel des Landes bildet das romantische Thal der Tscherna, bey Orschowa in die Donau mündend. Hier sind die weltberühmten Herkulesbäder von Mehadia, schon den Römern bekannt.

Statistische Übersicht von Ungarn.

Flächeninhalt, Wohnorte und Bevölkerung.

	Comitate und Districte	Flächeninhalt in österreich. □ Meilen	Wohnorte				Häuser	Bevölkerung	Einwohner auf eine □ Meile
			Königl. Städte	Sonstige Städte und Märkte	Dörfer	Zusammen			
1	Wieselburger	33·8	—	13	37	50	8.400	61.420	1.817
2	Oedenburger	57·5	3	40	198	241	22.600	206.870	3.598
3	Raaber	24·6	1	2	81	84	14.800	98.730	4.013
4	Comorner	51·6	1	5	89	95	18.400	140.440	2.722
5	Weßprimer	72·4	—	13	176	189	26.000	193.860	2.677
6	Weißenburger	72·2	1	15	64	80	23.400	176.240	2.441
7	Eisenburger	87·5	1	43	622	666	35.800	286.980	3.280
8	Szalader	85·0	—	33	575	608	37.600	286.680	3.372
9	Sümegher	114·2	—	30	282	312	31.600	222.160	1.945
10	Tolnaer	63·3	—	20	87	107	23.200	191.960	3.033
11	Baranyer	88·5	1	13	337	351	31.800	244.760	2.766
	Summe	750·6	8	227	2.548	2.783	273.630	2.110.100	2.811
12	Peſther *)	188·9	2	24	164	190	68.200	535.178	2.833
13	Batſcher	178·7	3	17	86	106	62.000	480.290	2.688
14	Neograder	75·9	—	11	252	263	22.400	190.310	2.507
15	Zohler	49·1	5	10	141	156	11.550	100.330	2.043
16	Honther	44·4	3	9	174	186	14.000	108.130	2.435
17	Graner	19·1	1	3	45	49	8.050	64.170	3.359
18	Barſcher	46·4	2	12	200	214	18.350	128.440	2.768
19	Neutraer	99·9	1	40	413	454	47.000	361.810	3.622
20	Preßburger	74·9	5	33	284	322	32.550	281.630	3.760

Jenseits der Donau (1–11) — *Diesseits der Donau* (12–20)

*) Peſth 86.800 Einwohner. — Ofen 40.400 Einwohner.

25	Zipfer	63·2 }	2 }	14	192	208	24.072	159.950	3.082 }
26	16 Zipfer Städte			16	—	16	4.528	34.810	
27	Gömörer	71·6	—	14	263	277	31.000	178.950	2.500
28	Hevescher	114·6	—	17	227	244	34.400	285.230	2.488
29	Borschober	61·6	—	10	171	181	36.000	191.750	3.113
30	Torner	10·7	—	1	41	42	5.400	28.600	2.672
31	Abaujvárer	49·9	1	12	237	250	29.800	173.950	3.486
32	Schároscher	95·9	3	13	358	374	23.800	206.560	3.134
33	Zempliner	107·6	—	28	424	452	50.400	290.430	2.699
34	Unghvárer	53·1	—	7	202	209	19.200	115.230	2.170
35	Beregher	64·8	—	10	260	270	19.800	124.740	1.9251
	Summe	663·0	6	142	2.375	2.523	278.400	1.790.200	2.700
36	Marmoroscher	179·9	—	6	162	168	28.400	174.200	969
37	Ugotscher	20·7	—	4	65	69	7.800	50.410	2.435
38	Szathmárer	101·7	2	17	243	262	40.200	246.810	2.427
39	Szaboltscher	103·7	—	17	132	149	37.800	217.910	2.101
40	Biharer	192·5	1	29	449	479	78.800	455.670	2.367
41	Békescher	59·5	—	6	13	19	24.200	160.130	2.691
42	Csongraber	57·5	1	3	6	10	22.800	136.130	2.359
43	Csanáder	28·8	—	3	6	9	12.400	72.360	2.513
44	Arader	104·5	1	17	156	174	40.800	236.860	2.267
45	Kraßöer	90·9	—	13	221	234	39.600	225.660	2.482
46	Temesvárer	103·0	1	15	172	188	46.600	318.580	3.093
47	Torontaler	119·3	—	21	107	128	52.800	337.580	2.830

(linke Randspalten: Diesseits der Theiß — Jenseits der Theiß)

| | Comitate und Districte | Flächeninhalt in österreich. □ Meilen | Wohnorte | | | | Häuser | Bevölkerung | Einwohner auf eine □ Meile |
			Königl. Städte	Sonstige Städte und Märkte	Dörfer	Zusammen			
48	Syrmier	41·0	—	15	83	98	16.000	105.280	2.568
49	Veröczer	80·0	1	16	218	235	22.200	152.900	1.911
50	Posegáner . . .	43·0	1	10	251	262	15.400	78.020	1.814
	Summe .	164·0	2	41	552	595	53.600	236.200	2.050
51	Kreutzer	29·0	2	1	298	301	14.940	73.610	2.537
52	Warasdiner . . .	33·0	1	5	406	412	28.360	137.460	4.165
53	Agramer	103·0	2	5	1.259	1.266	47.300	295.530	2.869
	Summe .	165·0	5	11	1.963	1.979	90.600	506.600	3.070
54	Zäziger	19·2	—	8	3	11	} 27.600	64.700	3.369
55	Groß-Rumanien .	20·8	—	5	1	6		56.200	2.702
56	Klein-Rumanien .	42·2	—	5	3	8		66.590	1.578
57	6 Haiduken Städte	16·8	—	6	38	6	7.840	63.900	3.804
58	Ungarisches Litorale	6·0	2	3	38	43	7.300	44.810	7.468
	Summe .	105·0	2	27	45	74	42.740	296.200	2.821
	Hauptsumme	3.962·7	52	801	11.690	12.543	1.519.540	10.436.748	2.634

Slavonien · Croatien · Besondere Districte

Hiezu das Militär mit 63.252

Gesammtsumme der Bevölkerung 10,500.000 · 2.649

Fünfter Abschnitt.

Das Großfürstenthum Siebenbürgen *) (mit Inbegriff des Sachsenlandes und der wiedereinverleibten Gespannschaften Krászna, Mittel = Szolnok und Zárand, dann dem Distrikte Kövas und der Stadt Zilácz).

(Principatus Transylvaniae.)

(1054 ☐ Meilen, 2,302.700 Einwohner, 2108 auf 1 ☐ Meile).

§. 32.

Grenzen = Eintheilung.

Siebenbürgen wird begrenzt westlich und nördlich durch das siebenbürgische Erzgebirge gegen Ungarn, östlich durch die Karpathen gegen die Bukowina und Moldau, südlich durch dieselben gegen die Wallachei. — Nach den drey Nationen, welche es bewohnen, wird Siebenbürgen eingetheilt in das Land der Ungarn, das Land der Seckler und das Land der Sachsen.

---

*) Siebenbürgen erhielt seinen Nahmen wahrscheinlich von seinen 7 noch jetzt mit Mauern umgebenen Städten (von Deutschen erbaut); vielleicht auch von den 7 Burgen der ersten ungarischen Heerführer. Den lateinischen Nahmen gaben ihm die Ungarn darum, weil das Land ihnen jenseits der Grenz=Waldungen lag; auch der ungarische Nahme Erdély bedeutet Waldland.

Beynahe ein Fünftel des Landes gehört zur Militärgrenze, die Trennung ist aber so wenig bestimmt, daß ein und derselbe Ort Militär und Civil gemischt enthält.

§. 34.

Gebirge.

Siebenbürgen ist so wie Böhmen ein Hochland von etwa 1200 Fuß mittlerer Seehöhe, rings von Randgebirgen umgeben, welche im Süden bis 8000 Fuß sich erheben. Man unterscheidet folgende Theile:

I. Die Karpathen, welche den Ost= und Südrand bilden, betreten mit dem *Galacz* die Landesgrenze, welcher Berg zwischen den Quellen der Theiß, Bistriz und Samos steht. Von hier geht der Hauptzug über den Paß von *Borgo, Pietrelle, Lokavas, Rozan, Magyarlete, Lakotz, Kozmardi, Bucses* 8000', nimmt den Nahmen Siebenbürger oder Fagarascher Alpen an, mit dem Königsstein (Kray) *Szurul* 8500', und jenseits des Rothenthurmpasses dem mächtigen Gebirgsstocke des *Mundra,* bis zum *Morarul,* der dreyfachen Grenze von Siebenbürgen, Wallachey und Ungarn. Dieser große Gebirgszug ist fast durchaus Urgebirge und nimmt gegen das Ende an Mächtigkeit zu. Der höchste Gipfel aber, außer der Gräte südöstlich steht schon in der Moldau, der *Tsalheou,* gegen 9000' hoch.

Vom Lokavas trennt sich ein bedeutender 19 Meilen langer Arm und bildet mit dem Hauptzuge südlich das Längenthal des Altflusses, bis Hermannstadt, nördlich auf 8 Meilen das Maroschthal. Es ist ein Trachytgebirge, dessen Anfang mit den Gipfeln *Dethegy, Ostoros* und *Asztalko* die Hauptkette an Höhe übertrifft.

2. Der Westrand, vom Mor arul sich nordwestlich wendend, ist an Höhe und Breite bey weitem nicht so bedeutend, vielfach von Flüssen durchbrochen, und der Theil zwischen der Ma- rosch und Körösch heißt insbesondere das siebenbürgische Erzgebirge; doch erreicht der *Retyczät* 8000'.

3. Den Nordrand bildet der schon bey Ungarn erwähnte Arm der großen Karpathen, welcher vom Gallatz westlich zieht, das obere Theißthal umschließend. Er wird vom Samoschflusse durch- brochen, jenseits welchem das Bück = Gebirge die Verbindung mit dem Westrande herstellt.

An den *Czebles* schließt sich als Seitenarm das goldreiche Trachytgebirge, welches den linken Thalrand der Theiß bildet.

4. Das Mittelgebirge. Von dem Berge *Pietrelli Rossa* in den Ostkarpathen tritt ein niederes (tertiäres) Gebirge aus, welches quer durch das Land zieht, die rechte Thalwand der Samosch bildend und an den Quellen der Aranyosch an das Erzge- birge sich anschließt *).

Gebirgspässe. Die großen Karpathen enthalten eine An- zahl von Einsattelungen und wahren Gebirgsjochen, welche zu- gleich wie in den Alpen seit Jahrhunderten die Übergänge sind. Im Norden beginnend findet man die Pässe von Borgo (als Hauptübergang in die Bukowina, aus dem siebenbürgischen Bi- stritzthale, in jenes der moldauischen goldenen Bistritz) von Ghi- mesch und Ojtosch aus dem Altthale in jenes des Tatros in der Moldau; von Boza, Tömösch, Törzburg, rothen Thurm, aus dem Altthale in die Wallachey; den Vulkan Paß aus dem Hatzeger Thale dahin.

Höhlen. Die größte ist jene von Almásch; bey Fénesch ist eine sehenswerthe Tropfsteinhöhle, im **Büdös-Hegy** eine Schwefel- dämpfe ausstoßende Grotte.

An Thälern ist Siebenbürgen reich, die meisten ausge-

---

*) Alle diese Gebirge sind noch wenig bekannt, die Ost- und Süd- Karpathen fast gar nicht:

Neue Geographie. I. Thl.   P

zeichnet durch Naturschönheit in ihrem oberen, durch Fruchtbar=
keit in ihrem unteren Theile. Das Marosch=Thal ist das be=
deutendste, 51 Meilen lang, nach ihm das Altthal, an seinem
Ursprunge die Csík (Szék) genannt, 40 Meilen lang.

§. 34.
Gewässer.

Siebenbürgen ist besonders reich an strömenden Wässern,
die sämmtlich dem Gebiethe der Donau angehören. Hauptflüsse
sind:

1. Die Marosch (**Maros**). Sie entspringt in dem Thale
Gyergyö, und durchfließt beynahe in Diagonale das Land, wel=
ches sie bey Zám nach 43 Meilen verläßt. Nebenflüsse sind der
große und kleine Kokel, der große und kleine Aranyosch; jene den
Kokel, diese den Aranyosch bildend.

2. Der Samosch (**Szamos**). Er entsteht bey Déés aus
dem großen und kleinen Szamos.

3. Die Alt oder Aluta (**Olt**, d. i. tiefer Fluß) in der
Csík entspringend, durch einen Bergrücken von der Quelle des
Marosch getrennt; durch den rothen Thurmpaß strömt sie nach 36
Meilen in die Wallachey.

4. und 5. Der Körösch nach Ungarn, und die Bistritz in
die Moldau austretend, sind unbedeutend.

Seen enthält Siebenbürgen nur einige, darunter der Ho=
doschersee, 3 Meilen lang, der Annensee, 2 Stunden lang
und breit. Merkwürdig ist der Piritschker= (**Piriczker**) See in der
Csík, welcher kohlensaures Gas ausströmt. Moräste gibt es
von keiner großen Ausdehnung; der Zugo und das Kirchenbad
entwickeln brennbares Wasserstoffgas.

Mineralquellen gibt es in großer Menge, darunter
allein 60 vortreffliche Sauerbrunnen, meistens im Altthale.

Das Klima der mittleren Thäler ist milde und der Vegeta=
tion äußerst günstig, um so rauher der gebirgige Kronstädter=
District.

§. 35.
Das Volk.

Drey Hauptstämme bewohnen das Land:

1.) 1 Million Wlachen, am zahlreichsten im Lande der Ungarn; sie nennen sich selbst Rumani, sind wahrscheinlich Überreste von den römischen Dakiern, nachmahls aber mit Slaven vermischt.

2.) ¾ Millionen Magyaren und Sekler (Székely),. Letztere sind die Überreste jener magyarischen Stämme, welche im J. 984 aus der Moldau in die Gebirge zogen und hier mit andern hunnischen Stämmen verschmolzen.

3.) 260.000 Deutsche (Sachsen, Szászok), welche König Geysa um 1143 berief und mit vielen Freiheiten beschenkt:.

Außerdem gibt es noch an 50.000 Zigeuner (Cziganyi), ein indischer Volksstamm, um das Jahr 1400 eingewandert; etwa 10.000 Armenier, 1672 eingewandert; an 3000 Juden; endlich noch Bulgaren, 1690 eingewandert; Serben, Ruthener, Polen und Griechen, so daß wenig Länder von gleichem Umfange ein solches Gemisch von Völkerschaften beherbergen.

Die Wlachen sind von gedrungenem Körperbau, dunklem Auge und Haar, und äußerst abgehärtet. Die Zigeuner sind gewöhnlich von mittlerer Größe; schwarze Haare und Augen, dunkle Hautfarbe bezeugen den orientalischen Ursprung.

Die Tracht der Wlachen hat eigenthümliche hohe Pelzmützen, lange Schafpelze und die weiten ungarischen Leinenhosen oder weiße tuchene Beinkleider. Die Frauen tragen sehr zierliche bunte Schürzen. Die wohlhabenderen Zigeuner kleiden sich theils nach wallachischem theils nach ungarischem Schnitte.

Hauptnahrung der Walachen ist das Maismehl, theils als zu Brod (Malaj) verbacken, theils als eine Art Polenta (Mamaliga), außerdem Milchspeisen und Hülsenfrüchte:.

Wohnungen. Die schönsten Ortschaften sieht man im Sachsenlande, wo die Häuser durchgehend ein erhöhtes Erdgeschoß haben. Die Zigeuner führen zum Theil noch ein nomadisches

P 2

Leben, den Winter in Erdhütten verbringend, die meisten aber haben sich bereits angesiedelt.

Der Walache ist sehr genügsam, voll natürlicher Anlagen und hat in neuester Zeit aus dem bisherigen Stande von Vernachlässigung sich erhoben.

(Über die übrigen Volksstämme wurde bereits in den früheren Abschnitten das Nöthige gesagt.)

§. 36.
Nahrungsquellen.

Die Ungarn und Szekler treiben vornehmlich Feldbau und Viehzucht, die Sachsen auch noch Obst= und Weinbau, die Walachen vorzugsweise Viehzucht. Hauptproduct ist der Mais. Erwähnenswerth ist die Kirschenzucht um Herrmannstadt, der Hanf von Sárkány, Tabak von Udvárhely. Tabak und Wein werden in großer Menge und Güte gezogen.

Die Viehzucht liefert ausgezeichnete Pferde, nahmentlich die Landschaft Csik; man zählt gegen 60 Gestüte. — Bemerkenswerth sind die Büffel (auch weiße). — Die Schafzucht ist sehr bedeutend, aber wenig veredelt; über Winter treibt man die Schafe in die Moldau und Wallachey. — Im Kronstädter= Bezirk ist die Bienenzucht erheblich. — Jagd und Fischerey sind sehr mannigfaltig und ergiebig; der Bergbau ist sehr bedeutend, denn Siebenbürgen ist noch immer das goldreichste Land in Europa, und liefert jährlich an 3600 Mark. In den Bergbächen wird in bedeutender Menge Gold auch ausgewaschen, vorzüglich durch die Zigeuner. Außerdem gewinnt man Silber, Bley, Eisen u. s. w. Siebenbürgen ist auch das salzreichste Land Europa's, theils an Steinsalz, theils an Salzquellen, und erzeugt jährlich 1 Million Zentner.

Die Industrie ist nicht bedeutend. Spinnen und Weben für den Hausgebrauch ist allgemein, auch werden viele ordinäre Tücher verfertigt. Bemerkenswerth sind die hölzernen Flaſchen (Tſchuttern), die Szekler Strohhüte, und vortreffliches Steingut.

Hauptſtraßen. Aus Ungarn über Großwardein und Klauſenburg, dann von Lugoſch nach Herrmannſtadt, Kronſtadt in die Wallachey. Von Herrmannſtadt über Biſtritz (Franzensſtraße) in die Bukowina,

Schifffahrt findet auf der Maroſch am meiſten ſtatt; die Alt biethet zu viele Hinderniſſe.

Topographie.

§. 37.

Ortsbeſchreibung.

Klauſenburg (Kolosvár, Kluſch), iſt die Hauptſtadt des Landes, am Samoſch reizend gelegen. 6 Vorſtädte, 25.000 Einwohner, alte Mauern mit feſten Thürmen, ſchöner gothiſcher Dom *); Gubernium, Lyceum, reform. und unitar. Collegium. Jenſeits des Fluſſes ſteht die kleine Feſtung, 1721 durch Carl VI. an der Stelle eines altrömiſchen Caſtells erbaut. — Öſtlich liegt das Salzwerk Kolos.

Am Samoſch. Naszod iſt Staabsort des 2. wallachiſchen Regimentes. Dées, Hauptort des Szolnoker-Comitats, am Zuſammenfluſſe der beyden Samoſch, mit Steinſalzgruben.

Aufwärts liegt am Sajo Kerles, wo König Salomon und Herzog Ladislaus 1070 die Kumanen ſchlugen.

Am warmen Szamoſch aufwärts liegt die k. Freyſtadt Armenierſtadt (Szamos-Uvár), mit lebhaftem Handel. Südlich

---

*) Von König Sigmund 1414 zum Gelöbniß wegen ſeiner Befreyung aus Siklos durch die Brüder Gora erbaut. — Klauſenburg iſt das römiſche Claudiopolis, wie auch noch zahlreiche Ausgrabungen beweiſen. 1178 wurde es von deutſchen Coloniſten neu gegründet, iſt aber jetzt meiſt von Ungarn bewohnt.

davon ist S z é k , Hauptort des Dobokaer Comitats. (Bon-
czhida (Bruck) hat ein prachtvolles Schloß mit ausgedehn-
tem Parke und einem Gestüte der Grafen Bánffy.)

An der Bistritz:

Die k. Freystadt Bistritz (Bestercze-Városa), mit 7200
Einwohnern, ist Hauptort des gleichnahmigen sächsischen Districtes.

An der Aluta:

Das obere Thal der Alt ist die durch ihre Naturschönheit
berühmte Landschaft Csik (Csik), dessen Hauptort und Stab
des 1. Szekler Reg. der Markt Szeklerburg (Csik-Szere-
da) ist.

Sepsi Sz. György ist Hauptort des Háromszéker-
Stuhles und Stabsort des Husaren-Regiments. Weiterhin öffnet sich östlich das große Thal des Fekete Ugy,
worin der stattliche Neumarkt (Kézdi-Vásárhely), Stabsort des 2. Szekler-Regiments, wo das Szekler-Militär-
National-Erziehungshaus sich befindet.

In einem Bergkessel liegt südlicher von György die Hauptstadt des gleichnahmigen sächsischen Districtes (Burzenlandes),
Kronstadt (Kruhnen, Brassó), die volkreichste, gewerbreichste
Stadt Siebenbürgens, von 27.000 Einwohnern. Die Stadt
hat alte Mauern und 3 Vorstädte. Schöne gothische Kirche,
altes großes Kaufhaus. Viel Gewerbsfleiß (Fabrikation von
Tuch, hölzernen Flaschen, Wollschnüren ꝛc.) und bedeutender
Handel. Auf dem St. Martinsberge steht ein festes Schloß
mit einer Kaserne.

Von Kronstadt führen 3 Pässe in die Wallachey: der Bo-
zoer, Tömöscher und Törzburger.

Nördlich von Kronstadt liegt der Markt Tartlau
(Prasmár) mit vorzüglicher Bienenzucht.

Im Altthale weiterhin ist Scharkany (Sárkány),
durch den besten Flachsbau merkwürdig. Fagreschmarkt,
(Fagaras) hat eine merkwürdige alte Veste und die schönste
Brücke.

Die Aluta verläßt das Land durch den rothen Thurm Paß, der gangbarsten Straße in die Wallachey.

An der Marosch. Unweit der Quelle liegt in dem romantischen Thale Györgö der armenische Ort Györgö Sz. Miklosch (**Gyergö Szent Miklós**). Von hier führt der Tölgyesch-Paß in die Moldau und unweit von ihm sind die berühmten Sauerbrunnen von Borsek (**Borszék**).

Rennmarkt (**Szász-Regen**), sächsischer Markt, treibt bedeutenden Holzhandel auf dem Flusse. Bey dem nahen Görgeny Sz. Imreh sind die Ruinen der alten siebenbürgischen Fürstenburg Görgeny; Guerniszek hat ein prachtvolles Schloß der Grafen Teleky und ein Gestüte.

Die k. Freystadt Neumarkt (**Maros·** auch **Székely-Vásárhely**) ist Hauptort des Maroscher-Stuhles, hat 8000 Einwohner, meist Ungarn und Szekler. Festes Schloß, schöne gothische reformirte Kirche, Sitz der k. Gerichtstafel; reform. Kollegium, gräfl. Teleki'sche öffentliche Bibliothek. Ausgezeichneter Tabakbau.

Radnoth, an der Stelle des alten **Paravissa** hat ein merkwürdiges Schloß, von Ráfóczy erbaut.

Ober-Winz (**Felvincz**) ist Hauptort des Aranyoscher Stuhles.

Marosch-Ujvar (**Maros-Újvár**), hat nach Wielieczka das größte Steinsalzwerk in der Monarchie, in welchem unter anderen eine 800 Klafter lange Eisenbahn besteht: 500.000 Zentner werden jährlich gewonnen.

Straßburg (Egißtadt, **Nagy-Enyed**), stattlicher Markt, ist Sitz des helvetischen Superintendenten und des Unteralbenser-Comitats; sehr besuchtes reform. Collegium mit reichen Sammlungen; in der Umgegend vorzüglicher Weinbau.

Carlsburg (ehemahls Weissenburg, **Alba Julia, Károly-Fejérvás, Belgrad**), ansehnliche Freystadt von 6000 Einwohnern, besteht aus der Festung und der unteren Stadt. Die hochgelegene Festung erbaute Carl **VI.**; prachtvolles Hauptthor, schöner

Dom *). Sitz des siebenb. kath. Bischofs, Lyceum, Sternwarte, k. Münze.

Am Flusse ist die große Salzniederlage **Maroschhafen** (Maros portu), wohin das Salz aus den verschiedenen Gruben gebracht wird, um auf der Marosch weiter geführt zu werden. **Winzendorf (Alvincz)** ist die bischöfl. Sommerresidenz; Senfbau und Fabrication von Messerwaaren.

Bey **Siboth** ist das berühmte Schlachtfeld von 1479, das **Brodfeid (Kanyermezö)**, eine Ebene am Flusse, wo **Kiniri** und **Báthory** die Türken schlugen. Bey **Keresztes** am **Aranyos** ist das Kreuzerfeld (**Prat de Trajan**), wo **Trajan** den **Decebalus** besiegte.

Unweit des linken Ufers liegt der **Frei-Markt Broos** (Sachsenstadt, Szászváros), Hauptort des gleichnahmigen Stuhles, mit vorzüglichem Obstbau. **Déva**, Hauptort des Hunyader Comitats, hat ein Kupferbergwerk, altes merkwürdiges Schloß und vorzügliche Pfirsichzucht.

Am **Kleinen Kokel**. **St. Georgen (Erdö-Sz. Giörgy)** mit einem der schönsten Schlösser, dem Grafen Rheden gehörig, sammt großem Park. **Diesö-Sz Márton** ist Amtsort des Kokelburger Comitats.

Kokelburg (Küküllovár), alter Markt mit Schloß, Park und Gestüte des Grafen Bethlen. Östlich liegt der merkwürdige **Zugo**, ein Erdtrichter, der Wasserstoffgas ausströmt. An der Vereinigung der beyden Kokel liegt **Blasendorf (Bálásfalva)**, Sitz des griech. unirt. Bischofs, der sich von Fogarasch benennt, wo er vor 1733 residirte; Griech. Seminar.

Am großen **Kokel**:

Oderhel (Székely-Udvárhely), Hauptort des Szeklerlandes und Udvarhelyer Stuhles, großer freyer Markt, mit reform. Collegium, Handel mit Tabak und Honig. Östlich liegt **Almasch (Almás)** mit einer großen Tropfsteinhöhle. **Székely-Keresztúr** hat einen Sauerbrunnen und erzeugt viele Siebwaaren. **Schäßburg (Segesvar)**, k. Freystadt und Hauptort des

---

*) Mit den Grabmälern von Johann Ladislaus Hunyad, K. Jos. Sigmund ꝛc.

gleichnahmigen Stuhles mit 7000 Einwohnern. Die obere um=
mauerte Stadt liegt auf einem steilen Berge, um welchen herum
die untere Stadt; bedeutender Obstbau.

Elisabethstadt (Ebes falva), k. Freystadt meist von Ar=
meniern bewohnt, hat ein armen. Kloster mit schöner Kirche,
Ruine des Schlosses der Apafy und Handel mit Wein und Wolle.

Mediasch (Medwisch, Medgyes), hübsche k. Freystadt,
Hauptort des gleichnahmigen Stuhles mit vorzüglichem Weinbau.
Bey Ober=Bassen (Felsö=Bajom) ist das Kirchenbad, wo wie
bey dem Zugo Wasserstoffgas aus der Erde hervorbricht.

Zwischen den Flüssen Alt, gr. Kokel und Ma=
rosch:

Reps (Köhalom), Hauptort des gleichnahmigen Stuh=
les mit einem alten Bergschlosse und einer Salzquelle.

Groß=Schenk (Nagy Sink), Hauptort des gleichnah=
migen Stuhles, hat Leinenweberey. Agnethleu, (Sz.
Agatha), treibt Handel mit Böttcherwaaren. Martins=
dorf (Márton falva) ist Hauptort des Oberalbenser Com.
Mallenkrug (Almakeréts), enthält das prachtvolle Mau=
soleum des Fürsten G. Apafy.

Hermannstadt (Nagy Szeben), k. Freystadt, Hauptort
des Sachsenlandes und gleichnahmigen Stuhles, liegt in anmu=
thiger Ebene am Flüßchen Zibin, ist die schönste Stadt des Lan=
des mit 21.000 Einwohnern. Die obere Stadt liegt auf einem
Hügel, hat doppelte alte Mauern, an deren Fuße die untere
Stadt gleichfalls mit Mauern, außerhalb die drey von Wlachen
bewohnten Vorstädte. Schöne gothische evang. Kirche, mit dem
höchsten Thurme, von 228'. Sitz des Thesauriats, Milit. Com=
mando, des griech. nicht unirten Bischofs und der sächs. Universi=
tät (das heißt des Landtages), kath. und evang. Gymnasium mit
dem Bruckenthal'schen Nationalmuseum; viel Gewerbsfleiß
(Wachs, Juchten, Leder und Hornkämme rc.) und bedeutender
Handel.

Das Dorf Heltau (Nagy-Disznód), hat vorzüglichen
Obstbau und liefert viel Tuch und Strohhüte. Bey Schel=
lenberg fiel 1599 die Schlacht vor, in der Andr. Bá=
thory vom walach. Fürsten Michael geschlagen wurde,

Nordwestlich von Hermannstadt: **S a l z b u r g** (Viszakna), mit einer Salzgrube.

R e u ß m a r k t (Szeneda helly) ist Hauptort des gleichnahmigen Stuhles.

M ü h l e n b a c h (Szász-Seben), k. Freystadt, Hauptort des gleichnahm. Stuhles in fruchtbarem Thale. Südlich liegt das Goldseifenwerk **O l á h - P i á n.**

Das südlichste Thal ist das reizende Thal von **Hájzëg**, das siebenbürg. Paradies genannt, zugleich klassischer Boden, wo die Hauptstadt Dakiens (**Zarmizegethusa**, **Ulpia Trajana**) gestanden. Die meisten Ruinen und Ausgrabungen finden sich bey St. Maria (von den Wlachen Csetate, die Stadt, genannt) **Várhelly** und **D e m s u s**, wo die Kirche ein ehemahliger römischer Tempel ist. Zwischen Hatzeg und Deva liegt der Markt **Vajda - Hunyad** mit der berühmten Hunyad - Burg, 1817 renovirt. Auf einem Marmorfels thront dieser Prachtbau, von Jos. Hunyad 1448. — Hoch im Gebirge liegt das berühmte Goldbergwerk **Nagyag**. Aus dem Hatseger Thal führt der eiserne Thorpaß nach Ungarn

einst der einzige Zugang an Siebenbürgens Ostseite, durch welchen schon Trajan eingedrungen.

Am **O m p o l z**, der bey Karlsburg in die Marosch mündet liegt der wichtige Bergflecken **K l e i n = S c h l a t t e n** (Zalathna), Sitz des siebenbürg. Berggerichtes, mit dem von Dakern und Römern *) her berühmten Gold= und Silberbergwerken und der Hauptschmelze.

Nördlich liegt **Groß = S c h l a t t e n** (Abrud-Banya), gleichfalls mit reichen Goldgruben, so wie in **V e r e s c h p a t a k** (Vöröspatak), wo mehr als 300 Pochmühlen bestehen. Hier sieht man einen der merkwürdigsten Bergbauten in Europa. Da nämlich das ganze Gestein pochwürdig ist, so wurde ein förmlicher Steinbruch angelegt, der Berg auf 180' abgesprengt, so daß er zerstör=

---

*) Eine Wiese heißt noch jetzt Prat de Trajan, wo jährlich am Ostermontage ein Volksfest stattfindet.

ten Festungsmauern ähnlich sieht (beßhalb auch **Csetátie** genannt)
und im Inneren ist eine 480' tiefe Kluft ausgesprengt, in wel=
cher die Bergleute jetzt arbeiten. In der Nähe sind die berühm=
ten Basaltsäulen **Dedunata Goala** (Donnerschlag), bey 1000 Klaf=
ter im Umfange, 72 hoch.

Am Aranyosch. Der Bergflecken **Thoroczkó** hat ein rei=
ches Eisenbergwerk. Thorda (Thorenburg), Sitz des Comitats,
hat ein wichtiges Salzwerk, schon den Römern bekannt, und in
der Nähe die merkwürdige Thorenburger Kluft. Weiterhin
ist das Kreuzerfeld (**Keresztes-Mezeje**), wo die Schlacht zwi=
schen Trajan und Dekebalos vorgefallen seyn soll.

Statistische Übersicht

Flächeninhalt, Wohnorte

	Comitate, Distrikte und Stühle	Flächeninhalt in österreich. □ Meilen	Wohn:	
			Königliche	Municipal
			Städte	
	Land der Ungarn.			
1	Ober-Albenſer Comitat	30·2	—	—
2	Unter-Albenſer Comitat	80·2	1	3
3	Kockelburger	26·8	1	—
4	Thordaer	83·3	—	1
5	Koloſcher	85·5	1	1
6	Dobokaer	52·5	—	1
7	Inner Szolnoker	58·0	1	1
8	Hunyader	109.8	—	2
9	Mittel Szolnoker	38.5	—	1
10	Kraßnaer	20.0	—	—
11	Zarander	22.5	—	—
12	Kövarer Diſtrikt	18.9	—	—
13	Fogaraſcher »	31.5	—	1
	Summe .	657·7	4	11
	Land der Szekler.			
14	Udvarhelyer-Stuhl	45·3	—	2
15	Maroſcher	24·7	1	—
16	Háromſzeker	52.0	—	4
17	Cſiker	78·1	—	1
18	Aranyoſcher	6·1	—	—
	Summe .	206·2	1	7
	Land der Sachsen.			
19	Hermannſtädter Stuhl	40·3	1	—
20	Schäßburger	9·6	1	—
21	Mediaſcher	11·3	1	—
22	Großſchenker	11·1	—	—
23	Repſer	10·7	—	—
24	Mühlbacher	5·6	1	—
25	Reismarkter	3·8	—	—
26	Leſchkircher	5·0	—	—
27	Szászváreſcher	7·6	—	—
28	Kronſtädter Diſtrikt	31·2	1	—
29	Biſtritzer	54·7	1	—
	Summe .	190·9	6	—
	Hauptſumme mit Militär	1·054·8	11	18

von **Siebenbürgen.**

und Bevölkerung.

orte			Häufer	Bevölkerung	Ein- wohner auf eine ☐ Meile
Märkte	Dörfer	Zu- fammen			
—	68	68	7.700	49.800	1.649
10	186	200	31.600	211.100	2.632
1	113	115	12.600	86.800	3.238
4	168	173	16.400	130.600	1.568
4	215	221	22.700	156.400	1.829
—	163	164	13.400	108.800	2.072
2	196	200	18.000	91.500	1.578
3	327	332	23.400	155.500	1.416
3	143	147	14.200	127.800	3.319
3	72	75	2.100	23.600	1.180
1	98	99	8.900	40.600	1.804
3	88	91	5.600	39.800	2.106
—	64	65	6.100	63.500	2.016
34	1.901	1.950	182.700	1,285.800	1.955
6	128	136	16.800	84.400	1.863
1	129	131	16.900	79.100	3.202
1	94	99	10.200	102.000	1.962
—	65	66	4.900	89.900	1.151
1	21	22	3.400	20.400	3.344
9	437	454	52.200	375.800	1.823
—	53	54	16.900	117.800	2.924
1	15	17	5.600	22.200	2.313
6	20	27	7.000	41.800	3.699
2	20	22	5.600	27.300	2.459
1	17	18	4.900	20.400	1.906
—	10	11	3.200	21.300	3.804
1	10	11	3.800	16.800	4.421
1	11	12	2.800	17.100	3.420
1	12	13	3.500	24.200	3.184
4	25	30	17.700	102.800	3.294
—	55	56	6.600	35.300	645
17	248	271	77.600	447.000	2.342
60	2.586	2.675	312.500	2,118.578	2.009

Sechster Abschnitt.

Die Militärgränze.

(Das Militärgränzland.)

683 ☐ Meilen, 1,235.000 Einwohner, 1809 auf 1 ☐ Meile.)

Die Militärgränze wird ein Landstrich genannt, welcher vom adriatischen Meere bis zur Bukowina längs der türkischen Gränze sich hinzieht, militärisch organisirt ist, und zum nächsten Zwecke hat, durch einen ununterbrochenen Wachdienst das Einschleppen der Pest, dann aber auch räuberische Einfälle abzuhalten. Von 10 Meilen Länge wechselt die Breite des Militärgränzlandes bis 2 Meilen, und in Siebenbürgen ist dasselbe sogar an zwey Stellen von dem nicht militärischen, sogenannten Provinziale so unterbrochen, daß dieses unmittelbar an die Wallachei und Moldau stößt.

Nach den Ländern, von welchen das Gränzland abgeschnitten wurde, theilt man es ein, 1. in die kroatische, 2. die slavonische, 3. die ungarische, gewöhnlich banatische genannt, und 4. die siebenbürgische Gränze.

Die ganze männliche Bevölkerung vom 18. bis zum 60. Jahre ist in der Militärgränze zum Kriegsdienste ununterbrochen verpflichtet, daher ist in der Regel der Gränzer nur eine Woche im Dienste, zwey Wochen bey der Wirthschaft zu Hause, außer in Kriegszeiten. Jedes Bauerngut bildet eine sogenannte Hauscommunion, nach der Größe bis zu 80 Personen, welche unter Leitung der Hausältesten stehen. Die Hauscommunion stellt in der Regel zum wirklichen Dienste so viele Männer als der Feldbau entbehren kann, und liefert ihren Leuten die Lebensmittel auf die Wache. Auf die Posten gehen die Leute in ihrer gewöhnlichen Tracht, wozu das Regiment die Waffen und das Riemzeug liefert; die Montur tragen sie nur beym Exerciren. Die Gränzer sind wie die Linientruppen in Regimenter eingetheilt, 2 Regimenter bilden eine Brigade, und zwey Brigaden ein Generalat (General = Commando), deren es vier gibt, zu Agram, Peterwardein, Temeschvar und Hermannstadt für 17 Infanterie= und 1 Husaren=Regiment, wozu noch die Donau=Matrosen kommen, das sogenannte Tschaikisten = Bataillon. Die Regimenter haben ihren Nahmen theils nach dem Stabsorte, theils nach der Nationalität, wie folgt:

1. Die kroatische Gränze theilt sich in die Karlstädter, Banal= und Warasdiner Gränze; zur ersten gehören das Likkaner, Ottoschaner, Oguliner und Sluiner Regiment; zur zweyten die beyden Banal=Regimenter, zur dritten (gewissermaßen die Reserve) das Kreuzer= und St. Georger= Regiment.

2. Die slavonische Gränze enthält das Gradiskaner, Brooder und Peterwardeiner = Regiment, dann das Tschaikisten= Bataillon.

3. Die ungarische Gränze enthält das deutsch = banatische und das wallachisch = illyrische Regiment.

4. Die siebenbürgische Gränze enthält 2 wallachische, 2 Szekler = Infanterie = Regimenter und das Szekler=Husaren=Regiment.

Die Verwaltung der Gränze ist rein militärisch, so daß es gar keine Civil=Behörde gibt, und bey jeder Compagnie sogar ein eigener Ökonomie=Offizier angestellt ist, um auf die Emporbringung der Landwirthschaft zu sehen.

Die Gränzlinie selbst wird Cordon genannt, und der Wachdienst ist folgendermaßen eingerichtet: Der ganzen Linie entlang sind Wachhäuser zu 4 bis 8 Mann, dann zu 12 Mann mit einem Unteroffizier. Ein Mann steht immer Schildwache und bey Nacht unterhalten Patrouillen die Verbindung. In den sumpfigen Niederungen der Flüsse (nasse Gränze) stehen der Überschwemmungen wegen die Wachhäuser (Tscherdaken) auf einem 10′ hohen Mauerwerke und sind durch Dammwege verbunden. Hinter diesem äußersten Cordon liegen die Offizierspoſten, jeder mit einer Lärmstange und einem Pöller versehen. Ohne bey einem Posten

sich zu melden, darf Niemand über die Gränze hinaus, und wer
herein will, muß in die Quarantaine = Anstalten (Contumaz). Je
nachdem die Pest in der Türkey herrscht, muß man dort längere
oder kürzere Zeit verweilen, um zu erproben, daß man nicht etwa
pestkrank sey, und alle giftfangenden Waaren und Kleider werden
gereinigt. Handel darf nur an den sogenannten Rastell = Plätzen
getrieben werden, wo die strengste Aufsicht herrscht, daß keine Be=
rührung statt findet. Nach Maßgabe der Pestgefahr oder allfälli=
ger Unruhen in den türkischen Ländern hat der Cordon 3 Abstufun=
gen im Dienste, und bedarf dazu 5000, 7000, bey naher Gefahr
aber 11,000 Mann, und dann gilt Standrecht bey jeder Übertre=
tung. Wird dem Offizierposten ein Überfall z. B. gemeldet, so
läßt er die Pechkränze auf der Allarmstange anzünden, oder den
Pöller abschießen, und so kann in vier Stunden das ganze Gene=
ralat allarmirt sein und unter Waffen stehen, um auf den bedroh=
ten Punct hinzueilen; die Gränzer, als Soldaten schon erzogen,
bilden ein Kriegsheer, welches im Fall der Noth auf 100,000
Mann gebracht werden könnte, und zu den tapfersten, bestgeübten
Truppen der Welt gehört, schon darum dem Feinde furchtbar,
weil jede Compagnie in dem Gefallenen Verwandte und Jugend=
freunde zu rächen hat.

Die beyden Endpuncte der Gränze sind unfruchtbares Ge=
birgsland und die Likkaner und Wlachen gehören zu den abgehärte=
sten Volksstämmen Europa's, an Entbehrungen jeder Art gewöhnt;
der Slavonier bewohnt hingegen einen gesegneten Boden und lebt
auch besser. Die ganze Gränze ist von vortrefflichen Straßendurch=
schnitten, die Ortschaften meistens regelmäßig angelegt und reinlich
gehalten. Auf Obstzucht (Zwetschken) und Seidenbau wird vorzüg=
lich gesehen. Industrie ist wenig vorhanden, und nur in den Städ=
ten (freie Militär=Communitäten genannt). Allgemein ist die We=
berey von groben Linnen und Tuch, so daß die ganze Kleidung zu
Hause verfertigt wird. Auf Schulunterricht wird möglichst strenge
gehalten; deutsch ist die Dienstsprache. Der Gränzer theilt Cha=
racter und Sitte mit den Volksstämmen, denen er angehört; Liebe
zur Heimath und unerschütterliche Treue ist allen gemein. Ein eige=
nes auserlesenes Corps bilden die S e r e s c h a n e r, auch Rothmäntler

genannt, von den rothen Mänteln, die sie tragen. Sie sind gewisser=
maßen die Gensdarmerie oder Landespolizey der Grenze, nach Art
der Orientalen bewaffnet mit einer langen Flinte, Pistolen und
Handschar (langes Messer) im Gürtel. Diese Waffen sind der
Stolz des Sereschaners, oft von bedeutendem Werth, gewöhn=
lich mit Silber eingelegt und Familien-Erbstücke.

Die Tschaikisten haben ihren Nahmen von den Tschaiken,
Donauschiffen, nach Art der Seebarken erbaut, mit Geschütz
versehen.

Neue Geographie I. Thl.   Q

Statistische Übersicht

Flächeninhalt, Wohnorte

Generalate, Regimenter und Communitäten	Flächeninhalt in österreich. ☐ Meilen	Wohn:	
		Städte	Märkte
Carlstädter Generalat.			
1 Liccaner Regiment . . .	46	—	1
Carlobagoer Communität . .		1	—
2 Ottochaner Regiment . . .	49	—	1
Zengger Communität . .		1	—
3 Oguliner Regiment . . .	44	—	1
4 Szluiner » . . .	25	—	—
Summe .	164	2	3
Banal Generalat.			
5 Erstes Banal Regiment . .	24	—	1
6 Zweites » » . .		—	—
Petriniaer Communität . .	24	1	—
Kostainiczaer » . .		1	—
Summe .	48	2	1
Warasdiner Generalat.			
7 St. Georger Regiment . . .	36	—	—
Bellovarer Communität . .		1	—
8 Creutzer Regiment . . .	28	—	1
Ivanicher Communität . .		1	—
Summe .	64	2	1
Summe d. 3 verein. kroat. Gener.	267	6	5
Slavonisches Generalat.			
9 Grabiscaner Regiment . . .	29	—	1
10 Brooder » . . .	34	—	1
» Communität . .		1	—
11 Peterwardeiner Regiment . .		—	1
» Communität .	54	1	—
Carlowitzer »		1	—
Semliner »		1	—
12 Tschaikisten Bataillon . .	16	—	—
Summe .	133	4	3

der **Militärgränze.**

und Bevölkerung.

orte		Häufer	Familien	Bevölkerung	Ein= wohner auf eine ☐ Meile
Dörfer	Zu= sammen				
103	104	6.583	6.646	69.349	} 1.524
—	1	184	144	736	
83	84	5.027	5.017	63.452	} 1.350
—	1	479	601	2.722	
110	111	5.788	5.758	69.031	1.569
319	319	4.855	4.880	59.464	2.379
615	620	22.916	23.041	264.754	
129	130	5.640	5.702	60.149	2.506
146	146	5.384	5.443	54.708	
—	1	695	835	3.324	} 2.506
—	1	487	513	2.117	
275	278	12.206	12.493	120.298	
176	176	6.746	6.744	73.956	} 2.105
—	1	311	402	1.825	
190	191	4.633	4.688	61.427	} 2.218
—	1	135	143	673	
366	399	11.825	11.977	137.881	2.154
1.256	1.267	46.947	47.511	522.933	1.895
140	141	5.773	5.863	62.578	2.158
97	98	6.639	6.651	74.041	} 2.269
—	1	490	594	3.098	
60	61	10.119	10.205	78.030	
3	4	919	972	6.695	/ 1.848
—	1	954	1.096	4.378	
2	3	1.725	2.365	10.698	}
15	15	3.291	3.360	29.374	1.836
317	324	29.910	31.106	268.892	2.022

Generalate, Regimenter und Communitäten	Flächeninhalt in österreich. ☐ Meilen	Wohn:	
		Städte	Märkte
Banatisches Generalat.			
13 Deutsch = Banater Regiment .		—	—
Pancsovaer Communität . .		1	—
14 Wallachisch Banater Regiment	174	—	1
Weißkirchner Communität . .		1	—
15 Illirisches Banater Bataillon .		—	—
Summe .	174	2	1
Siebenbürg. Generalat.			
16 Erstes Szekler Regiment . .		—	3
17 Zweites „ „ . .		—	4
18 Erstes Wallachen „ . .	100	—	1
19 Zweites „ „ . .		—	—
20 Szekler Husaren		—	6
Summe .	100	—	14
Im Ganzen .	683	12	23

orte		Häuser	Familien	Bevölkerung	Einwohner auf eine ☐ Meile
Dörfer	Zusammen				
37	37	11.243	11.587	103.615	
—	1	1.702	2.388	12.249	
106	107	10.751	11.504	83.055	1.491
—	1	1.130	1.410	6.001	
44	44	6.499	6.806	54.650	
187	190	31.325	33.695	259.570	1.491
48	51	8.299	4.220	45.397	
97	101	7.768	3.927	36.546	
81	82	4.610	3.724	31.823	1.840
44	44	6.342	4.732	39.063	
11	17	6.489	2.055	31.242	
281	295	33.508	18.658	184.071	1.840
2.041	2.076	141.690	130.970	1,235.466	1.809

Inhalt.

Gedruckt bey A. Pichler's Witwe.